Um lugar à beira-mar

DEBBIE MACOMBER

Um lugar à beira-mar

Tradução
Silvia Moreira

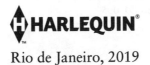

Rio de Janeiro, 2019

Copyright © 2018 by Debbie Macomber. All rights reserved.
Título original: Cottage by the Sea

Todos os direitos desta publicação são reservados à Casa dos Livros Editora LTDA. Nenhuma parte desta obra pode ser apropriada e estocada em sistema de banco de dados ou processo similar, em qualquer forma ou ameio, seja eletrônico, de fotocópia, gravação etc., sem a permissão do detentor do copyright.

Diretora editorial: *Raquel Cozer*
Gerente editorial: *Alice Mello*
Editora: *Pérola Gonçalves*
Copidesque: *Daniela Rigon*
Revisão: *Daiane Cardoso*
Capa: *Renata Vidal*
Diagramação: *Abreu's System*

CIP-Brasil. Catalogação na Publicação
Sindicato Nacional dos Editores de Livros, RJ

M146L
   Macomber, Debbie
      Um lugar à beira-mar / Debbie Macomber; tradução
   Silvia Moreira. – 1. ed. – Rio de Janeiro: Harlequin, 2019.

      Tradução de: Cottage by the sea
      ISBN 978-85-9508-561-9

      1. Romance americano. I. Moreira, Silvia. II. Título.

19-59765   CDD: 813
                                  CDU: 82-31(73)

Leandra Felix da Cruz – Bibliotecária – CRB-7/6135

Os pontos de vista desta obra são de responsabilidade de seu autor, não refletindo necessariamente a posição da HarperCollins Brasil, da HarperCollins Publishers ou de sua equipe editorial.

HarperCollins Brasil é uma marca licenciada à Casa dos Livros Editora LTDA.
Todos os direitos reservados à Casa dos Livros Editora LTDA.
Rua da Quitanda, 86, sala 218 — Centro
Rio de Janeiro, RJ — CEP 20091-005
Tel.: (21) 3175-1030
www.harpercollins.com.br

Verão de 2018

Caros amigos,

Aconteceu de fato. Sem aviso prévio ou qualquer indício, a lateral inteira de uma montanha desabou perto de Oso, em Washington. No dia 22 de março de 2014, o deslizamento de lama destruiu quarenta e nove casas e tirou quarenta e três vidas.

O deslizamento é um fato histórico agora, mas a tragédia será lembrada por muito tempo na costa oeste dos Estados Unidos pelo choque e rapidez com que tudo transcorreu.

Como escritora, fiquei pensando naquelas pessoas que não estavam em casa na hora da catástrofe — aqueles que escaparam da morte como se fossem predestinados a serem os únicos sobreviventes. Assim nasceu o enredo de *Um lugar à beira-mar*. Minha heroína perdeu toda família e agora está sozinha no mundo, à procura de um lugar que possa chamar de lar. Afinal, não é isso que todos nós procuramos — um lar?

Trabalho para uma editora renomada.

Minhas editoras, Shauna Summers e Jennifer Hershey, exigem o máximo de mim como escritora. Sempre acho que todas as palavras que fluem das teclas do meu computador são perfeitas em todos os sentidos, mas é uma sensação ilusória. Muitos trechos são reescritos e editados várias vezes.

Sou abençoada todos os dias pelo privilégio de trabalhar com elas. Como sempre, ter um feedback de meus leitores é de vital importância para mim. Aguardo seus comentários, sugestões e correções. Sim, mesmo depois de várias pessoas lerem repetidas vezes o original, alguns erros ainda passam despercebidos. Não se intimidem e comuniquem-se comigo. Claro que também podem me dizer o quanto gostaram do livro. Elogios são sempre bem-vindos. A melhor maneira de entrar em contato comigo é por meio do meu site, debbiemacomber.com, do Facebook ou Twitter. Ou escreva para P.O. Box 1458, Port Orchard, WA 98366.

Abraços,

Para
Candi e Tom,
Os amigos mais queridos.
(Diria isso mesmo sem beber o delicioso vinho
que Tom costuma servir.)

PRÓLOGO

Trinta anos antes

Keaton tinha visto a garota na praia no começo da semana. Desde que a vira jogando vôlei com um grupo de adolescentes, não conseguira mais desviar o olhar dela. A família da menina alugara o chalé dos Munson e chegara no sábado de manhã. Assim que a bagagem foi tirada do carro, a garota e o irmão foram para a praia. Desde então, eles passavam todo dia ali, rindo, nadando e fazendo novos amigos. A garota era animada e cheia de vida. O riso dela se propagava com o vento e o fazia sorrir sempre que ouvia. Ela não devia ter mais de 14 ou 15 anos, e o irmão era um ou dois anos mais velho. Keaton notou como as pessoas se sentiam naturalmente atraídas por ela e gostavam de ficar por perto. Ele próprio se sentia assim, apesar de só observá-la de longe.

Oceanside era uma cidade pequena e remota, mas quando chegava o verão, os hotéis ficavam lotados e todas as casas de veraneio eram alugadas. As lojas ficavam lotadas de turistas, ansiosos para gastar o dinheiro economizado para as férias. O perfume da maresia se misturava ao cheiro de batatas, frutos do mar e peixes fritos. As crianças se empoleiravam à janela da loja de doces para ver o sr. Buster fazer balas toffee ou colocar cobertura de chocolate nas grandes formas de biscoitos. A loja de pipas era a favorita dos habitantes locais e dos turistas. O céu ficava pontilhado com pipas de formatos inconcebíveis, empinadas por adultos e crianças que corriam de um lado para outro da praia. Todo verão era a mesma coisa.

A praia estava cheia e muito movimentada, mas aquela garota em especial tinha chamado a atenção de Keaton, a ponto de ele procurar vê-la a todo instante, mesmo que de relance.

Desde a chegada dela em Oceanside, Keaton não conseguia pensar em nada mais. Os cabelos castanhos, compridos e mechados pelo sol o atraíam. A trança de cabelo que balançava nas costas da garota enquanto ela corria pela praia; os pés descalços levantando a areia. Ela capturava a maioria dos olhares. Keaton percebeu que muitos meninos estavam interessados nela, e não podia culpá-los por isso.

Seu maior desejo era falar com ela. O problema era que não sabia como se aproximar, ou o que dizer quando isso acontecesse. Como diria que a achava bonita? Keaton não era de muitas palavras. Garotas o deixavam mudo e corado. Só pensar em se aproximar dela na praia fazia seu coração pulsar tão descompassado que parecia latejar na cabeça.

Pela primeira vez na vida, Keaton pensou em maneiras de superar a aversão de falar só para conversar com ela. Nunca tivera facilidade com as palavras, e a timidez também não ajudava muito. Preston, seu melhor amigo, o havia encorajado a encontrar com a garota que dominava seus pensamentos.

— Quem não arrisca, não petisca — Preston aconselhara.

Keaton teve vontade de dizer o mesmo ao amigo. Afinal, Preston tivera uma queda por Mellie Johnson durante todo o segundo grau e não tomara nenhuma atitude além de cumprimentá-la nos corredores da escola durante quatro anos. Não que tivesse adiantado, pois Mellie fugira com algum outro garoto, que conheceu em Aberdeen, no dia seguinte à formatura. Ninguém nunca mais ouviu falar dela.

Mas isso não o impediu de atormentar Keaton sobre a menina da praia. Keaton levou quase a semana inteira para se aproximar dela. Era agora ou nunca, mas a ansiedade era tanta que o deixava nervoso. A dificuldade em manter uma conversa era um problema. No entanto, havia um empecilho *maior* ainda.

Seu tamanho.

O maior temor de Keaton era que ela se intimidasse, ou se assustasse com ele como a maior parte das pessoas. As garotas da escola o evitavam porque ele aparentava ser agressivo e malvado. Nunca tivera intenção de assustar ninguém, mas por raramente sorrir, acabava passando a impressão errada. Na verdade, Keaton não tinha muitos motivos para sorrir na vida. Se pudesse escolher, seria invisível, o que era impossível por causa da altura e do tamanho. No primeiro ano do segundo grau, ele já estava com 1,92 m, e ganhara dois centímetros depois da formatura.

Os ombros eram tão largos que mal conseguia passar pela porta. As mãos e pés eram enormes. Ele já estava acostumado com os apelidos jocosos por causa do seu tamanho.

Touro.

Gigante.

Estes eram apenas dois dos vários termos usados para ridicularizá-lo. Ele era um alvo fácil, pois ignorava a gozação e não respondia. Na realidade, os apelidos nunca o aborreceram muito.

Com o coração retumbando como um tambor, Keaton se aproximou da garota devagar.

— Lá vem o Incrível Hulk — observou um dos adolescentes.

Keaton o ignorou e sorriu.

— Olá — murmurou, fitando-a dentro dos olhos.

De perto, ela era ainda mais bonita do que à distância. Os olhos eram castanhos esverdeados, e a trança grossa jazia sobre o ombro nu. Ela vestia uma saída de praia estampada de papoulas vermelhas sobre o biquíni. Keaton teve vontade de tocar aquele rosto delicado para ter certeza de que ela não era fruto de sua imaginação.

— É o Abominável Homem das Neves — gritou outro garoto, fingindo estar apavorado.

Keaton não o reconheceu e imaginou tratar-se de um turista.

— Não, é o Pé-Grande.

— Parem com isso — repreendeu a garota, girando para trás e confrontando o grupo de adolescentes que a acompanhava. Em seguida, virou e retribuiu o sorriso de Keaton. — Olá.

— Venha, Annie — ordenou o irmão, segurando-a pela mão. — Precisamos voltar.

Annie. Então era esse o nome dela: Annie. Keaton repetiu para si, apreciando como o nome soava em sua mente.

Ela continuou a encará-lo com olhos grandes, carinhosos e repletos de curiosidade.

— King Kong, você tem alguma coisa para falar? — perguntou Devon Anderson, zombando.

Keaton conhecia Devon da escola, um verdadeiro imbecil. Não era surpresa que tivesse gostado de Annie e que tentava chamar sua atenção.

— Não o chame assim — ordenou Annie, brava e confrontando Devon.

— Ele não fala.

— Bem, ele acabou de falar — rebateu ela, sem se preocupar em esconder a irritação com Devon. — Ele acabou de dizer "olá", caso você não tenha ouvido.

— Mas não vai dizer mais nada — desafiou Devon, encarando Keaton com um olhar de sabichão.

Annie ficou na expectativa de ouvir alguma coisa, mas nada no mundo faria com que Keaton proferisse uma palavra sequer. Ele queria dizer o quanto a achava bonita e que tinha reparado enquanto ela corria na praia. Os elogios estavam na ponta da língua, inclusive aqueles relativos à cor do cabelo e à trança dela, mas tampouco conseguiu abrir a boca.

— Está vendo o que eu disse? — Devon continuou com o deboche.

— Não faz assim. Isso é maldade — censurou Annie.

— Venha, Annie, nossos pais estão esperando.

O irmão dela a puxou pela mão.

— Desculpe, precisamos ir embora — disse ela, encarando Keaton com carinho. — Foi bom conhecer você.

Keaton esboçou um sorriso para que Annie soubesse que ele também tinha gostado de encontrá-la.

— Estaremos de volta no próximo verão — disse Annie, andando de costas, enquanto o irmão a puxava.

Um ano. Ele poderia esperar esse tempo todo. Keaton tinha esperança de, até lá, encontrar as palavras para dizer a ela tudo o que tinha guardado no coração.

Mas Annie nunca mais voltou.

Keaton aguardou, ano após ano, e nunca esqueceu a linda garota de cabelos castanhos que vira na praia durante muitas tardes de verão. A imagem de Annie correndo ficou gravada na mente dele. Não foram poucas as vezes em que ele a desenhou com grafite ou carvão tendo a praia como cenário. Desenhos que ninguém nunca viu. Na imaginação de Keaton, os dois conversavam por horas... pensar nela tinha o raro sabor da felicidade.

Quem sabe um dia, pensou ele, com o olhar perdido no mar enquanto as ondas golpeavam a costa de pedras.

Quem sabe um dia...

CAPÍTULO 1

Annie Marlow detestava desapontar os pais, mas não iria para casa em Seattle no Dia de Ação de Graças para encontrá-los. O combinado é que ela comemoraria apenas o Natal com a família e era tarde demais para mudar tudo. Ela já tinha compromisso.

Como paramédica, Annie não tinha muitos fins de semana prolongados, e Trevor assaria um peru e a tinha convidado para passar o dia na casa dele. Steph iria também, e ambos estavam ansiosos para conhecer a novata bonitinha que viera de fora para trabalhar na clínica.

Annie sabia que o maior interesse de sua mãe era tirar uma foto da família inteira para usar no cartão de Natal como fazia havia anos. Mas Annie não daria a mínima se a foto fosse editada para que a colocassem nela. Não havia necessidade alguma de mudar o que havia planejado, muito menos uma semana antes do feriado.

Gabby iria a Los Angeles para encontrá-la. Desistir de desfrutar da companhia da prima apenas para participar da foto para o cartão de Natal? Nem pensar! Além disso, Annie comprara um sapato caro com salto 10 e um vestido, que pretendia usar na noite especial só das mulheres.

A sra. Marlow tentou dissuadi-la de novo, apelando para a culpa.

— Por favor, *Annie*.

— Mãe, você não pode mudar tudo na última hora assim.

Annie olhou para o relógio. Se a conversa durasse mais, acabaria chegando atrasada na aula de ioga com Steph.

— Seu irmão virá com Kelly e a bebê.

Era este o melhor incentivo que sua mãe poderia dar? O *irmão*? O filho favorito? Ela já havia visto Mike e a família duas vezes naquele ano.

— Lembra que ele vai passar o Natal aí, também?

Era Mike que precisava mudar tudo. Não era justo que ela alterasse sua vida para se adaptar aos planos do irmão.

— A família inteira não se reúne desde agosto.

Annie apertou o celular contra a orelha, sem muita paciência em ouvir a mãe.

— Faz tempo que você não vê a Bella. Sabia que ela já está andando?

— Verei Bella quando for dirigindo até aí no Natal. Faço questão de parar em Portland no caminho — protestou Annie. — Mãe, por favor. Já falamos sobre isso.

O celular sinalizou a chegada de uma mensagem de texto. Ela colocou o aparelho no viva-voz e abriu a mensagem. Steph tinha enviado uma selfie, linda com aqueles cabelos roxos, fazendo bico de beijo.

Annie achou graça.

— Você está rindo de mim, Annie?

— Não, mamãe, desculpe — disse ela, reprimindo o riso. — Steph acabou de enviar uma mensagem.

— Eu queria tanto que você mudasse de ideia...

— Desculpe, mamãe, eu gostaria muito, mas não posso. — Bem, ela até *poderia*, mas não sem arruinar o que havia planejado.

— Você nem sentirá minha falta — disse, procurando amenizar a frustração da mãe. — Você estará ocupada com Kelly e a bebê, e papai vai passar o tempo todo com Mike.

Bella seria o centro das atenções, pois estavam todos encantados com a primeira neta. Para ser honesta, Bella era adorável. Era difícil acreditar que a neném já estivesse andando.

— Prometa, então, que não vai mudar de ideia sobre vir no Natal.

Annie tivera a oportunidade de trabalhar no Natal anterior e não pensara duas vezes em aceitar, pois estava muito apertada de dinheiro. Seus pais não faziam ideia do custo de vida no sul da Califórnia e como era difícil pagar todas as contas.

— Prometo que estarei em casa no Natal.

Annie odiava quando a mãe duvidava de sua palavra. Ela havia faltado uma única vez ao Natal da família, e sua mãe nunca a perdoara.

— Desculpe insistir, mas estou frustrada.

— Eu sei e sinto muito também. Acontece que Gabby e eu planejamos o fim de semana inteiro. Se eu soubesse antes, teria feito outros planos, mas agora está muito em cima da hora para mudar. Em poucas semanas estarei em casa para o Natal. Mas tenho minha própria vida, entende?

A sra. Marlow suspirou desapontada do outro lado da linha.

— Não seja assim, querida.

— Assim como?

— Teimosa. Família é o mais importante de tudo. Sei que muita coisa está acontecendo na sua vida, mas seu pai e eu estamos ficando velhos. Não viveremos para sempre.

Annie não acreditou no que tinha ouvido. Aquele era um novo golpe emocional para deixá-la mal e lembrá-la de que os pais morreriam em algum momento futuro. Era um absurdo, visto que os dois eram saudáveis e estavam no auge da vida. Mordendo o lábio inferior, ela resistiu à tentação de chamar a mãe de ridícula.

A sra. Marlow percebeu que tinha ido longe demais com a culpa e emendou rápido:

— Tive uma ideia. Convide o Trevor.

As pessoas ainda achavam que ela tinha interesses românticos em Trevor. Bastou mencionar o nome dele uma ou duas vezes para ouvir indiretas eternas. Convidá-lo para ir a Seattle só perpetuaria a ideia de que estavam juntos. Trevor era apenas um amigo; nunca houve nenhuma faísca ou lampejo de interesse no relacionamento deles. Além do mais, Steph estava a fim dele. Annie gostava de Trevor e era divertido quando saíam juntos, especialmente por ele ser um ótimo dançarino, o que chamava a atenção para ela na pista de dança.

— Você gosta dele, né?

— Mãe, Trevor é meu amigo. Nada mais que isso. E você está esquecendo de Gabby. Ela já comprou a passagem para Los Angeles e vou buscá-la no aeroporto no começo da tarde de quarta-feira.

Annie já havia falado da visita da prima pelo menos uma dúzia de vezes.

— Tudo bem.

A sra. Marlow precisava reconhecer que não estava sendo razoável.

— Saiba que estou mesmo muito chateada por desapontá-la, mas essa história de reunir a família inteira no dia de Ação de Graças não vai dar certo esse ano, mamãe.

— Tudo bem, querida, entendo. Vamos sentir sua falta.

— Mãe, agora preciso ir.

— Certo. Só mais uma coisa. Eu não ia falar nada, porque você vinha passar o dia de Ação de Graças conosco e era uma surpresa.

O tempo estava passando... Annie pegou o colchonete de ioga e a bolsa e foi para a porta.

— Seu pai e eu reformamos a cozinha. Compramos acessórios e bancadas novos. Você não vai reconhecer.

Os Marlow amavam a casa que tinham construído com as economias de trinta anos. A casa ficava no alto de uma montanha e tinha um belo panorama de Puget Sound. A vista era maravilhosa de todos os ângulos. Eles haviam comprado o terreno primeiro e, depois de muito sacrifício e economia, construíram a casa de seus sonhos.

— Que ótimo, mãe! Nos vemos no Natal. Te amo.

— Te amo também. Mas seu pai quer falar um pouquinho.

— Ele não vai me pressionar para ir para o encontro familiar, né?

— Não, boba.

A sra. Marlow passou o telefone sem dar chances de resposta, pois a voz que Annie ouviu em seguida foi a do pai.

— Como está minha filha médica? — perguntou o sr. Marlow.

Ele queria que Annie tivesse continuado o curso de medicina.

— Não sou médica, pai.

Annie tinha se cansado do curso. O rompimento com o namorado de faculdade a deixara arrasada e com vontade de terminar logo. Então, em vez de continuar a estudar para ser médica, decidiu ser paramédica.

— Quem sabe um dia...

O pai de Annie não perdia nenhuma oportunidade para lembrá-la de seu sonho de ser médica. Mas ele não entendia e nem parecia gostar do fato de que ela *trabalhava* na área médica, mas não como médica.

Annie relanceou o relógio enquanto falavam.

— Papai, eu gostaria de continuar, mas vou me encontrar com uma amiga.

— Tchau, meu bem.

— Tchau, pai.

Annie chegou na academia em cima da hora. Steph a aguardava impaciente do lado de fora. As duas correram para a sala. Depois da aula, Annie estava bem melhor, relaxada e de bom humor.

Elas pararam para tomar um suco de frutas na lanchonete e, enquanto Steph estava distraída, Annie tirou uma foto das duas e colocou no Twitter.

— Espere aí, deixe eu ver — protestou Steph e riu. — Você é malvada.

— Ah, estamos ótimas.

— Dignas de um Grammy?

— Para mim, sim — confirmou Annie, rindo, e postou a foto no Instagram para que Gabby visse.

Ela mal podia esperar pela chegada de Gabby na quarta-feira. Fazia semanas que estava ansiosa para passar um tempo com a prima. As duas tinham idades próximas e eram melhores amigas durante quase a vida inteira. Fazia pouco tempo que Gabby tinha terminado um namoro de seis meses, e Annie pretendia fazer de tudo para que ela esquecesse de Geoff, começando com uma festa de Ação de Graças antecipada com os amigos da clínica num lugar badalado.

Na manhã do dia de Ação de Graças, Annie acordou com uma ressaca horrível. Parecia que alguém martelava sua cabeça, e a boca estava tão seca quanto um rio no Arizona. O celular tocando sem parar na cabeceira da cama também não ajudava muito. A tela sinalizava que era tia Sherry, mãe de Gabby. Por que cargas d'água ela estaria ligando naquela hora da manhã? Gabby havia avisado a mãe quando chegara. Annie estava prestes a passar o celular para a prima, quando ela virou para o outro lado, resmungando.

— Alô — Annie mal conseguiu falar, pressionando a mão na testa na esperança de que aqueles homenzinhos, que martelavam dentro de sua cabeça, parassem.

— Annie... — A voz de Sherry estava ofegante como se alguém lhe tivesse roubado o ar. — Ah, Annie... Annie...

Annie se sentou na cama ao ouvir a tia chorar.

— Tia Sherry, quer falar com Gabby? Ela está aqui.

— Não... não... Preciso falar com você...

— Falar o quê?

A tia soluçou do outro lado da linha.

Annie retesou o corpo. Mantendo a voz baixa e firme, perguntou:

— Você está bem, tia Sherry?

Como a conversa parecia séria, Annie colocou o celular no viva-voz para que Gabby ouvisse.

Àquela altura, Gabby já estava sentada, ainda sonolenta e coçando os olhos. As duas trocaram olhares e Annie encolheu os ombros, incapaz de imaginar o que estava acontecendo.

— Você... você... A televisão... está ligada? — perguntou Sherry, mal pronunciando as palavras.

— Não. Pelo amor de Deus, tia Sherry, conte logo o que aconteceu!

Enquanto falava, Annie ligou a televisão e trocou de canal até chegar ao de notícias. A primeira coisa que surgiu na tela foi um anúncio de uma grande loja que não significava nada.

Em vez de responder, Sherry começou a soluçar.

— Que coisa horrível, Annie. Eu... ainda nem sei... não sei como contar.

Como paramédica, Annie estava acostumada a lidar com pessoas em crise.

— Respire fundo, conte até cinco, respire de novo e recomece — ela aconselhou com uma voz calma e tranquila, imaginando que alguma coisa tinha acontecido com Lyle, o namorado da tia havia quinze anos. Mas não fazia sentido. Se fosse por isso, o telefonema teria sido para Gabby.

— Eu... eu... estou tentando. — Sherry contou e respirou fundo de novo, conforme Annie tinha recomendado. — Sua mãe... seu pai...

— Meus pais? — Annie ficou preocupada.

— Eles... tinham me convidado para o café da manhã.

A sra. Marlow sempre fazia uma festa no café da manhã do dia de Ação de Graças, convidando a família e amigos.

— Eu... queria ver... o bebê... Bella.

As palavras saíram intercaladas com os soluços. Na verdade, Sherry mal conseguia falar.

— Tia Sherry, aconteceu alguma coisa com os meus pais?

A pergunta foi ignorada.

— Quando cheguei perto... dois quarteirões da casa... a polícia... eles... me pararam.

— A polícia? — repetiu Annie imaginando mil coisas. — O que a polícia estava fazendo lá?

— Eles... eles... fizeram uma barreira.

— Uma barreira?

Annie se odiou por parecer um eco, mas nada do que a tia falava fazia sentido.

— A chuva... Tem chovido muito...

— Bom, isso sempre acontece em Seattle nessa época.

Annie estava ficando impaciente.

Era de conhecimento geral que chovia muito em Seattle e nos arredores, uma das razões pela qual Annie tinha escolhido morar na Califórnia.

— Annie, você ainda... não entendeu. — Sherry estava histérica, chorando e respirando entre uma palavra e outra. — A lateral da montanha... desabou... a terra deslizou... levando... levando tudo... junto.

Gabby prendeu a respiração ao ouvir a notícia.

Annie se levantou da cama devagar, pressionando uma das mãos na testa e a outra segurando o celular na orelha.

— Você está me dizendo que a casa dos meus pais foi levada pelo deslizamento de terra?

— Sim... A casa deles... e... outras vinte.

Annie ficou paralisada com os olhos fixos na televisão. Uma manchete urgente interrompeu o noticiário. Um helicóptero filmava sobre as águas, e a legenda da imagem identificava o lugar como sendo Puget Sound. Ainda restava uma única casa, que começava a se despedaçar debaixo do helicóptero e afundava na lama.

— Minha mãe... meu pai? — O coração de Annie batia em descompasso com a gravidade do que tinha acontecido. — Eles conseguiram sair?

— Eu... eu... não sei... Acho que nem poderiam. Disseram que foi tudo muito rápido e inesperado.

Annie se jogou de costas na cama, suas pernas tremiam tanto que não suportavam mais o peso do seu corpo. Na realidade, o corpo inteiro tremia.

— A que horas foi? Muito cedo?

— O policial disse... umas 4 horas... Eles acham... que a maioria das pessoas ainda dormia. Sem aviso....

O aperto no peito de Annie era tão forte que a impediu de falar. Era muito provável que sua família inteira tivesse sido varrida pelo lamaçal.

A mãe. O pai. O irmão.

A cunhada. E a sobrinha.

Annie não conseguia absorver o que via e ouvia na televisão. O choro da tia reverberava em sua cabeça.

— Annie? Você... Ainda está aí? Diga... alguma coisa.

— Estou aqui — sussurrou Annie, respirando fundo, contando até cinco e respirando de novo, seguindo o próprio conselho, esperando que a técnica impedisse o ataque de pânico iminente. — Eu... preciso... Vou até aí assim que puder.

— Ótimo. Peça a Gabby.... para reservar o voo.

— Pode deixar.

Annie achou que estava calma demais, que a voz não era a sua. Parecia que vinha de algum lugar do quarto. Gabby a enlaçou pelas costas e puxou-a para perto. Ela continuou sem se reconhecer:

— Procure todas as informações possíveis até a minha chegada.

— Farei isso... Verei se consigo descobrir mais alguma coisa.

— Talvez haja sobreviventes — insistiu Annie, procurando ser positiva, convencida que os pais tinham descoberto uma maneira de escapar. Era vital que acreditasse que eles estavam vivos, seria impossível aceitar a alternativa.

— Eu... prometo... farei o que puder, mas...

— Mas o quê? — exigiu Annie com a voz ganhando força.

— Annie... não há muitas esperanças... de sobreviventes. Sinto muito... muito mesmo.

Annie e Gabby se sentaram na beirada da cama, chorando abraçadas. Na televisão, as imagens do resultado do deslizamento. A única casa visível era aquela que ainda afundava. Todas as outras estavam soterradas ou tinham sido levadas pelas águas.

CAPÍTULO 2

Dezesseis meses mais tarde

Annie nunca se sentira tão solitária. Talvez estivesse se ajustando por estar *de fato* sozinha. Sua família inteira tinha desaparecido num único dia. Era difícil de acreditar mesmo depois de tantos meses. Não foram poucas as vezes em que pegou o celular para ligar para a casa dos pais, lembrando em seguida que a mãe estava morta, enterrada num mar de lama, destroços e água do mar no que fora chamado de "uma tragédia imprevista".

O deslizamento de terra tomara conta de todas as mídias com cobertura local e nacional. Multidões de repórteres de todas as principais redes de notícias lotaram o local para cobrir o acidente. Então, alguns dias depois, uma nova catástrofe aconteceu em outra parte do país atraindo a atenção de todos, e o deslizamento em Oso passou a ser notícia antiga e foi esquecido.

Mas não para Annie e aqueles que tinham perdido familiares e amigos. A vida daquelas pessoas ficara marcada e havia mudado para sempre.

Annie vendeu o apartamento, saiu do emprego em Los Angeles e voltou para Seattle a fim de lidar com as consequências horríveis da tragédia. Depois de esperar que os bombeiros localizassem os corpos, reconheceu a família, organizou os funerais e resolveu o que fazer com a propriedade, ou o que restara dela. Depois teve que lidar com os advogados, determinados em descobrir se a culpa tinha sido da prefeitura, do governo ou da construtora... Alguém precisava assumir a responsabilidade, pagar o preço pela terrível tragédia e compensar aqueles que tinham ficado para trás.

Ficado para trás.

Era assim que Annie se sentia. *Ela* devia estar com a família naquele dia. *Ela* devia ter morrido também. Nos meses que se arrastaram em seguida, ela desejou estar morta. Em vez disso, estava viva, envolvida nas questões legais complicadas e na fealdade que se seguiram. O peso foi maior do que ela podia suportar e acabou puxando-a para um poço fundo e escuro. A dor e o pesar contribuíram para afundá-la, tanto que ela não tinha mais certeza se poderia voltar à tona.

A psicóloga, que ela passara a frequentar, a diagnosticou como portadora da síndrome do sobrevivente, ou estresse pós-traumático. Talvez fosse isso mesmo. Annie não sabia de mais nada. Identificar o que sentia exigia um esforço emocional muito grande, além de ter que lidar com muitas coisas em seus dias infindáveis. O apoio veio da própria psicóloga e da terapia em grupo com pessoas que haviam perdidos entes queridos também, bem diferente das inúmeras reuniões com advogados e representantes da prefeitura.

O primeiro ano passou como um relâmpago. Os amigos e o que sobrou da família, tia Sherry e Gabby, lhe presentearam com vários livros de autoajuda e sobre superação da morte de pessoas amadas. Contudo, palavras não prendiam a atenção dela, embora quisesse continuar a viver. Aliás, existir era um esforço hercúleo e impossível. Em vez de ler, ela passava horas resolvendo quebra-cabeças do tipo sudoku. Hora após hora, ela se enterrava neles porque pelo menos os números faziam sentido. Cada um deles se encaixava nos quadradinhos com lógica e precisão, assim como fora a vida dela um dia.

Mas, depois da tragédia, Annie tinha perdido o controle do seu dia a dia e estava imersa numa tristeza profunda, embora lutasse para sair daquela escuridão.

Os quatro meses seguintes não foram muito melhores. Gabby fazia o possível para dar apoio e encorajá-la, mesmo sem saber como proporcionar o que Annie queria. E aquele era o nó do problema. Annie precisava da família de volta. E isso era impossível.

Os amigos de Los Angeles mantiveram contato. Trevor e Steph ligavam de vez em quando, e Annie ficou feliz ao saber que estavam namorando. Os dois foram a Seattle depois de um ano do deslizamento para dar amor e apoio, mas partiram logo, percebendo que a tragédia e a perda da família a haviam mudado muito. Depois da visita, Annie ficara ainda mais deprimida. Parecia que ninguém entendia, nem mesmo Gabby, que ela jamais "superaria" o fato de ter enterrado a família.

A terapia a ajudou a entender que precisava aceitar que o pesar duraria a vida inteira. A psicóloga garantiu que era normal sentir-se daquele jeito. O luto estaria sempre presente, mas *com o tempo* ela acabaria aprendendo a conviver com a dor.

Com o tempo e aos poucos, ela aprenderia a reconstruir a vida depois da perda horrível.

Com o tempo, voltaria a se sentir inteira, embora soubesse que jamais seria a mesma. Annie estava disposta a aceitar tal realidade. Na verdade, não gostaria de ser a mesma pessoa de novo.

À noite era pior, quando estava mais vulnerável e os pensamentos e o arrependimento a assolavam, Annie se lembrava da última conversa que tivera com a mãe. Era como se a sra. Marlow tivesse tido uma premonição da tragédia que estava prestes a acontecer quando disse que a filha deveria arrumar tempo para estar com os pais, pois ambos morreriam um dia. Nenhuma delas poderia imaginar que aquele dia chegaria tão rápido.

Nos meses seguintes ao desmoronamento, Annie se sentiu como se alguém a segurasse de ponta cabeça, balançando-a do alto de um prédio e pedindo para que encontrasse o sentido das coisas. Os dias se passaram num turbilhão e, antes que ela se desse conta, 16 meses tinham voado. *Dezesseis meses*, quatrocentos e oitenta e seis dias, tinham se passado num piscar de olhos sem que Annie se lembrasse de um deles. Restavam apenas imagens fora de foco em sua mente.

Disseram que um acordo estava por vir. Pelo visto, o suposto acordo deveria substituir a família dela. Um simples cheque, depositado em sua conta, a compensaria pela perda que tivera. Aquilo só podia ser piada. Como era possível substituir os pais, o único irmão, a cunhada e sua sobrinha ainda bebê? Simplesmente impossível. Nem todo o dinheiro do mundo traria sua família de volta.

— Annie?

Gabby estava sentada à frente dela no Starbucks, tentando chamá-la de volta à conversa.

Annie olhou por cima do copo de café e tentou sorrir. Até um gesto simples exigia mais força do que possuía.

— Você está deprimida.

Não diga, Sherlock. Não era só à noite. Mesmo durante o dia, Annie não conseguia tirar a última conversa com a mãe da cabeça. Era assustador. Ela havia sido teimosa, egoísta e tão preocupada consigo mesma que deixara a família de lado. Na época, não achara nada demais se recusar a mudar os planos e não ir para casa no dia de Ação de Graças, em vez do Natal. Meses depois, em retrospecto, ela daria qualquer coisa para estar com os familiares naquele dia. No mínimo teria escapado do horror e do vazio que sua vida tinha se tornado desde então.

— Você sabe que estou tomando antidepressivos, Gabby.

Era difícil saber o que mais poderia ser feito para que ela ficasse melhor. Talvez, no inconsciente, ela *não* quisesse que seu ânimo melhorasse. Talvez nunca mais sorrisse. O que soava um pouco melodramático, algo digno de novela. Mas a sensação era de ter perdido a felicidade para sempre, enterrada na lama junto com sua família.

A vida inteira de Annie havia deslizado morro abaixo, soterrando-a também. Teria sido melhor morrer com os outros do que ficar naquele limbo.

— A psicóloga deu algum conselho hoje? — perguntou Gabby.

— Ela sugeriu que eu pensasse em alguma coisa, ou em um lugar que tivesse me feito feliz antes dessa tragédia.

— Você adorava dançar!

Gabby balançou os braços para cima com um gritinho que fez com que todos no Starbucks olhassem para elas.

— Houve um tempo que eu gostava.

Annie deu um golinho no Frappuccino e tentou sorrir. A terapia já durava meses, mas ela ainda não se sentia melhor. Ouvia, tomava notas, se esforçava, mas nada estava ajudando.

Gabby a fitou, séria.

— Annie, você precisa sair desse poço escuro. Você está viva. Sabe que te amo e que faço qualquer coisa nesse mundo para ajudar, mas não sei mais o que falar.

— Você quer que eu supere.

Aquela não era a primeira vez em que Annie ouvia aquilo.

Esqueça. Faça de conta.

Na teoria podia funcionar, mas se ela esquecesse, em quem se apegaria? Sua família tinha morrido. Será que era tão difícil assim entender? Não restava ninguém além da tia e da prima, e ambas tinham que cuidar da própria vida e dos próprios interesses. Estavam muito preocupadas, mas não eram os pais dela.

Como Annie não respondeu, Gabby tentou de novo:

— Talvez não seja uma má ideia.

— O quê? — perguntou Annie, dispersa.

— O conselho da sua terapeuta em encontrar um lugar feliz, talvez só mentalizar, ou até ir de fato até lá.

— Um lugar feliz — sussurrou ela, franzindo o cenho.

Bem, não seria uma pista de dança. Talvez tivesse sido um dia, mas não mais.

— Quem sabe a Disneylândia? Estivemos lá aos 10 anos de idade. Quer dizer, você tinha dez e eu, nove.

— Não.

A viagem tinha sido divertida, mas aquele não era o lugar que lhe vinha na cabeça ao pensar num lugar feliz. Para ser sincera, a viagem não fazia mais parte de suas lembranças.

— Pense bem. O que você vivenciou de bom com sua família? Quais foram os lugares visitados que deixaram você feliz? — perguntou Gabby, querendo muito ajudar.

Mas Annie não conseguia lembrar de nada.

— Como foi o dia que você se formou na faculdade? Você estava feliz, não?

— Verdade.

Annie sabia onde Gabby queria chegar, mas àquela altura ninguém podia fazer nada. Era bem mais fácil se deixar envolver pela escuridão de seu coração. A falta de luz e de alegria tinham se tornado um estado quase confortável. Ali parecia ser seu espaço agora.

— E quando Bella nasceu?

Bella. As lágrimas transbordaram dos olhos de Annie. Por que aquele bebê tão precioso tinha que morrer de forma tão trágica?

— Tudo bem, não foi boa ideia lembrar de Bella.

Gabby se arrependeu na mesma hora.

Annie limpou as lágrimas que escorriam pelo rosto.

— Quais são suas lembranças favoritas?

— Do quê?

— Da sua vida. Quando foi seu primeiro beijo, a primeira paquera? Qualquer coisa que tenha mexido com você.

Apesar de não estar bem, Annie conseguiu esboçar um sorriso tímido.

— Meu primeiro beijo foi aos 12 anos.

— Com quem?

Um lugar à beira-mar 31

— O nome dele era Adam. Nós nos conhecemos na praia.

Todo mês de agosto, os Marlow alugavam um chalé à beira-mar e ali passavam momentos gloriosos. Eram os dias mais felizes do ano, os melhores da infância de Annie.

— Fale mais sobre ele.

— Adam... — Nossa, não pensava nele havia anos, tanto que nem se lembrava do sobrenome. — Ele era amigo de Mike.

— E vocês se beijaram.

— Estávamos correndo pela praia, empinando pipas e rindo tanto que mal conseguíamos nos equilibrar em pé. Mike precisou voltar para o chalé por alguma razão e fiquei sozinha com Adam. Caímos na areia, exaustos, ainda segurando as linhas das pipas, enquanto esperávamos Mike voltar. De uma hora para a outra, Adam perguntou alguma coisa, e quando virei o rosto para responder, ele me beijou.

Pelo que Annie lembrava, Adam tinha só encostado a boca na sua, mas aquilo tinha ficado marcado na memória como sendo o primeiro beijo. O coração dela se confrangeu.

— E daí? — perguntou Gabby, bisbilhotando.

— E daí nada. Foi o meu primeiro beijo. Acho que deve ter sido o de Adam também, porque ele ficou vermelho como um tomate.

— Ele beijou você de novo?

— Não. Tenho impressão de que o beijo foi uma grande decepção para Adam. Ele nunca mais tentou de novo, pelo menos não comigo. Nenhum de nós comentou o assunto depois.

Annie se deixou levar pelas lembranças daquele verão e de outros que passara com a família naquele chalé à beira-mar. Naqueles dias, Mike e Annie quase não brigavam, era a única semana do ano quando ninguém se preocupava com nada e não tinha nenhuma responsabilidade.

Depois de se separarem, Annie voltou para o apartamento alugado em Seattle, pensando na conversa com a prima. Ela sempre amara a praia. O som das ondas quebrando na areia, deixando um rastro de espuma... a sensação da areia molhada por entre os dedos, as risadas com o irmão, explorar piscinas de água do mar entre as pedras e aquecer quadradinhos de marshmallow com a mãe numa fogueira. Era como se ela pudesse sentir o cheiro da madeira queimando ao relembrar aqueles momentos.

Os Marlow passaram todos os verões na praia durante anos até Mike se formar no segundo grau e começar a trabalhar. Depois disso, não viajaram mais juntos para a praia. Annie havia passado uns dias sozinha na mesma cidade praiana durante o primeiro ano da faculdade, quando terminara com o namorado.

Para ser mais precisa, quando *Davis* terminara com *ela*.

Annie ficara arrasada. Davis tinha sido seu primeiro amor, primeiro tudo, e por isso tivera a certeza de que ficariam juntos. Imaginou que se casariam depois de formados e que viveriam felizes para sempre. Foi um choque quando ele anunciou com certo desdém que o relacionamento não estava mais dando certo.

Não estava *dando certo*? Desde quando? Annie estivera distraída e muito feliz, por isso ficou chocada com a declaração. Chorou baldes de lágrimas com o rompimento. Piorou bastante quando, uma semana depois, descobriu que ele estava namorando outra pessoa. Na época não fazia sentido que a fila dele tivesse andado tão depressa. Foi quase impossível acreditar que fora traída, mas foi forçada a encarar a triste realidade, pois aquela era a única explicação plausível.

Olhando para o passado, ela se sentia humilhada pelo jeito como havia implorado para que Davis reconsiderasse e que tentaria melhorar o relacionamento. Estava disposta a fazer o que fosse preciso para ser a mulher que ele desejava. Como tinha sido boba... cega. Davis havia ensinado coisas valiosas sobre ela mesma, lições que foram aprendidas bem e levadas à sério. Depois do término, ela não confiava mais nas pessoas e nem era tão ingênua. Desde então, não se apaixonara, apesar de ter ficado com outros rapazes de vez em quando... pelo menos até a tragédia.

Depois que Davis partiu seu coração, o único lugar onde Annie se sentia amparada era na praia em Oceanside. Mas não era para lá que pretendia ir ao entrar no carro naquele dia. Saíra dirigindo sem destino certo, chorando e emotiva, convencida de que nunca mais se apaixonaria e que sua vida amorosa tinha terminado.

Sem nenhuma lógica, ela chegou à praia. Quatro horas depois, deitou-se num tronco, levado pela correnteza até a praia. Com a visão turvada pelas lágrimas, ela fixou o olhar na imensidão do mar e chorou até as lágrimas secarem. A toada do mar acabou tranquilizando-a. Ao inalar o perfume da água salgada, uma sensação de paz foi aos poucos lhe dominando os sentidos. Talvez tivesse sido o ritmo das ondas se chocando na enseada. Ou os guinchos das gaivotas circulando pelo céu, planando com o vento. Crianças corriam por perto de onde estava e adolescentes passavam em patinetes elétricos. Aquelas horas a acalmaram como ninguém tinha conseguido até então.

Escureceu e ela ainda estava encostada naquele tronco. Veio a noite e o céu ficou pontilhado por inúmeras estrelas, tantas que seria impossível contar. Nem quando criança ela se lembrava de ter visto tantas estrelas.

No final, adormeceu e acordou duas horas depois, morrendo de frio. Voltou para carro e dirigiu de volta para casa no meio da noite. Depois daquele dia, Davis e o namoro malfadado foram sepultados no passado. Por causa dessa história, ela havia desistido do curso de medicina e se tornado uma paramédica.

O mar tinha operado sua magia.

Annie endireitou a postura ao ter um *insight*. Talvez o mar pudesse ajudá-la de novo. A situação era bem diferente, no entanto, pois não podia comparar o término com Davis com a perda da família. Ela estava consciente de que precisaria de muito mais que o som reconfortante das ondas quebrando nas pedras para se acalmar. Mesmo assim, o chalé à beira-mar da praia fora o único local onde tinha sido muito feliz... Não sabia se seria capaz de encontrar a mesma sensação de paz, mas estava disposta a tentar.

CAPÍTULO 3

Na manhã seguinte, Annie fez uma malinha pequena e entrou no carro decidida, como estivera naquele fatídico dia de Ação de Graças. Na hipótese de Gabby e a tia se preocuparem com seu paradeiro, mandou uma mensagem para a prima:

Indo para um lugar que vai me deixar feliz.

A resposta não demorou muito.

E onde seria?

A praia.

O trânsito não estava ruim e a viagem durou cerca de três horas. Ao chegar, Annie parou na praia e saiu do carro. Respirou fundo, passando os braços pelo corpo, e encheu os pulmões com o perfume da maresia. Logo foi tomada por uma serenidade inusitada. Num primeiro momento, ela não reconheceu o que seria.

Calma era uma sensação estranha.

Diferente.

Desconhecida.

Fechando os olhos, ela inalou tranquilidade, prendendo o ar até não poder mais. Expirou devagar, ouvindo as batidas ritmadas das ondas, sincronizadas com as de seu coração. A fome interrompeu a sensação gostosa e ela se lembrou de que não tinha comido nada o dia todo. Annie tinha perdido peso nos últimos 16 meses com o sumiço de seu apetite.

O celular tocou. Era uma mensagem da tia Sherry. Gabby devia ter contado a novidade.

Você está bem?

Sim. Vou passar a noite em Oceanside.

Voltando para o carro, ela viu um cachorro grande correr em sua direção com um graveto na boca. Abaixou num joelho e o cachorro deixou o graveto cair na areia aos seus pés. Ao acariciá--lo, o animal a encarou com grandes olhos castanhos e brilhantes, fazendo-a rir. Parecia que o cachorro tinha esperado o dia inteiro por aquele momento.

— Aposto que você quer que eu jogue o graveto, né?

Os olhos do animal transbordavam adoração.

O sorriso de Annie se alargou. Com o graveto na mão, ela se levantou e se preparava para atirá-lo quando percebeu um homem em pé ao longe, vestindo uma jaqueta, calça jeans e botas pesadas. Ele era bem alto. Mais alto do que qualquer pessoa que ela conhecia, devia ter quase dois metros de altura. Os cabelos eram escuros, mas não dava para ver as feições por ele estar afastado demais. Contudo, ele a encarava com a cabeça um pouco inclinada, como se quisesse descobrir de quem se tratava e de onde ela vinha.

O homem não se aproximou, e ela presumiu que o cachorro era dele. Cheio de energia, o animal saiu correndo pela praia, a língua caída para o lado fora da boca, levantando areia com as patas.

Conforme o esperado, o cachorro voltou para o dono. Annie e o desconhecido permaneceram com o olhar fixo um no outro à distância durante alguns minutos, até que ela ficou sem jeito, virou-se e voltou para o carro.

Em vez de procurar por um restaurante, ela entrou em uma pequena cafeteria chamada Bean There e pediu um café com leite e espuma. Uma moça atrás do balcão anotou o pedido e sorriu sem jeito. No crachá, lia-se Britt.

Com o copo descartável na mão, Annie saiu passeando pela rua, olhando as vitrines. A loja de balas ainda estava funcionando. Mike enchia a boca com balas escuras de alcaçuz e deixava o líquido escuro escorrer pelos lados da boca até o queixo, só para enojá-la. A saudade do irmão era imensa, por isso ela se forçou a sair da frente da vitrine.

A loja de pipas continuava no mesmo lugar, também, mas era maior do que ela recordava, as pipas eram ainda mais elaboradas. O rapaz atrás do balcão levantou a cabeça para vê-la passar e sorriu. Annie retribuiu o sorriso, pensando em como havia se divertido com a família quando empinavam pipas juntos.

A sorveteria ainda era a mesma, sempre fora um negócio sólido. Nas férias, o sr. Marlow levava a família para tomar sorvete de casquinha toda noite. Annie escolhia um sabor diferente a cada vez, determinada a provar todos. O objetivo nunca fora alcançado, porque ela adorava o sabor de noz-pecã e não resistia a pedir uma bola deste e outra de sabor diferente.

Atrás do balcão havia uma parede imensa coberta por um grande mural. O foco da pintura era o mar, e as ondas pareciam muito reais, como se a água fosse cair sobre ela a qualquer momento. O céu azul era repleto de pipas multicoloridas que se misturavam às nuvens com formato de pipoca. O cenário era tão cativante que foi difícil desviar o olhar. Quem quer que fosse o autor da pintura era muito talentoso. Ali havia uma garota de cabelos castanhos, iguais aos dela, com uma trança lateral sobre o ombro, do mesmo jeito como penteava o cabelo naquela idade. Annie ficou observando a garota feliz e despreocupada por um bom tempo. Procurou o nome do artista, mas não encontrou. Talvez fosse alguém que havia conhecido durante os verões que passara na cidade. Depois de alguns minutos, ela se virou, imaginando se o mural não era algum tipo de sinal, uma indicação que Oceanside era onde tinha de estar e que, se seguisse sua intuição, era capaz de encontrar a paz ali. Uma centelha de esperança iluminou seu coração.

Continuando a caminhada, chegou à rua que conhecia tão bem: onde ficava o chalé que sua família alugava. Sem pensar duas vezes, virou e seguiu naquela direção. Dez minutos depois, parou, e seu coração disparou.

O chalé continuava no mesmo lugar. Era bem menor do que se lembrava. Em algum momento, podia até ter sido a garagem do grande sobrado logo atrás, que possuía uma varanda larga e portas-balcão. A pintura tanto do chalé quanto da casa havia desbotado, e o pequeno alpendre do chalé estava desnivelado com o peso dos anos.

Chalé à beira-mar.

Aquele era o único lugar onde havia passado os dias mais felizes na companhia da família. Ela havia encontrado o caminho de volta. O endereço da felicidade.

CAPÍTULO 4

Durante a viagem de volta a Seattle, Annie sentiu a dor se infiltrando pouco a pouco até abraçar sua alma. Sem perceber, diminuiu a velocidade do carro para 60 quilômetros por hora numa estrada onde o limite máximo era de 90 quilômetros por hora, e só se conscientizou do fato quando ouviu as buzinas dos outros que a ultrapassavam. Notou, então, que estava se deixando cair no mesmo buraco escuro de antes. Quanto mais perto do apartamento, mais difícil era respirar.

Annie havia passado a noite num hotel em Oceanside, e pela primeira e única vez em 16 meses conseguira dormir a noite inteira. Havia sido um choque acordar com a luz do dia. A noite não fora isenta de pesadelos constantes, mas ela despertara descansada, bem diferente do quase uma manhã sim, outra não, desde a tragédia.

Como estava chovendo, colocou rapidamente as coisas no carro, fez o checkout no hotel e voltou para Seattle. Quanto mais se aproximava da cidade, mais seu coração se apertava. Foi então que descobriu que a brincadeira que fizera com Gabby sobre ter encontrado um lugar feliz não era apenas uma brincadeira.

Agora sabia qual era seu lugar.

Um lugar à beira-mar 39

De volta à Seattle, sentiu-se inquieta e perdida. Não tinha voltado a trabalhar como paramédica desde a tragédia e nem podia, com o tempo tão tomado pelas questões legais e as sessões de terapia. Andando de um lado para o outro da pequena sala, não conseguiu identificar a razão de seu desassossego. A praia não lhe saía da cabeça e nem a necessidade — não, a urgência — de voltar para lá pelo menos para fugir da nuvem densa que pairava sobre si.

O mural que havia visto e a garota que se parecia com ela só podiam ser um sinal. As coisas começavam a fazer sentido: Oceanside não era mais uma cidade para se visitar, mas onde precisava estar. Depois de todos aqueles meses sem trabalhar, o desejo de retomar a carreira que tanto amara um dia se reacendeu.

Às pressas, ligou o computador e procurou empregos disponíveis na cidade, descendo o cursor pela lista. Prendeu a respiração ao se deparar com um anúncio da única clínica médica de Oceanside. Havia vaga para um paramédico.

Não podia ser coincidência. Havia o dedo de Deus ali. Era obra do destino, um milagre tal qual Moisés ao fazer com que as águas do mar Vermelho se abrissem. Primeiro fora a garota no mural, muito parecida com ela, e então uma vaga como paramédica em Oceanside. A mudança tinha que acontecer mesmo.

O primeiro passo foi enviar o formulário de candidatura via e-mail, anexando seus certificados tanto do estado de Washington quanto da Califórnia. Não foi de se surpreender quando a resposta chegou rápido. A entrevista foi marcada em menos de 24 horas. Pela segunda vez na mesma semana, ela fez a malinha de uma noite e pegou a estrada para Oceanside.

Conforme ia se aproximando da costa, o fardo sobre seus ombros diminuía, sendo substituído por uma sensação de leveza. Era um feixe tênue de luz, mas já era possível sentir seu calor. Um alívio para o que vinha passando, alguma coisa ou alguém a resgatava da escuridão, oferecendo um fiapo de esperança para que pudesse se reerguer e voltar para a claridade.

Annie dirigiu direto para a clínica médica sem pausa para comer ou ir ao banheiro. A entrevista tinha sido marcada para logo depois do almoço com o único médico da clínica. Por não estar trabalhando nos últimos 16 meses, a ansiedade devia ser bem maior do que era na realidade. No caminho, decidiu não falar sobre o que estava passando numa tentativa desesperada de deixar a tragédia para trás e seguir com a vida. Se as pessoas soubessem que perdera parentes no deslizamento de terra, a pena inevitável viria acompanhada de olhares e comentários pesarosos. E aquilo era tudo o que queria evitar. Era preciso recomeçar, longe de tudo.

Assim que se apresentou, a recepcionista a fitou e abriu um sorriso de boas-vindas.

— Ah, você deve ser a paramédica. Prazer em conhecê-la. Meu nome é Candi Olsen.

— Olá, Candi.

— O dr. Bainbridge está ansioso para conhecê-la. Você se incomoda em esperar um pouquinho enquanto aviso que está aqui?

— Claro que não.

Annie voltou para a sala de espera, sentou-se e pegou uma revista *People* de seis meses atrás. Mal terminou de ler a capa quando Candi voltou.

— O dr. Bainbridge está à sua espera.

A impressão era de que Candi repetia as mesmas palavras a todos que entravam na clínica. Annie a seguiu por um corredor longo e estreito até a última sala da direita. Quando entrou, o Dr. Bainbridge se levantou. Tratava-se de um homem mais velho do que o esperado, devia estar na idade de se aposentar, se já não tivesse passado. Os cabelos eram fartos e brancos, e as sobrancelhas grossas precisavam ser aparadas com urgência. Os olhos azuis pareciam cansados.

— Marcus Bainbridge — ele se apresentou estendendo a mão.

— Annie Marlow.

Ela retribuiu o aperto de mão.

O dr. Bainbridge ofereceu uma cadeira para ela e pegou uma pasta em cima da mesa bagunçada.

— Verifiquei suas referências. Seu antigo chefe a recomendou com uma estrela de ouro.

Era o mínimo que Annie esperava.

O médico a estudou por um instante e comentou:

— Notei que faz 16 meses que você não trabalha na sua área...

Desconfortável, Annie se remexeu na cadeira e o olhou de frente.

— Tive problemas de família.

Ele não pediu explicações, mas deixou o comentário no ar, esperando uma resposta mesmo sem ter verbalizado a pergunta.

Annie permaneceu quieta, optando por não quebrar o silêncio. Era melhor manter o desabamento e as consequências fora da conversa. O emprego e a comunidade seriam um recomeço, e se para isso tivesse que se blindar, era o que faria. Parte do processo de cura consistia em seguir em frente, não permanecer estagnada no passado, nos "e se...", e nem imersa em arrependimentos. E aquilo não seria possível se outras pessoas soubessem da tragédia. Haveria muita especulação, perguntas, compaixão — tudo que ela procurava evitar.

— Ah, sim... problemas de família. Não precisa dizer mais nada. — O homem folheou o formulário de admissão. — Precisamos mesmo é de um médico, mas infelizmente não conseguimos encontrar alguém especializado que deseje servir a essa comunidade. É difícil, pois não há muitos candidatos interessados em viver e trabalhar num lugar tão fora de mão. — Ele fez uma pausa e olhou para o alto. — Não me importo em admitir que preciso parar de trabalhar. Estou cansado. Vim para cá para clinicar por meio período até que outro médico fosse contratado por tempo integral. Como já disse, isso não aconteceu. Quando entrei nesta clínica, minha intenção era trabalhar um ou dois dias por semana no máximo, mas acabei ficando aqui mais do que gostaria. Sou médico de família há 35 anos. Minha esposa e eu queríamos deixar a vida na cidade para relaxar, mas em vez disso estou preso numa rotina de trabalho de dez horas por dia. Por isso preciso de ajuda. Nós tínhamos muita vontade de viajar um pouco, conhecer o mundo e coisas do tipo. Assim que outro médico for contratado, pretendo me aposentar, pegar as malas e sair com a minha esposa no nosso trailer.

— O senhor está dizendo que não teve oportunidade de viajar?

— Ultimamente, não. Foi um desafio até para encontrar um paramédico. O que estava aqui antes da minha chegada foi embora no primeiro mês. Encontrar um substituto tem sido difícil. Os outros dois que se candidataram mudaram de ideia assim que viram o tamanho da cidade.

— Não vou mudar de ideia, dr. Bainbridge. Eu *quero* morar em Oceanside — garantiu Annie.

Pouco depois do acidente, ela havia chegado a considerar voltar para a faculdade de medicina. No entanto, não estava muito bem da cabeça e desistiu. Talvez um dia, quem sabe. A entrevista durou mais uma hora, até o dr. Bainbridge mencionar de novo as características da cidade.

— Annie, você deve estar ciente de que a economia aqui é baseada no turismo. No inverno, Oceanside fica igual a uma cidade fantasma. Antes que a matriz concorde com sua contratação, preciso que se comprometa a ficar um ano. Você pode fazer isso?

Ele estreitou os olhos e a fulminou com a intensidade de um raio laser.

— Prometo ficar um ano inteiro.

O médico suspirou, aliviado.

— Maravilha. Quando você poderia começar?

— Quando o senhor quer que eu comece?

— Gostaria que estivesse aqui assim que puder. Na semana que vem, se possível.

— Está certo, virei na semana que vem.

Um lugar à beira-mar   43

Era loucura pensar que poderia se mudar em tão pouco tempo. Todavia, Annie estava determinada a se empenhar ao máximo para isso.

O dr. Bainbridge e Annie combinaram os horários e o salário. Antes de ela ir embora, ele mostrou a clínica e a apresentou para a enfermeira, Julia James. Tanto Julia quanto Candi pareciam profissionais, competentes e tão ansiosas quanto o dr. Marcus Bainbridge para que ela fizesse parte da equipe.

Annie deixou a clínica animada e foi direto para o chalé que a família tinha alugado por tantos anos. Na realidade, o chalé e a casa não ficavam de frente para a praia, mas do outro lado da rua. De fora e pela má conservação, percebia-se que não devia estar alugada. Os vidros das janelas estavam cobertos por uma camada de pó e sujeira que impediam a visão do lado de dentro. Pelo que se lembrava, o chalé era bem cuidado. Ver a propriedade naquele estado a deixou triste. O chalé precisava de um pouco de manutenção, mas isso não fazia diferença. Era ali que queria morar e onde tinha esperança de recuperar as lembranças daqueles dias livres de preocupação e os momentos felizes com os pais e o irmão.

Annie se lembrava de que, quando era mais nova, a pequena casa era alugada por semana. Esperava conseguir convencer o proprietário a assinar um contrato de um ano. O custo não era importante, pois estava disposta a pagar o que fosse pedido, e ainda seria pouco para reviver as lembranças.

Na época em que a família alugava o local, o chalé pertencia a um casal de idosos. Eles tinham uma neta adolescente e com a idade próxima à de Mike, que tinha uma enorme atração pela menina. Annie não recordava o nome dela, mas não esqueceria jamais de como o irmão ficava atrapalhado quando estavam perto um do outro.

A garota era uns dois anos mais velha e tinha cabelos loiros e compridos e olhos azuis. Engraçado... Fazia anos que não pensava naquela garota. Droga, queria muito se lembrar do nome dela! Na certa, o casal de idosos morrera, e a julgar pelo estado da casa, o novo proprietário não era tão cuidadoso. Annie não conseguia parar de pensar no que teria acontecido com a neta do casal de idosos.

Annie estacionou ao lado do chalé, foi até a casa principal e tocou a campainha. Um gato siamês branco apareceu no parapeito da janela da sala enorme e a encarou, curioso. Esperou mais alguns minutos e ninguém atendeu a porta. Tocou de novo, e quando não ouviu nada, presumiu que, como a maior parte da casa, a campainha não funcionava mais. Decidiu bater.

Nada.

Ao ouvir um barulho do outro lado da porta, resolveu bater de novo, só que dessa vez com mais força até os ossinhos da mão doerem.

Nenhuma resposta.

A impressão de que havia uma pessoa do outro lado da porta era nítida, alguém que se recusava a atender.

— Olá! — gritou e como não ouviu nada, tentou de novo: — Eu gostaria de alugar o chalé.

Muito tempo depois, não havia alternativa senão ir embora. Bem, pelo menos tinha tentado. Como precisava se mudar o mais rápido possível, decidiu parar numa corretora que anunciava casas para alugar. Uma senhora de meia idade com óculos com aro de tartaruga, equilibrados na ponta do nariz, tomava conta da recepção. Pelo jeito, o escritório estava em reforma. Duas mesas tinham sido afastadas para a lateral e a parede dos fundos estava pintada até a metade.

— Posso ajudá-la? — perguntou a corretora, levantando-se para cumprimentá-la.

— Sim, por favor... — Annie estava prestes a dizer que estava procurando algo para alugar, quando o pintor voltou para terminar o trabalho. Reconheceu-o no mesmo instante. Apesar de tê-lo visto apenas uma vez, tinha certeza de que era o mesmo rapaz que vira na praia havia poucos dias passeando com um cachorro.

Ele era enorme, com certeza o maior homem que já vira na vida. Os ombros eram tão largos que era provável que precisasse comprar roupas com numeração especial ou, quem sabe, até mandar fazer. Os braços eram longos e musculosos, cabelos e olhos castanho- -escuros e o nariz aquilino, talvez quebrado e nunca arrumado. Ao notar a presença de Annie, ele parou e arregalou os olhos por um breve momento, na certa reconhecendo-a daquele dia chuvoso e com vento forte. Os olhares de ambos se prenderam por um longo e desconfortável momento.

A corretora percebeu e deu uma tossidela para chamar a atenção.

Sentindo-se uma tola, Annie piscou e perguntou:

— Era você que estava com um cachorro na praia, né?

Depois de uma pausa, ele assentiu mal-humorado com um sinal de cabeça.

Annie se aproximou um pouco.

— Qual o nome do cachorro?

— Lennon.

— Uma homenagem à John Lennon.

Ele meneou a cabeça de novo.

— Qual é a raça dele?

Ele ignorou a pergunta e deu as costas, pegando o pincel e voltando depressa a trabalhar.

A corretora inclinou-se na direção de Annie e sussurrou:

— Não ligue para Keaton, ele não é de falar muito e não teve intenção de ser rude.

— Tudo bem.

Annie não estava ofendida por ele não ter sido simpático. Na verdade, estava intrigada. As pessoas deveriam fitá-lo com estra- nheza por causa do tamanho.

Desviando a atenção de Keaton, ela continuou:

— Passei no chalé da Seaside Lane. Meus pais alugavam durante minha adolescência. Na época, a propriedade pertencia a um casal de idosos, mas acho que hoje em dia o dono é outro. Será que é possível alugá-lo?

— Agora a proprietária é Melody Johnson — explicou a corretora, franzindo o cenho. — Ela recebeu a casa de herança com a morte dos avós. A casa ficou vazia durante anos, até ela voltar faz mais ou menos uns quatro ou cinco anos. É uma pena que ela não tenha cuidado muito da propriedade.

Melody Johnson. Melody. O nome não era estranho, Annie repetiu o nome para si várias vezes. A garota de que se lembrava tinha um nome diferente.

— Fui até a porta e bati, mas ninguém atendeu. Tenho certeza de que tinha alguém em casa.

— Bem... não é de se estranhar. Melody é um pouco agorafóbica. Não atende a porta a menos que conheça a pessoa que está batendo.

Annie piscou algumas vezes, sabendo que pessoas com esse distúrbio ficavam muito ansiosas em público e se fechavam em casa, onde se sentiam mais seguras. Tomara que isso não a impedisse de alugar o chalé.

— Você acha que ela consideraria alugar o chalé para mim? Estou mais que disposta a assinar um contrato de um ano e pagar o que ela considerar justo. Como eu poderia falar com a srta. Johnson?

— Duvido que ela tenha interesse... — A corretora balançou a cabeça. — Agora, se você estiver procurando uma casa para alugar, tenho outras para mostrar...

— Eu gostaria de saber se a srta. Johnson está disposta a me receber antes de olhar qualquer outra coisa.

Annie sabia bem o que queria e não ligava para as condições do aluguel. E se precisasse fazer algum reparo, trataria de resolver sozinha.

— Sim, bem, você pode perguntar. Escreva um bilhete e passe por baixo da porta e talvez ela responda. Eu tentei alugar para mim mesma sem muito sucesso. Que eu saiba, outros corretores já tentaram, também. Pelo jeito, Melody não está interessada, o que é uma pena. A casa é de frente para o mar, e ela poderia ganhar um bom dinheiro na temporada.

— Eu pergunto. — Keaton, que devia estar ouvindo a conversa, deixou o pincel de lado e se ofereceu.

— *Você* vai falar com Melody? — A corretora ficou estarrecida.

— Espere aqui.

Ele lançou um olhar sério para Annie.

Annie presumiu que deveria ter ficado assustada com a maneira estranha e abrupta com a qual ele falou com ela. Mas não ficou, mesmo sem saber o porquê.

Keaton parecia interessado em ajudá-la com o aluguel, bem diferente da disposição da corretora, que não havia gostado nada da interferência.

— Keaton, você devia saber que ir até lá é pura perda de tempo — comentou a mulher, mexendo em alguns papéis na mesa.

— Não me importo em esperar. Obrigada, Keaton. — Annie o encorajou.

Keaton assentiu com a cabeça, passou por ela e saiu. Annie o acompanhou com o olhar, querendo saber mais sobre aquele gigante de poucas palavras.

A corretora sorriu como que se desculpando.

— Eu não teria muita esperança. Melody é difícil. Sabe, Keaton é um pouco intimidador, mas não faz mal a ninguém.

Annie não estava nenhum pouco apreensiva, apesar de ele ter sido um pouco grosseiro. De um jeito ou de outro, aquele homem- -urso a intrigava, ainda mais porque se propusera em falar com a proprietária do chalé em seu benefício.

— Como eu disse, Melody é problemática. Que eu saiba, ela não tem contato nenhum com o mundo exterior. Só Deus sabe como sobrevive naquela casa sozinha.

— Parece que Keaton a conhece — Annie supôs.

— É possível. Se bem me lembro, Keaton e Melody terminaram o segundo grau juntos. Lembre-se de que Melody é muito estranha, se é que você me entende.

Annie nem se deu ao trabalho de responder, pensando no quanto ficaria grata para sempre se Melody concordasse com o aluguel.

A corretora ficou impaciente.

— Você não gostaria de olhar nossa listagem enquanto espera?

Annie esperava que não iria precisar, mas concordou:

— Está certo.

— Você prefere casa ou apartamento?

— Casa.

Depois de morar em apartamento durante a faculdade e ser proprietária de um em Los Angeles, Annie estava ansiosa para se mudar para uma casa.

— Temos vários apartamentos para alugar, mas apenas duas casas.

Ela estendeu a listagem para Annie examinar. As duas casas eram grandes demais com vários quartos. O chalé seria perfeito. Se ao menos a proprietária concordasse...

Keaton voltou depois de vinte minutos e entregou a Annie uma folha dobrada.

O coração de Annie se acelerou conforme abria e lia o bilhete:

O chalé será alugado do jeito que está. Não venha reclamar depois.
Guarde os comentários para você e não me perturbe.
Aluguel de um ano, seis meses adiantado.
Estou agindo contra o meu bom senso e não quero me arrepender.

Annie deu uma olhada para Keaton, que já tinha pegado o pincel e continuado a trabalhar. O instinto lhe dizia que ele tinha convencido a srta. Johnson a alugar o chalé.

— Obrigada, Keaton.

Sem olhar para trás, ele se manifestou com um simples meneio de cabeça e continuou com a pintura.

CAPÍTULO 5

Era *ela*. Annie. Depois de todos aqueles anos.

Keaton nunca esquecera a garota cuja família alugava o chalé à beira-mar.

Havia poucos dias, enquanto passeava com Lennon na praia, a tinha visto e reconhecido na mesma hora. Fora uma surpresa tão grande tê-la reencontrado que ficou paralisado no lugar com medo de chegar perto e ela desaparecer. Mesmo depois de tantos anos, ela ainda exercia o mesmo magnetismo sobre ele.

Annie continuava tão bonita quanto naquele verão de tantos anos atrás e nunca saíra de sua cabeça, o riso dela lhe fazia companhia. Quando a vida ficava difícil e precisava lidar com o ódio do pai, era nela que pensava. Em tais horas, ele se lembrava daquele verão quando a vira pela primeira vez, correndo pela praia com os cabelos esvoaçantes e a risada levada pelo vento. Foi pensando nela que tivera forças para olhar além do horror em que vivia.

No dia específico em que tinham se conhecido, Annie fora gentil e educada, recusando-se a entrar na brincadeira dos outros e insistindo que Devon parasse com os apelidos jocosos. Aliás, gozação era a rotina de Devon na escola, mas ele nunca se deixara abalar. Se quisesse, bastaria encarar seu algoz e dar um passo na direção dele para que a brincadeira acabasse no mesmo instante. Ninguém se atrevia a enfrentar a fera.

Desde a primeira vez que a vira, Keaton a desenhara infinitas vezes no papel e em sua mente. Era como se fossem a Fera e a Bela — a perfeição ante sua vida infeliz e miserável. Fazia muito tempo e nunca tivera esperanças de reencontrá-la. No seu imaginário, a fantasia que criara jamais se equipararia à realidade e, no entanto, ali estava ela, tão linda e maravilhosa quanto se lembrava. Talvez até mais.

Vê-la deixou-o sem ar, imóvel, sem saber se aquela moça era real ou fruto de sua imaginação. Lennon, por sua vez, correu até ela como se a conhecesse desde sempre. Annie se abaixou para acariciá-lo, enquanto ele fora incapaz de fazer qualquer outra coisa além de ficar olhando de longe.

Annie foi embora no dia seguinte. Talvez não a visse mais, o que o deixou arrependido e certo de que havia perdido uma oportunidade de conversar com ela. Sentiu-se igual àquele jovem esquisito de antes, com medo de falar com a garota bonita da praia.

Ao voltar para a imobiliária a fim de continuar com a pintura e deparar-se com Annie, pensou que seu coração fosse explodir. A surpresa foi tamanha que só conseguiu ficar fitando-a sem acreditar nos próprios olhos. Ela era real e estava em Oceanside.

Annie tinha voltado e o pegara de surpresa. Ainda mais chocante era o fato de ela querer alugar o mesmo chalé de antes. A casa de Mellie. Sabia que poderia convencer Mellie a alugar o local, embora não fosse uma tarefa fácil. Mellie Johnson era muito teimosa. Mesmo assim, estava preparado a fazer o que fosse necessário para fazê-la concordar. Por alguma razão desconhecida e pela ansiedade na voz, sentiu que Annie precisava alugar aquele chalé, e por isso estava determinado a ajudá-la, até porque não tinha mais nada a oferecer.

Em princípio, Mellie não estava aberta a negociações, mas acabou cedendo, pois dependia dele. Keaton nunca pedira nada em troca pelas compras de mercado, as entregas de correspondência e execução de outras tarefas. Mas aquela questão era diferente e não estava disposto a receber um não como resposta, por isso explicou como era importante para ele que Annie alugasse aquele chalé. Claro que, sendo Mellie, com o consentimento veio uma lista de exigências. Não seria problema nenhum concordar com tudo, e imaginou que Annie faria o mesmo.

Keaton não sabia o que tinha levado Annie para Oceanside. O importante era que ela estava de volta. Aquela seria sua segunda chance e, por tudo que era sagrado, pretendia aproveitar a oportunidade.

CAPÍTULO 6

Annie ficou empolgada quando descobriu que poderia alugar o chalé. Mesmo sem saber qual argumento havia convencido Melody Johnson a concordar, o importante era que Keaton conseguira. Sem querer questionar a sorte, aceitou logo as exigências propostas.

Ao dirigir até o chalé, teve uma intuição de que tudo aquilo era mesmo obra do destino. Após 16 meses angustiantes, convenceu-se de que finalmente estava na direção certa. Até então, seguia por uma estrada repleta de buracos, dominada pela autocomiseração e fracassos que a desviavam do rumo.

Por fim estava de volta ao eixo, pronta para dar o próximo passo e recomeçar a vida numa cidade repleta de lembranças felizes da infância, no mesmo chalé à beira-mar onde passara o verão com os pais e o irmão. Quem sabe seus pais não a tivessem guiado até Oceanside, cientes de que ali era o único lugar que poderia curar um coração ferido.

Annie estava em pé sobre o piso irregular do alpendre, depois de subir os degraus desnivelados, e com a chave do chalé, que Keaton lhe havia dado, na mão. Segurou a respiração ao abrir a porta e espiar o lado de dentro. Suas suspeitas se confirmaram.

Aquele lugar não tinha sido alugado durante anos. A sala estava cheia de teias de aranha e o piso coberto por várias camadas de sujeira, mas estava toda mobiliada, e por sorte alguém colocara lençóis para proteger os móveis.

Pisando com cautela, seguiu até a cozinha. A mesa era a mesma onde ela e a família usavam para os jogos de tabuleiro, cartas e para as refeições. Fechando os olhos, ouviu os ecos da diversão de outrora e seus lábios se curvaram num sorriso. Conforme já tinha notado, os vidros estavam imundos. Uma das primeiras tarefas seria lavá-los por dentro e por fora para permitir a entrada de luz. Depois de viver tantos meses na escuridão, luz era primordial.

Quando foi verificar se tinha água, a torneira rangeu e por falta de uso demorou para jorrar uma água cor de ferrugem. A torneira permaneceu aberta enquanto ela foi conferir os quartos e o banheiro. O quarto sempre era dela, e Mike tinha que dormir no sofá-cama. Todo ano ele reclamava. Antes pudesse ouvi-lo reclamar de novo... A cortina do chuveiro ainda era a mesma daquela época. Engraçado que ainda a tivesse reconhecido. Ao dar descarga no vaso, notou aliviada que o encanamento estava em ordem.

O chalé inteiro precisava de uma boa limpeza e uma demão de tinta. Com uma semana ou duas de trabalho árduo, Annie deixaria tudo do jeito que se recordava.

Enquanto fazia uma lista de produtos de limpeza, ouviu o latido de um cachorro. No mesmo instante pensou em Lennon, o cachorro simpático que conhecera na praia. Ela havia deixado a porta da frente aberta para arejar a sala, e quando olhou para fora viu o cão imenso abanando o rabo com tanta força que chegava a bater nas laterais do corpo, os grandes olhos castanhos mirando-a com adoração.

— Olá, Lennon — ela o cumprimentou e se abaixou para passar a mão no pelo grosso e meio emaranhado.

Ao olhar para a frente, viu Keaton parado na rua, observando-a com seu jeito carrancudo. Era um homem grande e intimidador, assim como a corretora havia mencionado, mas bonito de certa forma. Sim, era uma maneira estranha de defini-lo, mas aquele tamanho

Um lugar à beira-mar 55

todo não a amedrontava como devia acontecer com os outros. De certa forma, sentia-se atraída por ele. Endireitou o corpo e sorriu.

— Preciso agradecer — disse aumentando o tom de voz para que ele ouvisse. — Não faço ideia de como você convenceu a proprietária a me alugar o chalé, mas o que quer que tenha dito, deu certo, e estou grata.

Keaton encolheu os ombros sem graça com o elogio.

— Minha família alugou esse chalé por vários verões durante a minha adolescência — explicou ela, constrangida.

Ele atravessou o gramado alto até a porta da frente e entregou um pedaço de papel com números grandes de celular e o nome de Melody Johnson logo abaixo.

— Mellie quer que você assine um contrato de locação.

— Mellie? — Era esse o nome da menina que Mike paquerava naquele último verão. — Essa é... a neta dos Munson?

Keaton confirmou com um sinal de cabeça.

— Você vai assinar o contrato?

— Claro que sim. Mellie era mais velha que eu, e meu irmão, Mike, tinha uma queda por ela.

Keaton esboçou um sorriso.

— A maioria dos meninos tinha.

— Eu me lembro que ela aguentava as tentativas tolas de Mike de chamar a atenção.

Annie sorriu com a lembrança do irmão recitando poesias para Mellie e do tanto que pegava no pé dele pelo papel ridículo que fazia. Mellie era simpática e extrovertida, bem diferente do que naquele momento. Ao que parecia, os anos a tinham transformado. Bem, não tinha sido só ela.

Keaton entregou o contrato padrão de aluguel e esperou do lado de fora, enquanto ela entrou, leu tudo e assinou na última linha. Annie voltou e entregou os papéis e o cheque, grata por Mellie ter entregado a chave antes de receber o dinheiro.

— Obrigada de novo.

Ela estava mais agradecida do que ele podia imaginar.

Keaton assobiou e Lennon saiu na mesma hora para acompanhá-lo.

Com as informações de contato do proprietário em mãos, Annie gravou o número de Mellie no celular na esperança de um bom relacionamento. Talvez Mellie nem se lembrasse dela ou de Mike.

Muita gente alugava o chalé durante o verão; a família dela fora uma entre muitas. Não era segredo que Mellie era uma pessoa reservada, mas se porventura se tornassem amigas, seria uma ligeira conexão com o irmão que perdera, e era aquilo que precisava no momento.

Conexão.

Contrariando seu bom senso, ela pressionou o nome de Mellie para completar a ligação. Tocou cinco vezes antes de uma resposta.

— Quem é?

Annie piscou algumas vezes quando a pergunta ríspida a atingiu como um tapa o rosto, mas se recuperou logo.

— Olá, Mellie. Achei que deveria me apresentar — disse numa voz suave e bem cordial. — Sou sua inquilina.

— Se ligar de novo, cancelo o contrato.

— Por que...?

— Qual parte de "me deixe em paz" você não entendeu?

— Prometo que não serei chata — assegurou Annie, ignorando a pergunta. — Estou ligando para dizer que me lembro de você de quando minha família...

— Você acha que eu ligo para isso? Saiba que não dou a mínima. O que eu quero é que me deixe em paz. — Mellie foi categórica.

Nossa, aquela não era mesmo a garota que Annie lembrava.

— Está certo. Não vou esquecer. Não vou importunar mais... a menos que seja por alguma coisa importante.

— Ótimo. É bom que não se esqueça mesmo disso, porque já está me incomodando.

— Tudo bem. Entendi. Liguei também para agradecer por ter alugado...

— Não me agradeça — interrompeu Mellie. — Keaton me intimidou a concordar com essa loucura.

As suspeitas de Annie se confirmaram.

— Mas você concordou e eu sou grata por isso.

— Mostre sua gratidão cuidando da sua própria vida e bem longe da minha. Não quero que me ligue de novo e se acontecer algo urgente, fale com Keaton.

— Entendi.

— Espero que tenha entendido mesmo.

Assim dizendo, Mellie bateu o telefone, o som foi tão alto que Annie precisou afastar o celular do ouvido rapidamente. Depois de um longo suspiro, ficou imaginando o que teria acontecido para que Mellie deixasse de ser a garota feliz e despreocupada de antes. Ainda se lembrava com carinho dos avós de Mellie. Sempre que ia para a praia com os pais, os Munson os recebiam com amor e carinho. Uma imagem nítida lhe veio à cabeça do sr. Munson e seu pai no alpendre aconchegante, fumando charuto. Ele sempre convidava todos para tomarem limonada em sua casa. Naquela época, a sra. Munson ficava ocupada com a produção de frutas em conserva. O terreno era repleto de arbustos de amora-silvestre e mirtilo, além de várias macieiras.

Mike e Annie adoravam colher e encher a boca com as frutinhas que escureciam os lábios e manchavam as mãos. Se por acaso os arbustos tivessem sobrevivido ao tempo, estariam perdidos no meio de tantas ervas daninhas, que sufocavam quase a metade da propriedade.

Foi um choque saber como a neta daquele casal tão amável, que um dia fora divertida e extrovertida, tornara-se tão perturbada e hostil. O desapego e a falta de amor de Mellie pela casa e pelo terreno era nítido a julgar pelo estado de desleixo de ambos. Houve uma época em que a casa fora a vitrine da cidade. Agora estava negligenciada e destruída pelo tempo. O casal que a amara e cuidara tinha partido, substituídos por uma neta perturbada e mal-agradecida.

* * *

Annie trabalhou na limpeza do chalé até às 8 horas da noite, parando apenas quando estava exausta demais para continuar. De lá, voltou para o hotel em frente ao parque da cidade. Quinta-feira era dia de Concerto no Parque num pequeno palco da comunidade coberto e ao ar livre. Mesmo cansada, ela decidiu assistir. Sentou-se numa arquibancada improvisada de frente para o palco e ouviu a banda de jazz tocar. A música foi um acalento para a alma. Quando o show terminou, voltou para o hotel, caiu na cama e dormiu oito horas direto até a manhã seguinte.

Oito horas seguidas.

Ela se sentia incrível depois de uma boa noite de sono. Maravilhosamente bem. Até então, não tinha percebido como estava precisando descansar, a consciência só veio depois de ter dormido uma noite inteira.

Assim que acordou na manhã seguinte, foi para Seattle tratar da mudança para Oceanside. Com tanta coisa para fazer, colocou o fone no viva-voz para conversar com Gabby enquanto encaixotava seus pertences no apartamento.

— Você está o quê? Não me diga que vai mudar mesmo para Oceanside. Isso é piada, né?

— É sério. Arrumei um emprego e um lugar para morar. Você se lembra da Melody Johnson?

— Quem?

Bem, não havia motivo algum para Gabby se lembrar da paixão de Mike de tantos anos atrás.

— Não faz mal, não é importante. É maravilhoso como tudo se encaixou como se eu tivesse planejado a mudança com antecedência.

— Annie, você deve saber que Oceanside é uma cidade fantasma na maior parte do ano, né? Que tipo de comércio eles têm? Pelo menos um shopping? A cidade é grande o suficiente para ter um hipermercado, ou um cinema?

— Tem um cinema.

Ela não especificou que só havia um cinema e com apenas uma sala, diferente dos multiplex aos quais estavam acostumadas em Seattle.

Gabby não fez questão nenhuma de esconder o que achava.

— Você não é assim, Annie. Isso é loucura! Não entendo o que está acontecendo. Uma hora você está super deprimida, na outra, animadíssima. Parece que está drogada ou algo do tipo.

Annie não esperava uma reação tão negativa, mas sim que a prima ficasse animada por ela ter se interessado por alguma coisa depois de tanto tempo. Tinha como certo que a melhor amiga do mundo iria animá-la.

— Não esqueça que a ideia foi sua.

— Sim, mas não achei que você fosse empacotar suas coisas e se mudar.

Annie percebeu a preocupação. Gabby tinha medo de que ela estivesse procurando a cura através de uma mudança geográfica.

— Você não entendeu — explicou com toda paciência. — Consegui dormir oito horas direto duas vezes.

Ninguém melhor do que Gabby sabia como ela não dormia bem desde o deslizamento de terra.

— Entendo, Annie, mas você está se mudando por impulso, e isso me preocupa.

— Estou ótima, Gabby. Faz muito tempo que não me sinto tão bem. Acho que é isso que tenho que fazer agora. Pelo jeito como as coisas se encaixaram, tenho a impressão de que meus pais são responsáveis de algum jeito.

— Você estará horas de distância daqui. Mamãe e eu ficaremos preocupadas.

Gabby suspirou, desolada.

Annie havia permitido que a prima e a tia a tratassem de maneira condescendente. Precisava se desgarrar das duas, ou talvez nunca superasse a perda. Havia chegado a hora de se levantar e cuidar de si mesma. Era urgente seguir em frente em vez de ficar presa à angústia da perda que a consumia dia e noite.

— Posso voltar para Los Angeles sempre que quiser — brincou, tentando melhorar o clima.

Em princípio, a intenção era voltar ao sul da Califórnia assim que tratasse das questões legais de família. Entretanto, o impacto emocional não tinha sido tão simples quanto imaginou que seria.

A ação coletiva ainda tinha que ser movida. Annie não queria participar, pretendendo fugir de todo o drama e da dor de reviver o horror daquela manhã terrível do dia de Ação de Graças. Tia Sherry tinha insistido que ela devia aquilo aos pais, e estava certa. Por mais hesitante que estivesse, Annie não podia fugir dos consequentes aspectos legais da tragédia. Além do mais, tinha sido difícil continuar a ser a mesma pessoa de antes. A vida estava diferente. Era como se ela tivesse sido jogada à deriva num mar revolto pela dor. Aliás, nada mais seria como fora no passado. E nem poderia. Foram precisos meses para que entendesse e aceitasse as ramificações de ter perdido a família. A sensação de vazio e solidão parecia não ter fim.

Bastava pensar que estava tudo resolvido e que poderia respirar de novo, para que alguma coisa a mais, uma questão, um detalhe esquecido surgisse e requisitasse a sua atenção. Logo a vida na Califórnia não passaria de uma lembrança, e era preciso aceitar que não haveria volta.

— Odeio o fato de que você vai se mudar — admitiu Gabby. — Acho que é egoísmo meu. Ter você por perto tem sido ótimo. Vou morrer de saudade. Você me faz bem.

— Saiba que sinto o mesmo. — Annie tinha se apoiado muito na prima e na tia, talvez mais do que deveria. — Preciso dessa mudança, Gabs. Oceanside me acalenta a alma. Não tem lógica. Assim que cheguei lá me senti em paz pela primeira vez desde que perdi minha família.

— Parece que você já está diferente, Annie. — Gabby reconheceu, embora hesitante. — Se o que você precisa é morar em Oceanside, então, vai fundo. Coloque a cabeça no lugar e volte para Seattle. Venho falando para você se cuidar, mas não esperava que para tanto precisasse se mudar para longe.

Annie respirou aliviada. O apoio de Gabby era importante.

— Pode me visitar sempre que quiser. Você sabe que um dia volto para Seattle.

Depois de encaixotar tudo o que tinha no apartamento, Annie voltou para o chalé em Oceanside. Ao chegar, surpreendeu-se ao encontrar a grama cortada e a porta com uma pintura nova. Só quando começou a descarregar o carro percebeu que os degraus tinham sido refeitos com madeira nova e o alpendre estava nivelado com algumas tábuas trocadas e pintadas. Havia outras melhorias também, mas aquelas foram as primeiras que chamaram a atenção. A diferença era como a noite e o dia. Não precisava nem dizer que só uma pessoa podia ser responsável por tudo aquilo.

Keaton.

Havia muito a ser feito antes de começar no novo emprego, por isso Annie decidiu que o procuraria mais tarde para agradecer. Mas cada coisa a seu tempo, e o primordial era descarregar o carro superlotado apenas com o que precisaria de imediato.

Sem se preocupar em desfazer as malas de roupa, decidiu ir ao mercado para comprar o básico e depois arrumou a cozinha. Logo percebeu que precisaria de novos potes e panelas e começou a fazer uma lista, que no correr da tarde tinha completado duas páginas.

Depois de várias viagens ao hipermercado mais próximo em Aberdeen, Annie sentiu como se o chalé fosse sua casa.

Na segunda-feira, Annie estava pronta para começar a trabalhar na Clínica Médica de Oceanside com o pé direito.

A primeira paciente foi uma mulher de 50 anos de idade, reclamando de uma dor forte e constante no ombro e nas costas.

Ela estava viajando havia duas semanas com o marido no trailer do casal. Fazia pouco tempo que soubera que o pai tinha sofrido um ataque cardíaco. Ficou claro que a paciente estava com um alto nível de estresse de tanta preocupação com a saúde dos pais.

Annie engoliu em seco ao ouvir o relato, ciente de que jamais enfrentaria problema semelhante, uma vez que seus pais não tiveram o luxo de envelhecer. Depois de medir os sinais vitais da paciente e examiná-la, Annie percebeu que ela havia desenvolvido herpes. Em seguida, indicou um remédio antiviral, comprimidos para dor e a aconselhou a procurar um clínico quando voltasse para casa.

A próxima paciente era uma moradora local chamada Rebeca Calder. Seus olhos reluziram de alegria quando Annie entrou na sala de exames.

— Estou grávida! Faz duas semanas que tenho enjoos todas as manhãs. Indisposição matinal — anunciou ela, orgulhosa do próprio diagnóstico. — Não menstruei também. Isso significa que estou grávida, né?

— Vamos confirmar com um exame de urina — disse Annie, apreciando a animação de Rebeca.

— Faz quatro anos que Lucas e eu estamos tentando ter um bebê, mas até agora só conseguimos uma decepção atrás da outra. O seguro-saúde do trabalho do Lucas é bom, mas não cobre tratamentos de infertilidade e não podemos pagar do nosso bolso. Meu marido será um pai maravilhoso.

Os olhos dela brilhavam de orgulho e amor.

Annie entregou um copinho de plástico para Rebeca coletar a urina. A alegria e empolgação sumiram quando ela relutou em fazer o exame.

— Já fiz três testes de farmácia e todos deram negativo, mas não devem estar certos. Quer dizer, não pode ser, pois não menstruei e tenho enjoos toda manhã. Esses resultados são falsos, né?

— Vamos descobrir e você vai se tranquilizar.

— Não é melhor fazer um exame de sangue? — pediu ela, como se assim o resultado fosse diferente.

— Não, o teste de urina tem noventa e nove por cento de confiabilidade.

— Ah...— Rebeca escorregou para fora da mesa. — Então não se preocupe, porque sei que estou grávida. Esses testes estão todos errados.

— Rebeca, vamos fazer o teste — pediu Annie com toda a paciência.

— Não — insistiu ela com um olhar desafiador. — Esses testes são fajutos e não significam nada para mim. Estou grávida. Sei que estou. Sinto o bebê crescendo dentro de mim. Dessa vez é diferente. — Com a mão espalmada no ventre, declarou: — Nosso bebê está aqui. Ele já pode sentir meu amor e não vou permitir que você ou esses testes de farmácia inúteis digam que estou errada.

Annie ficou com pena.

— Já vi que essa consulta foi uma perda de tempo e dinheiro. Perdi horas de trabalho por nada. — Rebeca pegou o suéter, a bolsa e saiu voando da sala de exames.

Annie ficou com o coração apertado, sentindo o desespero daquela moça por um bebê. O desejo de dar um filho ao marido era tão forte que ela convenceu a si mesma e ao próprio corpo de que estava grávida.

Rebeca saiu da clínica pisando duro e batendo a porta, assustando todos na sala de espera.

— Pobre Becca — sussurrou Candi se aproximando de Annie. — Ela já passou por isso.

— Quem é o próximo? — perguntou Annie, procurando não se chatear pela frustração da moça.

— O rapaz na sala três está aqui por causa de um corte e precisa levar pontos. Julia já deixou tudo preparado para você.

Antes de entrar na sala, Julia, a enfermeira, entregou-lhe o prontuário. Annie abriu e entrou na sala folheando a pasta. Ao levantar a cabeça, abriu um sorriso amarelo ao reconhecer quem a esperava.

Keaton.

CAPÍTULO 7

Era difícil saber quem tinha se surpreendido mais, Keaton ou Annie.

Ali estava ela, na pequena sala de exames onde a enfermeira o tinha colocado, encarando-o. Foi um choque para ele. Está certo que havia ouvido o boato que circulava pela cidade sobre uma nova paramédica contratada havia pouco tempo, mas não fazia ideia que fosse Annie.

Keaton não tinha como saber de detalhes dos boatos, uma vez que não conversava com muita gente além de Preston e Mellie, mas a culpa não era dos outros. Ele não era do tipo falante, nunca fora e talvez nunca seria. Antes de se sentir à vontade a ponto de conversar com alguém, observava a pessoa de longe e a conhecia conforme suas regras. Só então estaria disposto a bater papo com alguém. Os habitantes da cidade o aceitavam, e ele era grato por isso. Keaton era reconhecido como o autor dos murais e apreciado por se esforçar para trazer cor e textura para a pequena cidade praiana.

A falta de comunicação com os outros nunca o incomodara, mesmo porque ele nunca havia ligado para o que os outros pensavam. O foco era no trabalho, e os outros que cuidassem de suas vidas. Contudo, conhecia por alto quase todos da cidade.

Seria melhor se pudesse ter mais facilidade em falar, mas, por experiência própria, palavras significavam confusão. Quando criança, levava um tapa do pai na cabeça sempre que abria a boca, e por essa razão ficou incutida em sua mente desde cedo a necessidade de guardar opiniões para si, hábito que manteve até o presente.

O silêncio lhe convinha. Keaton era um homem grande e intimidador. Por ter um pouco mais de 1,90 m, ultrapassava a altura da maioria e tinha se acostumado a ser um homem de ossos largos e musculoso.

Annie ficou parada na sala de exames com olhos arregalados de surpresa e, ao que parecia, havia perdido a capacidade de falar.

— Keaton... — sussurrou ela, esforçando-se para esconder a reação.

Depois, examinou o prontuário e o fitou de novo.

Ele a cumprimentou com um meneio brusco da cabeça.

— Aqui está escrito que seu primeiro nome é Seth. Seth Keaton. Mas você é conhecido como Keaton, não é?

Ele a prendeu pelo olhar, pensando em mil coisas ao mesmo tempo.

— É...

Era frustrante não poder contar a Annie o que tinha vontade, ou seja, que aquele era o nome de seu pai, alguém que nunca o amou ou foi próximo. Não parecia certo ser chamado pelo mesmo nome de um homem que odiava sua simples existência.

— Tudo bem, Keaton, deixe-me ver esse corte.

Ela se sentou num banco de rodinhas e tirou com todo o cuidado a faixa da mão machucada.

Por sorte, era a mão esquerda, e Keaton era destro. Havia vários projetos programados, e ele odiaria atrasar tudo por causa do ferimento.

Annie o tocou de leve a fim de examinar o corte. A dor era excruciante, mas ele não a deixaria transparecer.

— Isso é um ferimento de defesa. — Annie o fitou, franzindo a testa.

Keaton não contestou.

— Você esteve numa briga de faca?

Mais uma vez nenhuma resposta.

— Tudo bem... você não quer me contar.

Ele esboçou um sorriso, grato por não ser cravado de perguntas.

Annie assumiu um ar de preocupação.

— É um corte feio e preciso dar pontos.

Não era novidade, caso contrário ele não teria perdido tempo indo até a clínica e resolveria apenas com um band-aid.

— Foi bom ver você — comentou ela, enquanto limpava o corte.

Depois, pegou a seringa e aplicou um anestésico.

Annie era confiante e cuidadosa em seus movimentos. Sentir a pele dela em contato com a sua, mesmo sendo de um jeito profissional, deixou-o mais tenso, e por isso prendeu a respiração. Resistiu à vontade de alcançá-la com a mão livre e entrelaçar os dedos nos dela. Desejar o toque dela — aliás, de qualquer pessoa — era uma sensação estranha e perturbadora. Fora do normal. Nunca sentira aquele tipo de atração por ninguém, e aquilo o confundia.

Era compreensível que Annie não lembrasse dele da adolescência. Nem havia razão para tanto, supôs. Não estava ofendido ou surpreso, mas simplesmente agradecido por ela estar de volta por um tempo maior do que apenas alguns dias.

Annie levantou a cabeça, esperando ouvi-lo dizer alguma coisa. Não era a primeira vez que alguém fazia um comentário e ele estava com a cabeça tão longe, pensando em algo diferente, que não conseguia se lembrar depois do que pretendia falar. Naquele momento, lembrava-se que a última coisa que ela havia dito era de que tinha sido bom vê-lo.

Seria verdade? Keaton arqueou as sobrancelhas em dúvida.

O sorriso de Annie se alargou ao prendê-lo pelo olhar.

— Nunca imaginei que uma pessoa pudesse se comunicar sem palavras. Você ficou chocado porque eu disse que foi bom ver você, né?

— Sim.

Novamente, ele queria muito dizer mais, mas não conseguiu encontrar as palavras certas.

— Quando voltei ao chalé, vi que a grama estava aparada e que alguns reparos tinham sido feitos. Posso não ser uma boa detetive, mas imagino que você tenha sido o responsável. Obrigada, Keaton.

Havia muito o que fazer para arrumar o chalé, e ele não queria que Annie ainda tivesse que cuidar do gramado. Os outros consertos eram pequenos e não tinham exigido muito tempo. O primordial era que ela se sentisse bem-vinda. Aquele tinha sido o jeito que encontrara para que ela soubesse como sua volta para Oceanside tinha sido importante para ele.

Ele bem sabia que Annie não teria nenhuma recepção calorosa por parte de Mellie — que, diga-se de passagem, tinha ficado curiosa para saber por que ele insistira tanto em alugar o chalé. Por sua vez, Keaton não tinha nenhuma intenção de explicar. A verdade é que jamais se esquecera da beleza de Annie desde aquele verão de tanto tempo atrás. Não que fosse um tipo de vidente ou coisa semelhante, mas por alguma razão desconhecida e inexplicável, bem no fundo de seu coração, acreditava que Annie Marlow precisava ficar em Oceanside. Ela pertencia àquele lugar. Além do mais, era importante que morasse naquele chalé específico.

O problema de Mellie se resumia a não querer proximidade com ninguém, quer fosse homem ou mulher. Keaton não tinha noção do que havia acontecido nos anos depois que ela havia fugido da casa dos avós. Sabia apenas que tinha voltado mudada, enfraquecida pelos próprios temores, e que se escondia dentro da casa que herdara dos avós. Até onde ele tinha conhecimento, Mellie estava enclausurada e não pusera os pés fora de casa desde que havia voltado para a cidade. Durante os anos que tinham frequentado a escola juntos, Mellie nunca dirigira muitas palavras a Keaton. No entanto, ela o procurou assim que retornou, quem sabe por imaginar que estaria segura, já que ele falava muito pouco.

Mellie o contratara para tratar de alguns assuntos, já que não poderia resolver por estar confinada entre as quatro paredes de sua casa. Num primeiro momento, Keaton imaginou que tinha sido escolhido por seu tamanho — pela proteção que podia proporcionar. Mas nunca soubera de outra pessoa que a tivesse procurado. Imaginou que, depois de alguns meses, Mellie se sentiria segura para sair de casa, mas não foi o caso, e ele tampouco a questionou. Qualquer que fosse o motivo que a mantivesse trancada atrás daquelas portas era problema dela, e não dele.

Keaton estava imerso em pensamentos até sentir uma pontada. Olhou para baixo e se deu conta de que, enquanto divagava sobre Mellie e o chalé, Annie estivera ocupada em lhe costurar a mão. Talvez até tivesse puxado conversa, mas de tão absorto que estava em suas conjecturas, a ignorara completamente. Aquilo era comum, e ele se sentia culpado. Devia ter prestado atenção e agora não sabia o que tinha perdido.

— Você ouviu o que eu disse, né? — perguntou ela, fitando-o.

— Desculpe... — Ele balançou a cabeça.

— Tudo bem, não era nada importante. Eu contei como estava gostando de morar no chalé e que falei com Mellie. Ela não gostou muito do telefonema.

— Não se ofenda.

— Não dei importância.

Keaton não evitou o sorriso, desejando que ela tivesse sorte por saber que Mellie não facilitaria em nada.

Assim que terminou o curativo, Annie olhou para Keaton e aquela mesma sensação estranha o invadiu — a conexão, a palpitação peculiar dentro do peito. O sentimento foi o mesmo que tivera quando a vislumbrou pela primeira vez na praia. Era uma espécie de desejo, uma necessidade de conhecê-la, de protegê-la, e

Um lugar à beira-mar 69

de ficar com ela. Tais emoções eram muito desconhecidas e difíceis de lidar. Em parte, tinha vontade de sair dali até entender por que aquela mulher o afetava tanto, mas ao mesmo tempo era impossível se afastar. Era como se estivesse fincado na areia molhada e não conseguisse se mover para nenhuma direção.

— Algum problema? — perguntou Annie com uma voz suave ao segurar a mão ferida.

Keaton sorriu. Problema? Ele?

— Não foi bem isso que eu quis dizer. Alguém está tentando ferir você?

— Não.

Ele encolheu os ombros. Falar sobre as circunstâncias nas quais havia se cortado apenas levantaria mais perguntas, e ele preferia não responder ou explicar, principalmente para Annie.

Depois de terminar o procedimento, ela discorreu sobre uma lista de cuidados a serem tomados. Keaton ouviu sem desviar o olhar, encantado com a beleza dela. Foi preciso um esforço hercúleo para não se inclinar para a frente e colocar uma mecha solta de cabelo ao redor da orelha dela. O cabelo castanho sempre o encantara, pena que não era mais tão comprido para ser trançado como fora um dia.

— Você precisa voltar em uma semana para tirar os pontos. Candi vai marcar um horário.

Keaton teria tirado os pontos sozinho se não fosse por ela. Não precisaria de ninguém para tanto, mas por ser Annie, voltaria pela oportunidade de vê-la de novo.

CAPÍTULO 8

As luzes do chalé estavam acesas quando Keaton passou a caminho da casa de Mellie. Sorriu quando Lennon parou ao se aproximarem da casa de Annie. O cachorro queria visitá-la. Ele assoviou e, mesmo relutante, o cachorro obedeceu ao chamado do dono, mas parou um pouco mais a frente para olhar para trás.

— Voltaremos outra hora.

Lennon deve ter acreditado, pois avançou para a casa principal.

Keaton não se deu ao trabalho de bater. Mellie tinha lhe dado as chaves e ele entrou. Desde o dia que voltara, ela havia colocado trancas na casa inteira, transformando-a numa fortaleza. Além da fechadura, havia mais três travas de segurança na porta. As janelas eram vedadas. Com tanta proteção, nem Houdini conseguiria invadir o local. Mellie ia muito além da paranoia.

— É bom que seja você, Keaton.

Mellie levantou a cabeça e Keaton percebeu que a pessoa aguardada era Preston e não ele, mas ela jamais admitiria. Nem para Keaton, e muito menos para Preston.

Preston era o melhor amigo dele e estava apaixonado por Mellie, mas ficava mudo na presença dela. Algumas vezes, Preston o acompanhava nas visitas, ainda mais se estivesse trazendo um animal ferido. Preston gerenciava um abrigo de animais e trabalhava para encontrar bons lares para cachorros e gatos que sofriam de maus tratos.

Mellie estava na cozinha, onde ficava a maior parte do tempo, sentada à uma pequena mesa, cercada por várias caixas com papéis e revistas, que estocava pela casa toda. Ela havia conseguido acumular montanhas de coisas que a maior parte das pessoas consideraria lixo. Era bem possível que ela nunca tivesse jogado fora um simples jornal desde que voltara para a cidade havia cinco anos.

— Imagino que tenha vindo por causa do cachorro.

Preston tinha ouvido falar sobre um cachorro maltratado preso na mata. Como estava sem tempo para procurar, pediu a Keaton para investigar. Foi preciso duas semanas para localizar o animal. A cabana ficava num lugar obscuro a 16 quilômetros da cidade. E a suspeita se confirmou, havia de fato um labrador marrom muito machucado, acorrentado a uma árvore sem comida e sem água. O dono era um trambiqueiro que morava por ali. Keaton não o conhecia e nem fazia questão de conhecê-lo. Não foi preciso um exame minucioso para saber que o pobre cão estava morrendo de fome — bastava olhar para as costelas aparecendo sob a pele. Keaton o encontrou deitado, sem forças para ficar em pé.

Era incompreensível que alguém pudesse maltratar tanto um animal. Keaton conteve a raiva e levou um pouco de comida e uma cumbuca de água, alimentando-o com a mão. Enquanto o cachorro matava a sede com desespero, Keaton tirou a corrente, que de tão apertada tinha deixado feridas abertas no pescoço do bichinho.

De repente, a porta da cabana se escancarou e o dono saiu alvoroçado, xingando e reclamando que Keaton havia invadido sua propriedade. O homem estava bêbado e procurando briga, sem perceber que o adversário era no mínimo duas vezes seu tamanho. Quando viu que a corrente do cachorro tinha sido tirada, partiu para cima de Keaton, que não teve dificuldade nenhuma em desviar. Bastou levar um soco para que o cachaceiro fosse ao chão, ainda xingando e ameaçando Keaton.

Keaton o ignorou, embrulhou o cachorro numa toalha e o levou para sua picape, deitando-o numa caminha improvisada com um cobertor que tinha ali. Para sua surpresa, o sujeito se reergueu e foi até o carro.

— Você não pode levar meu cachorro.

Keaton deu risada.

— Ele é propriedade minha.

Sem dar atenção ao ignorante, Keaton estava dando a volta no carro para o lado do motorista quando o sujeito de repente partiu para cima dele com uma faca. Por sorte, Keaton viu o reflexo da lâmina no espelho retrovisor e se virou em tempo de evitar um ferimento mais grave, mas a lâmina acabou fatiando a parte carnuda da lateral de sua mão. O ódio foi tanto que ele só sentiu dor mais tarde e reagiu por instinto, desarmando o oponente e jogando-o no chão.

Para Keaton, crueldade com um animal indefeso não deveria ficar impune. Assim, arrastou o sujeito até a mesma árvore onde o cachorro tinha sido preso e o acorrentou. E aquela não seria a única pena que o bêbado teria que arcar, pois na certa Preston acionaria as autoridades para que aquele monstro fosse processado. No entanto, essa parte levaria tempo.

Keaton levou o labrador quase morto para a casa de Mellie naquele dia e o alimentou com uma mistura de pão e leite. Mellie fez um alvoroço por causa do corte, insistindo em olhar e enfaixar a mão. Como o ferimento não parou de sangrar, ela insistiu que ele fosse até a clínica no primeiro horário na manhã seguinte. Mellie sabia ser teimosa e mandona quando queria, o que dificultava ainda mais para Preston expressar seus sentimentos. Se Keaton não fosse à clínica, ela teria um chilique. E se havia algo que devia ser evitado, esse algo era um dos ataques de Mellie.

— Dei um banho no cachorro. — Mellie atualizou Keaton sobre o progresso do estado de saúde do cão. — O coitadinho estava com pulgas e uma infecção séria nos dois ouvidos. Dei antibiótico, vitaminas. Ofereci mais comida e ele se alimentou um pouco mais dessa vez. Como alguém pode tratar um animal assim? Espero que esse idiota pague pelo que fez.

Keaton deu um sorriso de lado. Não tinha voltado para ver como o bêbado estava, mas queria que ele tivesse passado uma noite horrível no frio. Uma coisa era certa: pelo menos o sujeito devia estar sóbrio àquela altura.

Antes de ir embora, Keaton quis ver como estava o labrador. Abaixou-se e acariciou a cabeça dele, que, mesmo doente, olhou para cima com seus grandes olhos castanhos e agradecidos e lambeu a mão de Keaton.

Do mesmo jeito que Keaton e Preston, Mellie também gostava de animais. Keaton sempre trazia aqueles que encontrava para Mellie por suspeitar que ela já tivesse trabalhado numa clínica veterinária. Mellie tinha muito conhecimento para uma novata na área e já havia executado vários procedimentos na frente dele, como tratar de qualquer ferimento que não precisasse de cirurgia. Ele gostava de tê-la como parceira a favor dos animais e sabia que Preston também apreciava a ajuda, já que o veterinário mais próximo ficava a mais de oitenta quilômetros.

Fazia anos que Preston confiava a Mellie toda a espécie de animal que se pudesse imaginar. Como trabalhava num abrigo, já tinha levado vira-latas, gatos de rua, uma infinidade de pássaros, um filhote de guaxinim e até um filhote de urso com a perna quebrada, e nunca houve reclamação.

Depois de deixar o labrador e Mellie, Keaton voltou para casa e achou por bem que devia ver como estava o dono do cachorro. Levou vinte minutos dirigindo por trilhas de terra até chegar onde tinha encontrado o animal. Como esperado, o homem ainda estava acorrentado à árvore, e ficou apavorado quando viu a picape estacionar.

Keaton foi até a árvore com um olhar ameaçador.

— Tire estas correntes de mim. Não sou um animal. Você não pode fazer isso comigo.

Keaton soltou um riso zombeteiro.

— Pensa que não conheço você? Você é aquele doido que não fala. — Sóbrio, ele parecia cuspir as palavras. — Você vai pagar por isso. Juro que vou fazer você pagar pelo que fez comigo.

Pelo tratamento recebido, Keaton não se sentiu na obrigação de soltar alguém que o ameaçava, e voltou para o carro, disposto a ir embora.

— Não me deixe aqui! Você não pode ir embora assim. Posso morrer.

Keaton hesitou, mesmo achando que aquele sujeito merecia morrer. Voltou devagar até encarar o agressor bem dentro dos olhos.

— Se tratar outro cachorro ou qualquer outro animal igual ao labrador marrom, vou encontrá-lo, e você vai se arrepender de ter nascido.

A ameaça não foi em vão. O homem arregalou os olhos de medo.

— Ouviu bem?

O sujeito assentiu com a cabeça.

— Diga!

— Farei o que você diz... nenhum animal. Eles não são nada além de uma maldita amolação, mesmo.

Keaton tirou as correntes, esperou que ele voltasse cambaleando para a cabana e foi para o carro, seguro de que não veria mais aquele bêbado.

CAPÍTULO 9

Depois da primeira semana na clínica, Annie entrou na rotina e descobriu o quanto tinha sentido falta de trabalhar na área médica. Era um recomeço e a sensação era boa, o que não significava que tinha esquecido a família — as lembranças estavam por toda parte, em especial no chalé. Contudo, ela procurava se ater às lembranças boas de tempos felizes, dos risos e de como se divertiam nas semanas de férias na praia.

Viver e trabalhar em Oceanside era bem diferente de apenas passar as férias. A cidade havia se tornado seu lar e ela estava determinada a encontrar forças para voltar a ser feliz.

Annie gostava de trabalhar com o dr. Bainbridge, Candi e Julia. Bastou uma semana para que percebesse que trabalhariam bem em equipe. Pela primeira vez em quase um ano e meio, seus dias tinham um propósito. Havia um motivo para colocar o alarme para despertar e sair da cama pela manhã. A comunidade precisava dela, e a cada dia, mesmo arrasada, sentia que exercia uma influência positiva na vida das pessoas. Era bom ter um papel significativo em algo que não envolvesse a tragédia que tinha engolido sua vida.

Seguindo sua rotina matinal a caminho da clínica, ela parou na Bean There para comprar um café com leite e caramelo. Quase todas as manhãs era servida pela mesma garçonete tímida.

— Bom dia, Britt — cumprimentou Annie quando chegou sua vez.

— O mesmo de sempre? — Britt abriu um sorriso acanhado ao reconhecer Annie depois de apenas uma semana.

— Por favor.

Ao chegar mais perto, Annie notou um hematoma na lateral do rosto de Britt, embora bem disfarçado com maquiagem e ficou tentada a dizer alguma coisa, mas desistiu para não chamar a atenção dos outros para a garota.

— Você vai trabalhar sábado? — perguntou Britt ao marcar o código no copo de papel e entregar para outra garçonete.

— Estou de plantão nesse final de semana. Trabalho na clínica médica.

— Eu sei. Nenhuma novidade nessa cidade passa despercebida — comentou Britt antes de atender ao próximo da fila e prosseguir: — Tenha um ótimo dia.

— Você também.

Annie franziu o cenho ao relancear a mancha roxa de novo.

Com o copo de café na mão, continuou o caminho a pé para a clínica. Se o tempo cooperasse, seria uma caminhada fácil ao longo da praia, passando pelas lojas e pelo mesmo mural intrigante. A distância entre o chalé e a clínica era de um pouco mais de um quilômetro e meio e levava meia hora com uma pausa para o café na metade do caminho. Quando chegou na clínica, terminou o café, ansiosa para começar o dia.

O exercício lhe fazia bem. Sua mãe estava sempre em forma e achava importante fazer exercícios moderados por trinta minutos todos os dias. Agora que a caminhada tinha se tornado hábito, ela se sentia bem e admitia que sua mãe tivera razão. O ar puro e o perfume forte da maresia eram revigorantes. No caminho, divertia-se catando conchas para colocá-las no parapeito da janela da cozinha. Sem nenhuma explicação lógica, tinha a sensação de que sua mãe aprovaria os pequenos tesouros que colecionava.

Candi estava na mesa da recepção e sorriu quando Annie entrou. As duas ficavam juntas no rodízio dos plantões dos finais de semana, o que era bom para Annie, já que Candi assumira a responsabilidade de familiarizá-la com a comunidade, sempre contando uma história sobre cada paciente que passava pela clínica.

Annie esperou que Candi anotasse os recados da secretária eletrônica antes de perguntar:

— Por acaso você conhece a Britt, que trabalha no turno da manhã na Bean There? Não faço ideia do sobrenome dela.

Candi franziu a testa, pensativa.

— Britt? É uma adolescente que ainda deve estar cursando o segundo grau? — Arregalou os olhos quando se lembrou de quem se tratava. — Ah, sim, Britt McDuffee.

Annie debruçou-se no balcão com os braços cruzados.

— Você sabe como é a vida dela em casa?

Candi, balançou a cabeça com pesar.

— Não é das melhores, a mãe trabalha duro como arrumadeira. Britt trabalha de manhã na Bean There e frequenta a escola à tarde. Ela está no último ano, terminando alguns créditos.

— O pai dela é participativo?

— Não que eu saiba. O padrasto trabalhava numa madeireira, mas que eu me lembre, está desempregado faz muito tempo. Cá entre nós, acho que ele tem problema com o álcool.

Annie ficou remoendo a informação quando a clínica abriu, mas logo se esqueceu da adolescente conforme o número de consultas daqueles que precisavam de atenção médica iam aumentando. Assim como na Califórnia, as pessoas preferiam ser atendidas no final de semana para não perderem um dia de trabalho. O sábado era o dia mais tumultuado na clínica; Candi e Annie trabalhavam bastante, sempre uma apoiando a outra.

Quando o expediente terminou, Annie estava física e mentalmente exausta. Candi ofereceu uma carona e Annie estava prestes a aceitar quando o celular tocou. O nome de Trevor apareceu no visor do celular. Fazia tempo que não conversavam e ela não queria recusar a chamada.

— Obrigada, mas vou andando, preciso atender — disse a Candi antes de deslizar o dedo na tela do celular para aceitar a ligação.

— Faz séculos que não falo com você — falou ao celular, feliz em ouvir a voz do amigo.

— Que novidade é essa? — perguntou Trevor parecendo animado e divertindo-se. — Você saiu de Seattle e se mudou para uma cidade praiana desconhecida?

— Gabby contou, né? Não é segredo. Estive ocupada com a mudança e...

— Desculpas, desculpas...

Annie sorriu e seguiu na direção de casa, conversando com o amigo ao mesmo tempo.

— Verdade, a desculpa é fraca. Sinto muito, Trevor, pensei em ligar.

A dor da perda e as consequências da tragédia a tinham consumido demais, e por isso ela não tinha se empenhado em atualizar os amigos. Trevor sempre tentava entrar em contato, assim como Steph, claro, pois formavam um casal.

— Como está curiosa para saber como eu descobri, fique sabendo que não foi Gabby quem me contou, e sim Steph.

— E Gabby contou a ela.

Gabby e Steph tinham sido colegas de faculdade. Mais tarde, quando Annie se mudou para Los Angeles, ficara amiga de Steph também.

— Não pensei que você fosse mudar — continuou Trevor. — Achei que voltaria para a Califórnia. Estamos com saudade, garota.

— Eu também sinto falta de vocês.

Um lugar à beira-mar 79

Era verdade, mas a Califórnia havia se tornado uma lembrança longínqua, uma vida distante. Estranho imaginar que 17 meses antes só pensava em se divertir, sem se preocupar com nada. Já não era mais a mesma pessoa. Estava muito mais séria, focada e comprometida com a carreira. Embora não quisesse admitir, em especial para Gabby ou para a tia, antes de se mudar para Oceanside, tinha a sensação de estar patinando sem sair do lugar. Alugar o chalé fora o mesmo que renovar o ar nos pulmões, e, de uma forma ambígua, se libertar.

— Sei que você está trabalhando. Qual a duração do contrato? — Trevor quis saber.

— Um ano.

Fazia tempo que Annie não se sentia tão bem, e se continuasse conforme esperava, não se oporia em ficar mais tempo em Oceanside.

— Um ano... Espero que tenha tempo de nos visitar de vez em quando. Estamos com saudade. Aliás, todo mundo está.

— Eu também sinto falta de vocês — ela respondeu no automático e, embora fosse verdade, o que mais sentia falta era do estilo de vida despretensioso do sul da Califórnia.

Na época, não se preocupava com o futuro, pulava de um emprego para outro e estourava os cartões de crédito. Sem muitas responsabilidades, a preocupação maior era o programa do final de semana, quando não era escalada para o plantão. Os dias de descontração tinham terminado. A mulher de antes não existia mais, e talvez nunca mais voltasse a ser igual.

Trevor tinha muitas fofocas dos amigos comuns que tinham em Los Angeles. Enquanto andava, Annie ouvia e sorria, comentando uma vez ou outra. Conversar com ele fazia bem ao coração. Quase se esquecera... Quase.

— Gostei de você ter ligado.

— Seus dedos não estão quebrados, né? Você pode ligar também, Annie.

— É verdade.

Trevor hesitou como se quisesse dizer mais alguma coisa, mas não tinha certeza se deveria.

Annie suspeitou que ele contaria que enfim pedira Stephanie em casamento. Tomara que fosse isso mesmo. Ela também já tinha tido um affair com Trevor e eles gostavam da companhia um do outro, mas da parte dela, nunca passara de amizade mais colorida, tanto que estranhou quando percebeu que Trevor estava levando o relacionamento a sério. O namoro fracassado durante a faculdade a deixara ressabiada, desconfiada demais para se abrir para outros relacionamentos, pois não conseguia mais confiar em nenhum outro homem.

— Tudo bem, Trev, fala logo.

— Como... O quê?

— Desista. Eu conheço você. Pelo tom da sua voz, sei que está escondendo alguma coisa.

— Não estou, não.

— Trevor! — exclamou ela abrindo um sorriso largo. Ao passar pela Bean There, olhou para dentro esperando ver Britt, apesar de saber que ela trabalhava no turno da manhã. — Tem a ver com Steph?

Steph se apaixonara por Trevor e tinha feito o possível para esconder seus sentimentos enquanto ele e Annie saíam juntos. Assim que Annie percebeu o que estava acontecendo, afastou-se dele para dar uma chance à amiga. Mas assim como todos os homens, Trevor parecia alheio aos sentimentos de Steph até cerca de um ano atrás.

— De certa forma ela está envolvida também.

Então estava confirmado, e Annie ficou feliz pelos dois.

— O que é que você não está me contando? Vamos, fale de uma vez — repreendeu-o ela, bem-humorada.

Trevor hesitou, mas acabou dizendo.

— Encontrei com Steph essa manhã e ela me disse que tem conversado com Gabby... Escute, Annie, preciso saber se está tudo bem — disse ele de uma vez só, ansioso e preocupado.

— Claro que estou bem. O que você quer dizer?

— Com a data.

Data? O que a data tinha a ver com alguma coisa? Dezessete de abril, pensou e parou de andar quando se deu conta que era o dia do aniversário de sua mãe. Dezessete de abril. E ela havia se esquecido completamente.

— Annie? Você está aí? — Trevor perguntou, desesperado. — Fale comigo.

— Eu tinha esquecido... — sussurrou ela.

— Droga. Eu não tinha nada que tocar no assunto... Sinto muito, Annie.

— Não... Está tudo bem. Eu acabaria lembrando em algum momento.

Não tinha sido à toa que pensara na mãe o dia inteiro.

— Droga! — Trevor praguejou de novo. — Eu devia ter ficado de boca fechada.

Annie sentiu um aperto no coração e se esforçou muito para segurar a emoção.

— Eu... preciso ir. Obrigada por ter ligado. Prometo que vou não vou me esquecer de manter contato.

— Não desligue, Annie, por favor. Estou me sentindo péssimo. Não devia ter dito nada. Que idiota que sou.

— Trevor, estou bem, mas preciso desligar.

— Você me liga de novo?

— Sim, não hoje, em breve... prometo.

Trevor era sensível e precisava de uma certeza.

Annie desligou e continuou parada no meio da calçada, paralisada e com um aperto no coração que lhe dificultava a respiração. Como se esquecera do aniversário de sua mãe? A culpa a corroeu como um ácido.

Nos meses seguintes à perda da família, Annie reprisara milhares de vezes a última conversa que tivera com a mãe. Tinha sido teimosa, insensível e egoísta ao se recusar a mudar os planos para o dia de Ação de Graças porque queria um fim de semana prolongado para se divertir.

Poderia ter se esforçado para ir, mas passar uns dias com a família não era a uma de suas prioridades. Tinha se recusado a ceder mesmo depois de a mãe quase implorar para que ela fosse passar o feriado com eles. Embora fosse verdade que a teimosia lhe salvara a vida, Annie se sentia morta em outros sentidos depois da tragédia. Preferia ter morrido no desabamento do que ter que enfrentar o futuro tão sozinha.

Perdida em pensamentos e revivendo a dor, Annie foi para a praia. Andar pela costa com o vento batendo no rosto a protegeria dos olhares curiosos. Precisava ficar sozinha. O dia estava feio, enevoado e frio. A previsão era de chuva para mais tarde. Estremeceu com o vento vindo do mar, mas ignorou e continuou andando com os braços envolvendo o corpo. Apertou o passo numa tentativa de fugir das lembranças horríveis.

— Feliz aniversário, mamãe — sussurrou, inclinando o queixo para o céu.

Naquele momento, daria tudo para falar com a mãe uma última vez e dizer que sentia muito e o quanto estava arrependida por sua teimosia. Estremeceu toda com um soluço mais forte. Queria muito estar com ela, em especial naquele momento em que se sentia tão sozinha. Como tinha sido a garotinha do papai, não fazia ideia da saudade que sentiria da mãe.

Exausta do esforço para se recompor, Annie sentou-se na areia, abraçou os joelhos e balançou-se para a frente e para trás bem devagar. Antes de seguir caminho para o chalé, precisava se acalmar e se equilibrar, mesmo sem saber quanto tempo levaria. Uma hora? Duas? Uma eternidade?

De olhos fechados, ela permaneceu ali ouvindo o vento, a cadência das ondas e as gaivotas grasnando no céu. A maré estava subindo, as ondas avançando na areia. De tão esgotada, não tinha

Um lugar à beira-mar 83

energia nem para se mexer, envolvida com os sons familiares da praia e numa necessidade premente de consolo.

O que mais desejava era algum sinal divino de que a mãe estivesse próxima, se não de corpo, então de espírito. Durante a adolescência, Annie e a mãe viviam quase sempre em conflito. Para demérito seu, não a amara o tanto que deveria. Agora que a mãe tinha sido arrancada de sua vida, a saudade era constante. Em alguns dias, a necessidade de contato era sufocante. Sempre fora mais próxima do pai, mas, por razões inexplicáveis, sentia mais falta da mãe, talvez porque tenha sido com quem conversara por último.

Annie percebeu um movimento na praia que chamou sua atenção. Olhou para o lado e viu Keaton e Lennon caminhando pela areia. Devia ser a rotina diária dos dois, pois os via sempre. Ele nunca parava para conversar, apenas acenavam um para o outro. Bem que ela gostaria de conhecê-lo melhor, mas Keaton nunca havia mostrado interesse.

Quando o cachorro a viu, saiu correndo e levantando areia com a velocidade das patas na direção dela. Se Annie não o conhecesse, teria ficado assustada. Lennon se sentou na frente dela, ofegante, e ela o abraçou pelo pescoço, enterrando o rosto no pelo espesso.

Keaton estava um pouco atrás, mas logo os alcançou. Annie o encarou, certa de que os olhos vermelhos revelariam sua angústia. Sem dizer nada, Keaton se sentou perto dela e sua presença a envolveu, lembrando-a de como ele era grande.

Keaton não perguntou nada. Não puxou conversa. Não fez nenhum comentário. Limitou-se a ficar ao lado dela, proporcionando o apoio de sua energia silenciosa. Annie sentiu o calor daquele corpo forte acalentar o seu, afugentando o frio. Lennon deu a volta, deitou-se e apoiou a cabeça no colo de Annie, que acariciou a pelagem espessa.

Passaram-se alguns minutos e Keaton a surpreendeu pegando a mão dela, entrelaçando os dedos. Annie chegou a pensar que devia explicar a causa de seu estado emocional, mas não sabia como.

Dizer que era aniversário de sua mãe não explicaria muita coisa. Pedir desculpas seria demais.

Keaton era um homem de poucas palavras. Até conhecê-lo, ela não havia percebido o quanto podia ser dito por meio do silêncio. Ele não precisava de palavras para se comunicar, e, naquele momento, Annie descobriu que também não.

As nuvens ficaram escuras anunciando chuva, mas só depois de sentir o primeiro pingo foi que Annie sentiu vontade de ir embora. Keaton percebeu a movimentação e soltou a mão dela. Em pé, ela passou a mão na roupa para tirar a areia.

Mais uma vez, Keaton não tinha nada a dizer, mas ela sim.

— Obrigada — sussurrou.

A resposta silenciosa veio através do olhar gentil e significativo que deixou implícito que ele faria qualquer coisa por ela.

Annie se afastou de Keaton e de Lennon e voltou para casa, para o chalé à beira-mar.

CAPÍTULO 10

Keaton nunca havia sentido nada semelhante ao que nutria por Annie Marlow por nenhuma outra mulher. Não parava de pensar nela.

Quase perdeu os sentidos quando a viu na praia, imersa em profunda agonia. Ficou sem saber quem ou o que havia partido o coração dela.

Apesar de ter tido um pai violento, Keaton não era igual. Aprendera aos 15 anos que, se perdesse a cabeça, podia machucar muito alguém, pois sua força era muito maior do que a de qualquer garoto da sua idade. Tinha colocado um valentão no hospital por ter perdido a calma enquanto tentava proteger Preston. Tivera sorte por não ter ido para um reformatório. Desde então, se recusava a brigar, usando os punhos só para se defender. Apesar de ser difícil, ele procurava se conter, a menos que não tivesse opção. As crianças da cidade logo souberam que podiam dizer o que quisessem sem nenhuma reação contrária. Keaton nem tomava conhecimento, mas acabou por internalizar muitos sentimentos.

Naquele dia na praia, os olhos de Annie estavam inchados e vermelhos, e ela se esforçou para esconder a dor profunda que sentia. Vê-la naquele estado o deixou consternado. Precisou se conter muito para não perguntar quem era o responsável por tanto sofrimento para então sair caçando-o e fazê-lo pagar. A reação extremada o chocou. Lennon correra na direção de Annie, feliz em vê-la, ao passo que ele se limitou a se sentar ao lado dela enquanto não identificava os sentimentos estranhos que afligiam seu coração.

Com tantas emoções em ebulição, ele lamentava a inabilidade de se expressar. Se fosse mais comunicativo, teria sido capaz de confortá-la com palavras. Por outro lado, mesmo que tivesse conseguido falar, temia que a raiva de quem a tivesse ferido a desapontasse ainda mais. Só o que restou foi se sentar ao lado dela em silêncio, segurar-lhe a mão e rezar para que o contato físico apagasse a dor que ela sentia.

Keaton esperava que Annie se afastasse como faziam as outras pessoas. Ficou aliviado por ela ter permitido que seus dedos se entrelaçassem, apertando-lhe a mão como se sua simples presença fosse a coisa mais importante naquele momento.

Depois do encontro na praia, Keaton ficou observando Annie de longe. Encontraram-se no dia seguinte, por acaso, na liquidação da livraria, e depois foram juntos tomar um café na Bean There. Annie estava mais tranquila e falou sobre o último livro que havia lido. Keaton gostava do som da voz dela, e se alguém perguntasse o título do livro em questão, seria difícil responder.

— Você ouviu alguma coisa do que eu disse? — perguntou ela, censurando-o.

— Quase tudo.

Ele sorriu e meneou a cabeça.

Sabendo que Annie ia e voltava da clínica andando, Keaton a vigiava de longe para se certificar que ela chegava em casa em segurança, só se tranquilizando quando via as luzes do chalé acesas. Assim aprendeu a rotina dela e por dois dias na semana seguinte, foi à Bean There no horário que Annie tinha o costume de ir. Não que gostasse muito daqueles cafés sofisticados, mas acabou pedindo um dos mais caros.

— Acho que temos os mesmos horários — comentou Annie, enquanto caminhavam juntos até a clínica.

Keaton preferiu encolher os ombros em resposta em vez de confessar que tinha desviado o caminho pelo simples prazer de encontrá-la.

Annie se despediu na porta da clínica com um sorriso largo, desejando um bom dia. Aquele sorriso ficou na memória de Keaton durante o dia todo.

Keaton tinha um horário marcado para tirar os pontos na quinta-feira de manhã. Era a primeira vez que ficava tão ansioso por causa de uma consulta médica, e não esperava estar tão nervoso por isso. Mas era assim que se sentia ao se sentar na sala de exames. Ansioso. Apreensivo. Agitado.

Desde cedo ficara imaginando o que poderia dizer a ela, mas as alternativas pareciam muito forçadas e artificiais. No final das contas, optou pelo mais confortável: o silêncio. Só o fato de ficar perto dela o deixava mudo.

A porta da sala se abriu e Annie entrou.

Keaton endireitou a postura na cadeira com o coração em descompasso. Travou o maxilar com medo de falar o que não devia.

— Oi de novo — ela o cumprimentou sorrindo, sem perceber a tensão do paciente.

Ao imaginar que podia se afogar naquele sorriso, a tensão dos ombros dele diminuiu. Annie sentou-se na banqueta e se aproximou. Seu cabelo estava preso num rabo de cavalo frouxo.

— Eu estava atrasada e nem tive tempo de arrumar o cabelo.

Ela passou a mão na cabeça para saber se o cabelo ainda estava preso. Satisfeita, lavou as mãos, pegou as luvas cirúrgicas e começou a cortar a faixa da mão esquerda de Keaton com cuidado.

Olhar para aquele rosto delicado e sentir o toque da mão de Annie eram pequenos tesouros que ele guardaria para sempre.

Ela ergueu a cabeça e sorriu quando os olhares se encontraram. Keaton achou que seu coração se derreteria com aqueles sorrisos.

Annie voltou a atenção para o corte, que tinha cicatrizado bem. Ficou feliz com o trabalho que havia feito e examinou a mão com cuidado à procura de algum sinal de infecção. Satisfeita, pegou a tesoura da bandeja para tirar os pontos.

— Eu gostaria de conversar sobre uma coisa — afirmou olhando para cima, de relance, para saber se ele estava prestando a atenção.

E ele estava, pois era impossível desviar o olhar.

— Gosto de morar no chalé — continuou ela, olhando para cima de novo, na esperança de uma resposta.

Keaton esboçou um sorriso desejando que Annie percebesse o quanto estava feliz com a presença dela em Oceanside. Seria bom se pudesse falar alguma coisa, mas as palavras tinham ficado presas na língua e por isso optou pelo silêncio mais uma vez.

— O que quero dizer tem a ver com Mellie. Eu gostaria de plantar algumas mudas no jardim. Minha mãe sempre teve plantas e eu gostaria de ter um canteiro também. — Ela desviou o olhar, mas logo voltou ao trabalho. — Existe um pedaço de terra bom do lado sul do chalé. Você acha que Mellie aprovaria a ideia?

Keaton encolheu os ombros; não queria desanimá-la, mas tinha sérias dúvidas se Mellie concordaria.

— Farei tudo sozinha e quero dividir o que colher com ela.

Annie tirou o último ponto e deslizou para trás com o banquinho, fitando-o cheia de perguntas que exigiriam respostas.

Keaton blasfemou por não ter o que responder.

— Pensei em perguntar a ela, mas me lembrei da última vez que falamos e não sei o que esperar. Ela quase me matou quando liguei.

Keaton gargalhou, reconhecendo o comportamento típico de Mellie.

— Não tentei mais falar com ela depois disso, apesar de já ter pensado muito a respeito.

Um lugar à beira-mar   89

— Mellie não é muito receptiva.

— Já percebi. O que aconteceu? Ela não era assim.

O olhar de Annie era intenso.

— Não sei.

E era verdade.

Annie se aproximou e colocou a mão sobre a dele.

— Keaton, já nos encontramos várias vezes e eu gostei, mas você nunca diz nada. Você nunca tem nada a dizer. Sei que você não é do tipo de conversar muito, mas existe algum motivo para não falar comigo?

Annie não fazia ideia do desespero dele por isso. Ela tinha interpretado tudo errado. Keaton desviou o olhar e ponderou até onde poderia se abrir.

— Tenho medo.

— Medo de quê? — perguntou ela, arregalando os olhos.

— De você.

Annie inclinou a cabeça para trás em choque.

— Você tem medo de *mim*? Por quê?

Keaton se sentiu fraco e patético. Não podia fugir de uma explicação.

— De falar algo errado.

— Keaton, se formos amigos, e é o que espero, você não precisa se preocupar se vou me ofender ou não. Tudo bem?

Keaton ficou chocado e sem reação. Annie o via como amigo. Aquilo era mais do que ousaria imaginar.

— Ok? — Ela repetiu.

— Está certo.

Ele tinha poucos amigos, e seu coração se encheu de alegria por ela considerá-lo como tal.

— O que você quer que eu diga? — perguntou, sério.

Annie se mostrou tão surpresa quanto ele segundos antes. Depois de uma pequena pausa, começou a gargalhar, curvando-se para a frente. Ele não tinha noção do que tinha sido tão engraçado.

Poderia ter se ofendido, mas sabia que não tinha sido essa a intenção dela.

— Isso foi hilário. — Annie passou a mão no rosto para tirar uma lágrima do olho. — Obrigada, eu precisava rir assim.

Keaton sorriu, deleitando-se com o som daquela risada, do mesmo jeito que ficara da primeira vez tantos anos atrás. Logo, os dois estavam sorrindo.

— Eu falo com Mellie. — Ele ofereceu.

— Agradeço muito. Não dê detalhes, apenas diga que quero perguntar uma coisa e gostaria que ela não batesse o telefone na minha cara.

— Entendi. — Keaton faria quase tudo o que ela pedisse.

— Gostaria de conhecer Mellie melhor. Acho que você pode ser o nosso elo.

— Mellie está diferente do que era na escola.

— Eu sei. Meu irmão tinha uma queda por ela na época.

— Ela morava com os avós. Logo que completou 18 anos, fugiu com um garoto que conheceu.

Annie ficou remoendo a informação.

— Gostaria de conhecê-la melhor. Fiquei com a impressão de que ela não se lembra de mim, mas quem sabe... Conheci algumas mulheres na cidade e gostaria de ser amiga de Mellie. Normal, já que somos vizinhas.

— Mellie não tem amigos.

— Foi o que pensei — murmurou Annie, franzindo a testa.

Pouco depois da volta de Mellie, algumas moças com quem estudara e que ainda moravam na cidade foram procurá-la. Mellie deixou claro que não estava interessada em restabelecer vínculo nenhum com amigas antigas. Com o tempo, elas sumiram. Keaton não as culpou.

Infelizmente, Mellie não se escondera apenas das amigas da escola. Keaton tinha esperança de que ela percebesse os sentimentos de Preston, já que ele próprio tinha desistido de insistir para que o melhor amigo tentasse algum contato. De alguma forma, Keaton achava que Mellie precisava de Preston, apesar de que ela nunca admitiria. Os dois tinham muito em comum, mas Mellie se recusava a enxergar. Preston dizia que já tinha feito papel de bobo uma vez e não estava disposto a passar por aquilo de novo. Era inacreditável que seu amigo pudesse ser tão teimoso, ou imaginar o que teria acontecido entre os dois. Nenhum deles tocava no assunto, mas deve ter sido algo pouco depois de ela voltar.

Annie suspirou.

— Mellie deixou claro que não quer amizade com ninguém. Meu irmão e eu adorávamos os Munson. Eles eram pessoas boas. Não sei o que Mellie passou para ficar do jeito que é hoje. Ela precisa de uma amiga, e seria bom para mim também.

Keaton odiava ter que desapontá-la.

— Você é amigo dela?

Em vez de explicar o relacionamento com Mellie, ele preferiu não responder.

— Direi a ela que você vai ligar.

— Obrigada. Parece que estou sempre precisando agradecer a você por algo — disse Annie depois de uma pausa, acariciando o braço dele e se retraindo em seguida, como se tivesse ultrapassado algum limite.

Mudando de assunto rápido, ela fez uma lista de cuidados com o corte e se levantou, pronta para atender o próximo paciente.

— Pronto, pode ir. Foi bom ver você, Keaton.

— Obrigado, Annie — ele agradeceu ao perceber que Annie ia sair da sala. — Você é mais que bem-vinda.

Mais uma vez, Keaton quase sucumbiu ao sorriso de Annie e precisou se empenhar bastante para não transparecer o efeito que ela exercia sobre ele. Saiu da clínica com um sorriso nos lábios.

* * *

Saindo da clínica, Keaton foi direto para a casa de Mellie com a desculpa de querer notícias do labrador, que ainda precisava de cuidados frequentes.

Como era esperado, Mellie estava cuidando do cachorro com carinho, passando pomada nas feridas abertas no pescoço, deixadas pela corrente. Ela levantou a cabeça quando o viu parado à porta da sala, onde tratava dos animais que ele trazia. Até onde sabia, aquela sala era a única na casa inteira que não estava entulhada de coisas que ficariam melhores em uma caçamba de lixo.

— Você está preocupado com o John-Boy?

Mellie dava nomes aos animais maltratados que recebia. Keaton não achava nada demais, contanto que eles já não tivessem nome.

— Ele está se curando?

— Incrível como ele se recuperou. Vai ser um bom animal de estimação, se não estiver com o psicológico abalado.

— Ótimo.

Keaton tinha falado sobre o labrador marrom com Preston e sobre quem poderia adotá-lo. John-Boy precisaria de uma família amorosa e paciente. Preston tinha facilidade em arrumar lares para animais maltratados. Para Keaton, essa era uma maneira de o amigo demonstrar que gostava de Mellie, pois fazia questão de que os cães e gatos que ela cuidava fossem para casas onde seriam amados e cuidados com compreensão e paciência. Preston também avisava aos órgãos competentes acreditando que os culpados tinham que ser processados. Keaton e Mellie providenciavam as fotos como provas, e Preston as entregava às autoridades.

— Falei com Annie hoje — disse Keaton.

— Você está gostando dela ou algo assim? — Mellie estranhou.

— Algo assim... Ela vai ligar para você mais tarde.

Mellie se contraiu e balançou a cabeça.

— Eu disse a ela que alugaria o chalé, mas que ela não ficasse me amolando. Eu nem queria que ela morasse lá. Não me dê motivos para me livrar dela, Keaton, pois é o que farei sem pensar duas vezes.

Um lugar à beira-mar 93

— Você não vai fazer nada. — Keaton não permitiria que acontecesse uma coisa daquelas. Se bem que não podia muito interferir nas atitudes de Mellie.

— O que ela quer agora? — Mellie quis saber, encarando-o.

— Um jardim.

— Como?

— Ela quer plantar um jardim.

Mellie coçou a lateral do pescoço, virou-se para Keaton e percebeu o olhar de determinação, mas não daria o braço a torcer.

— Não é possível.

— É possível, sim. Não vejo que mal pode fazer. O jardim está horrível. Sua avó tinha um canteiro com mais flores do que uma floricultura. Essa casa já foi a vitrine da cidade. Olhe o estado em que está agora. Um jardim será uma benfeitoria.

A última vez que Keaton tinha falado tanto fora para convencer Mellie a alugar o chalé para Annie.

Mellie se curvou com uma postura já não tão desafiadora.

— Minha avó tinha o dom de fazer plantas crescerem.

— Você já tentou fazer o mesmo?

— Eu costumo matar até as plantas dentro de casa. — Ela abafou o riso.

— Não é a mesma coisa.

Mellie deu risada, algo raro. Embora parecesse mais um cachorro latindo do que alguém se divertindo.

— Talvez você não tenha notado que não ponho o pé para fora dessa casa há cinco anos.

— Percebi.

— Por isso é improvável que eu queira plantar canteiros de flores a essa altura, você não acha?

Keaton ficou sem argumentos.

— Nunca vi você defender tanto uma pessoa, muito menos uma mulher.

— Annie vai ligar — disse ele, ignorando o comentário.

— E você é o quê? A comissão de frente?

— Algo assim. — Ele riu. — Annie falou que ligaria. Estou avisando para você não a assustar.

Mellie não gostou do comentário.

— Se ela tem medo de mim, então que vá embora.

Keaton jamais permitiria que isso acontecesse.

De súbito, os olhos de Mellie reluziram como se ela tivesse entendido tudo.

— Você *gosta* dela, né?

Keaton cruzou os braços sem vontade de admitir seus sentimentos.

— Eu tenho visto você por aqui.

O perigo era que ele sequer imaginava que Mellie pudesse ter notado sua presença.

— Você passa por aqui toda noite para checar como ela está. Posso não sair de casa, mas não sou cega, vejo o que acontece a minha volta. Estou sempre de olho. Você se esconde nas sombras.

Keaton se recusou a confirmar ou negar as alegações.

— As notícias correm. É difícil um homem do seu tamanho passar despercebido.

Verdade.

— O que existe entre você e aquela mulher?

— Nada.

Mellie não desistiria tão fácil.

— Você conversa com ela?

— Um pouco.

Mellie sabia que Keaton não tinha o hábito de conversar com as pessoas com frequência. Ela fez uma pausa, processando a informação.

— Isso me diz muito.

Keaton procurou não cruzar o olhar com o dela.

— Qual é a dela?

— Não sei.

— E mesmo assim ela atrai você mais que qualquer outra mulher da cidade.

Aquilo tinha sido mais uma demonstração de descrédito do que uma constatação. Mellie estava ansiosa para que Keaton admitisse o interesse por Annie, enquanto ele não estava disposto a aturar tanta intromissão.

Mellie ficou desconfiada com o silêncio.

— Ela está com problemas?

Keaton encolheu os ombros, duvidava que Annie estivesse em apuros, mas não podia afirmar nada.

— Você acha que ela corre perigo? É por isso que você espera escurecer para verificar se está tudo bem?

— Não.

— Então por quê?

Boa pergunta. Não que ele estivesse perseguindo Annie, apenas queria saber e tomar conta dela. No entanto, já tinha percebido que ela carregava um fardo pesado, uma dor. E estava disposto a fazer de tudo para ajudá-la a aliviar o coração, embora não tivesse ilusão que Annie estivesse interessada nele. Seria um milagre que uma mulher linda e atenciosa como ela se interessasse por um homem como ele.

CAPÍTULO 11

Annie estranhou sentir tanto nervosismo para ligar para alguém, mas o telefonema era para Mellie, aquela que tinha deixado claro que não queria ser perturbada. A proprietária da casa e do chalé queria ficar sozinha. Contudo, quanto mais Annie pensava no jardim, maior era a vontade de cultivá-lo. Sua mãe tivera um jardim e se orgulhava em mostrá-lo a todos que iam visitá-la, além de tirar fotos e mandar para a filha na Califórnia. A sra. Munson amava seu jardim. Annie nunca tivera nada parecido, e a vontade de plantar só fazia aumentar. Tudo o que precisava era da permissão da proprietária do terreno. Não deveria ser tão difícil assim.

Annie não via Keaton desde a última quinta-feira, quando ele se encarregara de falar com Mellie primeiro. Não que quisesse tirar proveito da amizade deles, o que não seria certo, mas precisava de ajuda. Keaton daria a ideia a Mellie e abriria o caminho. Na verdade, o medo maior era que Mellie se recusasse a atender a ligação sem antes saber do assunto.

Annie sentiu uma sensação boa ao se lembrar da breve conversa que tivera com Keaton. Apesar de já tê-lo encontrado várias vezes, ele nunca dissera mais que o necessário para cumprimentá-la. Pelo que a corretora dissera, era raro Keaton se comunicar com alguém e, quando muito, dizia poucas palavras de cada vez. Ele a intrigara desde o começo. Para ser honesta, não se lembrava de ter conhecido alguém como ele. Fisicamente, Keaton era um dos maiores homens que já vira, desajeitado e ao mesmo tempo bem à vontade consigo mesmo. Um gigante gentil, de bom coração e atencioso.

Tudo bem, chega.

Em vez de ficar divagando sobre Keaton, deveria ligar para Mellie de uma vez. Pensar nele era uma tática para postergar o telefonema. Decidida a enfrentar o desafio, respirou fundo e digitou o número do telefone de Mellie Johnson.

Três toques depois, Mellie atendeu do mesmo jeito brusco que da primeira vez.

— Quem é?

— Aqui quem fala é Annie Marlow.

— Estou sabendo. E sei por que está me importunando. Você quer me dizer que vai destruir meu jardim, né?

— Não quero destruir nada. Quero plantar alguns vegetais... se... você não se importar. — Annie gaguejou, atropelando as palavras.

Tinha prometido a si mesma que não deixaria Mellie intimidá--la, mas não adiantou muito.

— Fale.

— O que quer que eu diga?

— Foi você que me ligou. Fale o que pretende fazer com a minha propriedade e digo se pode ou não. Anda, fale logo.

— Ah, sim... claro. Tudo bem. Pensei em fazer uma pequena horta do lado sul do chalé porque ali bate mais sol, isso é, se você concordar. Como já disse antes, será apenas um pedacinho de terra, talvez não chegue nem a um metro quadrado. Nada maior do que isso, mesmo porque duvido que eu conseguisse cuidar de uma horta maior. Ah, terei prazer em compartilhar com você o que produzir.

— Não estou interessada.

Annie fingiu não ter ouvido.

— Encomendei algumas mudas de tomate, pensei também em comprar algumas hortaliças e um pé de pepino. Só um. A trepadeira do pepino cresce feito mato. Abobrinha também. Você gosta de pimenta malagueta? Fiquei sabendo que crescem bem por aqui, por isso pensei em uma ou duas sementes dessa pimenta.

— Já acabou?

Que mulher grossa e rabugenta. Não era possível que Mellie fosse neta dos Munson. Mike e Annie tratavam o casal como seus avós quando passavam as férias de verão na praia e eram mimados com doces caseiros e carinho.

— Sim, acabei — disse Annie, impaciente e esperando Mellie concordar.

— Ótimo.

Annie percebeu que Mellie estava prestes a desligar e se apressou em perguntar:

— Quer dizer que posso plantar a horta?

Mellie exalou o ar com força, demonstrando impaciência.

— Você quer que eu mande uma permissão com firma reconhecida em cartório? Tudo bem, faça o que quiser.

— Obrigada.

— Não agradeça a mim, e sim ao seu advogado de defesa. Se não fosse por Keaton, eu não teria que aturar você. Agora me deixe em paz.

Annie ia quase esquecendo um último pedido.

— Mellie... Desculpe, mas... tem mais uma coisa.

— O que é agora?

— Os arbustos — Annie disse de supetão. — Na época que minha família alugava o chalé, há muitos anos, havia pés de mirtilo e amora-silvestre no jardim.

— E daí?

— Será que ainda existem? O mato está muito alto onde os arbustos ficavam. Será que ainda estão vivos, ou foram sufocados pelas trepadeiras silvestres?

Mellie respirou fundo, sinal de que sua paciência estava no limite.

— E como é que eu vou saber?

— Certo. Boa pergunta. — Mellie não se sentia segura fora das portas de casa, então não poderia ter visto mesmo. Annie decidiu forçar um pouco mais. — Você se incomodaria se eu podasse as plantas e procurasse os arbustos de frutas?

Silêncio do outro lado da linha. Annie já estava desanimando, embora estranhando que Mellie ainda não tivesse batido o telefone.

— Você pretende montar uma feira no meu jardim também? Uma barraca para vender suas mercadorias?

— Como assim? — Que pergunta ridícula. — Claro que não!

— Ótimo.

— Eu já disse que gostaria de dividir o que produzir com você e Keaton.

Annie não tinha dito nada a ele ainda, mas fazia parte do plano. Era o mínimo que podia fazer depois de toda a ajuda que ele havia prestado.

— Tudo bem. Que seja. Pode cavar. Faz uns dois anos que pretendo contratar alguém para tirar todo esse mato daí. Fique à vontade.

— Obrigada — Annie agradeceu, aliviada.

Depois de uma pausa, Mellie chocou Annie ao mudar o tom de voz.

— Quer dizer que Keaton costuma conversar com você...

— Um pouco, sim. Somos amigos.

Mellie ponderou bem o que iria dizer em seguida.

— Espero que saiba que Keaton tem um coração tão grande quanto ele. Juro que você vai se arrepender se o magoar.

— Não vou...

— Já ouvi isso antes. Mas fique sabendo que você vai pagar caro se ferir os sentimentos dele. Entendeu bem?

— Claro... Entendi...

— Espero que sim.

O tom ríspido da mulher fora substituído por outro mais suave.

— Obrigada por tudo, Mellie. Se eu puder fazer alguma coisa por você, por favor, avise.

— Não me ligue de novo, pode ser?

Assim dizendo, Mellie desligou.

Até que a conversa tinha sido boa para alguém tão pouco amigável.

No sábado de manhã, animada para o projeto da horta, Annie dirigiu uma hora até uma chácara de plantas que tinha encontrado na internet para comprar mudas de tomate-caqui. Não resistiu e acabou comprando outras mudas também. As plantas exigiriam muito cuidado antes de serem transplantadas para a terra. Existiam outros vendedores que ela poderia passar, mas acabou decidindo voltar para Oceanside, de tão ansiosa que estava para começar o projeto.

Claro que precisava revolver a terra e prepará-la para receber as mudas. Seria um trabalho duro, mas ela estava disposta a enfrentar. Aquele seria seu primeiro grande esforço. Tomara que tivesse herdado o talento com as plantas da mãe.

Era a primeira vez que sentia uma vontade iminente de produzir alguma coisa. No apartamento de Los Angeles, não tivera um único vaso. Na época não se interessava por plantas, mas a situação atual era diferente, e não precisava de nenhum psicólogo para explicar o desejo de plantar. Era uma maneira de se conectar com a mãe, com a terra e com o básico para viver de forma sustentável. Talvez fosse possível entender o sentido de tudo com aquele canteiro, através do significado do ciclo completo da vida a partir da plantação de sementes, de enterrá-las no solo rico e arenoso e deixá-las morrer para, em seguida, produzir outra vida. Annie acreditava que aquele era um caminho perfeito para estabelecer um vínculo com a família, uma maneira de provar que a vida poderia nascer da morte e que ela poderia continuar a existir por eles, honrando cada um e nunca permitindo que deixassem seu coração.

Ao voltar para casa, Annie se surpreendeu ao encontrar Keaton trabalhando duro para capinar um espaço para o canteiro bem onde ela queria, embora não tivesse pedido ajuda. O suor corria pelas laterais do rosto dele. Keaton usava um macacão surrado e botas. A camiseta sem manga exibia os braços grossos e musculosos. Ao vê-lo lutar contra as ervas daninhas, ela entendeu que seria quase impossível executar a tarefa sozinha.

Keaton não notou que ela havia voltado, ou então a falta de atenção foi proposital. Quem sabe a intenção fosse terminar o trabalho de forma anônima, e surpreendê-lo tinha atrapalhado os planos dele.

Annie colocou todo o equipamento de jardinagem que havia comprado no alpendre, apoiado no corrimão. No último degrau, perto da porta, encontrou uma concha.

Keaton. Só podia ter sido ele. Várias conchas haviam aparecido ali desde que se mudara. Ela preferiu não dizer nada, com receio de deixá-lo constrangido. Com um sorriso no rosto, pegou a concha e levou as mudas para dentro de casa, colocando-as no peitoril da janela da cozinha, para que o sol da manhã as ajudasse a crescer.

Em seguida, encheu um copo grande com seu chá especial gelado de alfazema e levou para Keaton. Esperou até que ele notasse sua presença e entregou o copo num convite silencioso para uma pausa.

Keaton desligou a capinadeira e se aproximou.

— Olá — ele a cumprimentou e enxugou o suor da testa com o antebraço.

Depois, encarou-a como se ela fosse o sol ao redor do qual ele gravitava.

Annie nunca tivera um homem que a fitasse daquele jeito. Não havia palavras para descrever o que aqueles olhos expressavam. Era uma espécie de nostalgia, um desejo de contato humano e de sentido na vida. Um dia ainda entenderia aquele homem. Até então, só havia arranhado a superfície de sua verdadeira essência. Assim acabou percebendo que queria saber mais dele.

— Onde está Lennon? — perguntou ela, quebrando de propósito o encanto ao desviar o olhar.

Não seria difícil se perder na vastidão daqueles olhos escuros. E, sem saber a razão, concluiu que aquilo não seria bom para nenhum dos dois.

— Em casa.

— Estou com saudade dele.

— Vou trazê-lo da próxima vez.

Annie nem chegou a falar sobre o jardim quando ele pegou o copo de chá gelado e virou num gole só. A velocidade que o pomo de Adão dele se movimentava para cima e para baixo era impressionante.

— Você devia estar com muita sede — disse ela, comprovando o óbvio.

— Verdade. Isto está ótimo. O que é?

— Chá gelado de alfazema. Você quer mais um pouco?

— Sim, por favor.

Keaton a aguardou ir e voltar do chalé com mais um copo, que virou com a mesma pressa que o primeiro.

— Você não precisava ter tido todo esse trabalho.

Ela apontou para o pedaço de terra capinado.

— Mellie disse que você dividiria a produção comigo. Eu quis fazer a minha parte.

— Obrigada. — Annie deixou os braços penderem ao lado do corpo. — Viu, repeti o que faço sempre. Estou sempre agradecendo. Como posso demonstrar o quanto sou grata por tudo o que você faz por mim?

Um lugar à beira-mar 103

Ele continuou a mirá-la como se estivesse hipnotizado.

— Keaton?

— Sorria. Basta um sorriso.

Annie não se conteve e abriu um enorme sorriso reluzente, ao qual foi correspondida. Por um minuto, que mais pareceu uma eternidade, os dois ficaram apenas olhando um para o outro. Keaton chegou a se inclinar para a frente um pouco, como se fosse beijá-la, mas logo endireitou o corpo e balançou a cabeça numa tentativa de ordenar os pensamentos.

— Faz quanto tempo que você está trabalhando aqui? — perguntou ela para continuar a conversa a fim de conhecê-lo melhor.

— Um pouco.

— Você vai me deixar mimada com tanta coisa legal que anda fazendo por mim.

— Eu quero.

— Mas por quê?

Keaton baixou a cabeça para evitar que seu olhar fosse interpretado.

— Você sorriu para mim. Não me julgou, deu pontos na minha mão e está sorrindo agora.

Seguindo um impulso, ela passou os braços ao redor dele num grande abraço.

— Para que isso? — exigiu ele, corado e visivelmente nervoso quando se separaram.

Annie deu de ombros.

— Ah, porque eu quis. Se você quiser que eu repita, basta dizer.

Numa tentativa evidente de mudar de assunto, ele transferiu o peso do corpo para outra perna e disse:

— Soube por Mellie que você perguntou sobre as ervas daninhas.

— Quero me livrar de todo esse mato do jardim. Este é o segundo item da minha lista depois de plantar as mudas. Eu me lembro que havia arbustos de mirtilo e amora no jardim, e se as ervas daninhas e as trepadeiras silvestres não os sufocaram, ainda devem estar lá.

— Você não pode fazer isso sozinha.

— Por que não?

Aqueles arbustos trariam boas lembranças e eram o que ela precisava para se apoiar no momento.

— Não será fácil arrancar tudo sozinha. Essas plantas têm espinhos. Eu faço isso.

— Não, Keaton. Não posso permitir.

— Você planta. Eu arranco as ervas daninhas. Combinado?

Mesmo sem querer, Annie deu risada.

— Pelo jeito não vou convencê-lo do contrário, né?

— Não.

— Foi o que pensei.

— Não quero brigar — disse ele, sorrindo. — Você conhece muitas palavras.

Annie riu de novo. De fato, conhecia muitas palavras, mas isso não a tornava mais esperta que Keaton.

— Quer dizer que ganhei a disputa.

— Nada disso. Significa apenas que não vou ouvir o que você diz.

— Como você é teimoso, Seth Keaton — disse ela, rindo.

— Consigo o que quero.

Depois de devolver o copo vazio, ele voltou a capinar a terra. Enquanto isso, Annie plantou ervas num vaso e flores ao redor da varanda do chalé. As calêndulas e as marias-sem-vergonha trouxeram cor e vida ao que outrora fora ermo e sombrio.

Quando o trabalho terminou, Annie serviu mais um copo de chá de alfazema gelado para os dois. Cansados, sentaram-se no último degrau do alpendre, que rangeu com o peso de Keaton. Em um dado momento, Annie percebeu que Mellie os observava da janela da cozinha dela e teve a impressão de vê-la sorrir.

CAPÍTULO 12

Annie passou na Bean There na manhã de segunda-feira e não viu Britt.

— Onde está Britt? — perguntou a um rapaz do balcão, Jimmy, segundo o broche de identificação, quando fez o pedido.

— Parece que está doente — explicou ele com um ar de preocupação. — Ela não costuma faltar e não está atendendo ao telefone também.

Annie ficou aflita, pois havia notado um novo hematoma no braço de Britt no começo da semana. Já era o segundo desde que a conhecera.

— Alguém falou com ela antes disso?

— Eu a vi ontem e estava tudo bem... pelo menos foi o que pensei. Às vezes Britt esconde... — Jimmy parou de repente como se já tivesse falado demais.

Depois, olhou para a fila que se formava, e Annie percebeu que estava atrasando todos os clientes.

Sem saber o que fazer, decidiu que se Britt não aparecesse no dia seguinte por estar "doente", trataria de visitá-la. Candi era um arquivo de informações e devia saber o endereço da garota.

Annie não precisou divagar muito sobre Britt, pois quando chegou à clínica a garota, um menino e algumas outras pessoas estavam sentados na sala de espera. Pelo visto, o menino era o irmão mais novo de Britt.

O primeiro paciente do dia era uma moça com bronquite. Annie indicou um antibiótico, um xarope para tosse e repouso. Britt estava na segunda sala de exames com o braço nos ombros do menino, protegendo-o. Segundo o prontuário, o nome dele era Logan Hoffert e tinha 10 anos de idade. Annie notou que ele era pequeno para a idade. Logan estava apavorado segurando o braço direito colado ao corpo, apoiando-se na irmã. Quando Annie entrou na sala, ele a seguiu com o olhar, observando-a com muita atenção.

— Olá, Logan — ela o cumprimentou ao se sentar no banquinho na frente dele. — Meu nome é Annie.

Logan enterrou o rosto no peito de Britt.

— Você saberia me dizer por que está aqui?

— Acho que ele quebrou o braço — Britt respondeu pelo irmão com os olhos cheios de lágrimas, que tentou disfarçar piscando várias vezes. — Não temos plano de saúde, então terei que pagar pelo tratamento do Logan.

— Você? E os pais dele?

Logan ficou ansioso e olhou para a irmã.

— Eles... Eles me pediram para trazê-lo aqui hoje.

Pela maneira como Britt respondeu, Annie supôs que os pais estavam trabalhando, apesar de Candi ter dito que o padrasto estava desempregado.

— Não vamos nos preocupar com isso agora — garantiu Annie.

Seu trabalho era ajudar Logan.

Britt retesou os ombros.

— Você pode não se preocupar, mas eu sim. Preciso saber se posso pagar em prestações.

— Claro que sim, Britt. O mais importante é garantir que Logan não sinta muita dor.

— Eu sei... Ele não dormiu na noite passada de tanta dor no braço e não me deixou nem encostar. Eu... eu não sabia o que fazer. Ele grita toda vez que tenta mexer o braço. Minha mãe também estava de mãos atadas. Ela trabalha para o sr. Johnson, do banco, e nem ousa perder um dia de serviço, a sra. Johnson é muito implicante e... — Britt balançou a cabeça e continuou: — Isso não é importante agora. Como eu disse que conhecia você e que conseguiria ajuda para Logan, ela me pediu para vir até a clínica, mas precisa saber se pode pagar em parcelas.

— Fique tranquila que farei tudo o que estiver ao meu alcance. — Annie deslizou o banquinho para mais perto. — Logan, olhe para mim.

Bem devagar, o menino ergueu a cabeça do peito da irmã e deu apenas uma olhada rápida para Annie. O nariz dele era salpicado de sardas, e os olhos castanhos estavam turvados pela dor. Uma mecha grande de cabelo cobria o olho esquerdo. Aliás, o cabelo precisava de um corte.

— Você não quer me mostrar onde dói? — Annie perguntou, sorrindo para que o menino se sentisse mais à vontade.

— Meu braço inteiro está doendo.

Ele colou o braço no corpo com medo de que Annie o tocasse.

— O que aconteceu?

Logan olhou para Britt, sem saber o que responder.

— Ele caiu da bicicleta — ela falou rápido e de um jeito estranho, como se tivesse ensaiado antes. — Foi um tombo feio.

Annie logo percebeu que a explicação não era verdadeira, principalmente depois de ter visto os hematomas em Britt e de saber da situação do padrasto. Contudo, se dissesse alguma coisa, Britt era capaz de fugir. E ela estava determinada a não permitir que aquilo acontecesse.

— Isso deve ter doído muito.

Annie olhou para Logan tentando descobrir alguma coisa pela expressão do rosto dele. Logan voltou a se apoiar na irmã, que o abraçou de novo.

— Doeu quando você caiu? — Annie o pressionou, notando que ele não tinha nenhum arranhão ou marcas roxas que confirmassem um tombo de bicicleta.

— Doeu. Doeu muito — respondeu ele.

— A dor veio logo depois do tombo?

Logan olhou para Britt, que respondeu por ele mais uma vez:

— Ele disse que sim.

— Quem ajudou você? — Annie continuou tentando obter mais informações.

— Meu pai — Logan respondeu. — Minha mãe estava trabalhando.

— O braço dele está inchado, por isso achamos que deve estar quebrado — acrescentou Britt. — Ele está com muita dor.

Annie já tinha visto o inchaço.

— Você me deixaria tirar uma foto do seu braço, Logan?

— Um raio-X? — indagou ele.

Britt sorriu.

— Eu já tinha dito a ele que teria que tirar um raio-X.

— É isso mesmo, mas preciso que você deixe Julia, a enfermeira, mexer no seu braço para poder fazer a chapa. Você faria isso por mim?

Logan procurou apoio na irmã, que o encorajou a responder:

— Acho que sim, mas só se Britt puder ficar comigo.

— Prometo que Julia vai ser muito cuidadosa. Diga a ela se doer muito.

— Está bem.

Annie instruiu Julia, que os acompanhou até a sala de raio-X.

A chapa não demorou para ficar pronta, e Annie voltou para a sala com ela em mãos.

— O braço está quebrado? — Britt perguntou, ansiosa.

— Está sim, mas ainda bem que foi uma fratura leve.

Annie prendeu a chapa no visor de radiografias e apontou para a linha fina e rompida.

Um lugar à beira-mar 109

— É por causa dessa linha pequena que dói tanto? — perguntou, Logan, perplexo.

— Dor de osso é uma das piores que existe — explicou Annie. — Vou precisar engessar. Não é legal? Todos seus amigos poderão assinar no gesso. Que cor você quer?

— Vermelho.

— Será vermelho, então.

Annie engessou o braço de Logan e pediu para Candi ficar com ele para que pudesse conversar com Britt em particular.

— Claro — concordou Candi.

Annie levou Britt para o consultório e fechou a porta.

— Alguma coisa errada? — perguntou Britt, olhando ao redor, nervosa. — Se for por causa do dinheiro...

— Não é nada disso. — Annie a interrompeu. — Quero saber a verdade sobre o que houve com seu irmão.

— Eu já disse, ele caiu. — Britt ficou bem tensa.

— Conte-me como aconteceu de novo.

Britt se remexeu na cadeira e desviou o olhar.

— Ele caiu da bicicleta porque fez uma curva muito fechada e se desequilibrou. Se não acredita em mim, pergunte a Logan. Ele repetirá a mesma coisa. — Ela empurrou a cadeira para trás. — Preciso ir embora. Tenho aula hoje à tarde e não posso faltar senão não consigo me formar.

— Britt, por favor, qualquer coisa que me disser...

— Desculpe. — Britt se levantou apressada. — Preciso mesmo ir embora. Eu sabia que você cuidaria de Logan. Obrigada. Falei para minha mãe que podíamos confiar em você. Ela não sabia o que fazer. Isso nunca aconteceu antes e...

— Britt, posso ajudar mais.

— Não pode... ninguém pode. Preciso ir.

Os olhos dela faiscavam de raiva.

Annie não conseguiu impedi-la de abrir a porta e ir embora. Depois, ficou pensando na conversa e como tinha assustado a garota.

Ficou claro que Britt tinha medo de dizer a verdade. E aquilo fez suas suspeitas sobre o responsável pelo braço quebrado de Logan recaírem sobre o padrasto. No entanto, se Britt não contasse o que tinha acontecido de fato, ela não tinha como provar nada.

No intervalo do almoço, Annie foi conversar com Candi, que talvez pudesse ajudá-la por conhecer a comunidade inteira.

— O que está amolando você? — perguntou Candi, quando se sentaram à mesa da sala de estar. — Você ficou quieta a manhã toda.

— É sobre Logan Hoffert.

— Ah, sim, Logan. Imagino que você esteja pensando o mesmo que eu.

— E o que seria?

— Duvido que ele tenha quebrado o braço num tombo de bicicleta.

Então, Annie não era a única a suspeitar que Britt mentira.

— Eu não acho que tenha sido isso também.

Candi pegou um sanduíche de peito de peru, mas não mordeu.

— Você tem ideia do que fazer?

— Não.

Não era uma decisão fácil. Seria pior tirar conclusões precipitadas, relatar o ocorrido às autoridades e no final descobrir que estava errada. Ainda estava na fase de ganhar credibilidade na comunidade. Uma acusação falsa arruinaria as chances de se estabelecer como paramédica e poder considerar Oceanside como seu lar definitivo. Por outro lado, tinha obrigação de relatar qualquer agressão às autoridades.

— Você vai acionar o Serviço de Proteção à Criança? — perguntou Candi.

Aquele seria o protocolo correto, mas Annie só tinha suspeitas.

— Ainda não sei. Não quero piorar a situação de Britt com isso também.

Ela pegou um sanduíche, mas assim como Candi, tinha perdido o apetite.

Um lugar à beira-mar   111

— O que você sabe sobre a mãe deles?

— Teresa? Quase nada. Ela é reservada na maior parte do tempo. Acho que não tem amigos. Até onde sei, ela pega todos os serviços de limpeza que pode. Ela e Britt sustentam a família.

— Pelo que sei, Britt não é filha de Carl, né?

— Não. Teresa era mãe solteira, engravidou no segundo grau e criou Britt sozinha até conhecer Carl. A família era feliz enquanto Carl tinha um emprego fixo na madeireira, mas ele foi demitido por beber em serviço. Pouco depois, a madeireira fechou. Acho que Carl não arrumou um emprego fixo desde então.

— O que ele faz da vida se não está trabalhando?

— Que eu saiba, nada. De vez em quando o vejo por aí, vagando pelos bares da cidade com os amigos de copo.

Era o que Annie temia.

— Acho que o melhor a fazer é pedir ao Serviço de Proteção à Criança para investigar a situação deles.

Annie pretendia fazer isso mesmo, mas queria pensar melhor para se certificar de que estaria ajudando e não prejudicando a família e ela própria perante a comunidade. O dr. Bainbridge seria a pessoa indicada para pedir conselhos. Se Carl tinha agredido o filho a ponto de lhe quebrar o braço, alguma atitude tinha que ser tomada. Àquela altura, ela tinha certeza de que Britt tinha medo de contar a verdade.

— Pense melhor — aconselhou Candi.

No final do dia, Annie conversou com o dr. Bainbridge e ele concordou que as autoridades tinham que ser avisadas e que deveriam investigar o caso. Voltando a sua sala com um nó no peito, ela ficou sentada à mesa por um tempo antes de pegar o celular e ligar para o Disque-Denúncia estadual. A atendente anotou os detalhes pertinentes, fazendo perguntas conforme Annie expressava sua preocupação.

— Infelizmente estamos com falta de pessoal. Quase todos estão fazendo jornada dupla para conseguir atender a todas as chamadas.

— Mas vocês *vão* investigar? — Annie pressionou com o coração batendo forte.

— Sim, mas pode levar até quarenta e oito horas. Agradecemos por sua preocupação. Prometo que iremos mandar alguém assim que possível.

— Obrigada.

Annie percebeu que não havia mais nada que a atendente pudesse fazer. O estado de Washington tinha restringido o orçamento, e os serviços sociais tinham sido os mais afetados.

Na volta para casa, sua mente estava repleta de pensamentos sobre Britt e Logan. Para se distrair, decidiu passar um tempo no jardim; sua mãe sempre dizia que cuidar das plantas a acalmava, e tomara que sentisse o mesmo efeito. Apesar de ter trabalhado bastante na horta no final de semana, ainda restava muita coisa a fazer. Antes de plantar as mudas que comprara, precisava espalhar fertilizante. Sorte morar no litoral e não precisar se preocupar com a geada.

Assim que chegou em casa, trocou de roupa e foi para o jardim. O dia estava ensolarado e seria um desperdício ficar dentro do chalé. Depois de espalhar o adubo, colocou as mudas de tomate e pimenta malagueta na terra já preparada graças à ajuda de Keaton.

Keaton.

Annie vinha pensando muito nele nos últimos dias. Desde a época da faculdade não se interessara por nenhum homem daquele jeito. Ele a atraía por sua intensidade, por sua força descomunal e por sua honestidade. Uma coisa era certa: nunca conhecera um homem como Keaton. Eles não tinham se visto desde sábado à tarde e ela se surpreendeu por sentir saudade. O sigilo médico a proibia de falar sobre Britt e Logan, mas poderia comentar o incidente sem mencionar nomes e pedir a opinião dele.

Ajoelhando-se na terra recém-capinada, Annie abriu alguns buracos e enterrou as mudas no solo rico, regando-as em seguida.

Quando ergueu a cabeça, viu que Mellie Johnson a observava da janela da cozinha da casa principal. Levantou-se, passou a mão nos joelhos para limpá-los, tirou as luvas de jardinagem e acenou. Não estranhou que em vez de acenar de volta, Mellie tenha saído da janela no mesmo instante. Prova que Mellie não ignorava sua inquilina tanto quanto queria demonstrar.

O celular de Annie tocou e qual não foi sua surpresa ao tirá-lo do bolso e se deparar com o nome de Mellie no visor.

— Alô. — Annie atendeu incrédula, sem saber o que esperar.

— O que você está plantando aí?

Annie respondeu e acrescentou:

— Você gostaria que eu plantasse alguma coisa mais?

— Não.

— Se quiser, tenho bastante espaço ainda.

— Minha avó plantava feijões-verdes e ervilhas e me pedia para colher.

— Posso plantar isso também. — Annie ficou feliz com o pedido e ansiosa para atendê-lo. Aquela era a oportunidade que esperava.

— Não estou pedindo nada, entendeu?

Mellie demonstrou que era orgulhosa demais para pedir alguma coisa.

— Se pretende cultivar feijão-verde vai precisar de suportes.

— Posso pegar alguns na clínica. Vi alguns no sábado e...

— Keaton pode fazer — disse Mellie, interrompendo a conversa. — Duvido que exista alguma coisa que ele não saiba fazer. Preston também é bom nisso.

— Preston?

Annie não se lembrava de ninguém com esse nome.

— É um amigo.

— Namorado?

— Não — Mellie respondeu, ríspida. — Keaton pode fazer o que você precisar para cultivar os feijões.

— Não vou pedir isso a ele. — Annie reagiu.

Keaton já havia ajudado bastante, embora fosse uma boa desculpa para procurá-lo.

— Tudo bem, eu o chamo.

Annie entendeu que não adiantaria muito discutir.

— Ele é bom para essas coisas. Além do mais, ele gosta de você. Não entendo a razão, mas não sou perita em relacionamentos.

— Eu gostaria de ser sua amiga, se você permitisse.

— Não preciso de amigas.

— Keaton não é seu amigo? E Preston?

Mellie não teria falado em Preston se eles não tivessem algum tipo de relacionamento. Ela fez uma pausa antes de responder:

— Pode-se dizer que são meus amigos, sim.

— Acho que vou até sua casa para tomar uma xícara de chá. Eu gostava muito dos seus avós, eles foram maravilhosos com meu irmão e comigo.

— Eles eram boa gente. Eu convido quando estiver preparada. Quem sabe no próximo século, por isso é melhor esperar sentada por um telefonema meu.

— Se for assim... — Annie conteve o sorriso.

— Estou falando sério. Não crie expectativas.

Annie riu. Um passo para a frente e dois para trás... com Mellie era assim.

CAPÍTULO 13

Keaton nunca soube o que havia aborrecido Annie quando a tinha visto chorando na praia numa tristeza profunda, revelada pelo seu semblante, e o olhar perdido na imensidão do mar. Se fosse um jogo, ele apostaria tudo num namoro que não deu certo. Ela estava com o coração partido, só podia ser. O amor que sentia por Annie era tão profundo e o perturbava tanto que ele a evitava o máximo que podia. No entanto, se afastar não tinha ajudado muito. Ao contrário, a vontade de vê-la só aumentava.

Keaton não tinha horário fixo, trabalhava conforme sua disponibilidade e por isso podia ir ao chalé e à casa de Mellie quando quisesse. Na última semana, passara uma hora ou mais por dia arrancando todo o mato do terreno, sempre quando tinha certeza de que Annie estava na clínica. O esforço imenso para tirar todo aquele mato do terreno o ajudava a apaziguar a batalha que travava consigo mesmo. Até a chegada de Annie, ele não se incomodava com seu jeito de ser. Mas, desde que ela se mudara para Oceanside, queria ser uma pessoa melhor para ela. O problema era que não sabia ser melhor em *nada*.

Mellie sabia bem a razão pela qual Keaton ia sempre ao seu jardim. O pior é que não o deixava em paz, atormentando com telefonemas constantes, fazendo mil perguntas sobre Annie que ele não queria responder. Não foram poucas as vezes em que ela o avisara para proteger o coração. Não era preciso tanta preocupação. Não havia muito o que fazer quando se tratava de Annie. Keaton ficou tentado a questioná-la sobre o pseudonamoro com Preston. Se bem que aquilo não a faria ficar quieta e ainda magoaria seu amigo. Preferiu continuar a agir como sempre, não dizendo nada.

Irritado com a quantidade de telefonemas, Keaton deixou de atender para não se contaminar pelo pessimismo de Mellie. Se ela quisesse falar alguma coisa importante, que saísse de casa e o enfrentasse. Como se isso fosse acontecer!

Na última vez em que os dois haviam conversado, Mellie o chamara de tolo por se apaixonar por Annie Marlow, pois tinha certeza de que ele ficaria a ver navios. Keaton não precisava ouvir o que já sabia. No final do contrato de um ano, Annie faria as malas e iria embora. Ninguém ficava em Oceanside, além daqueles que tinham nascido e sido criados ali. A população da cidade sempre fora transitória. Pessoas iam e vinham com a mesma frequência inconstante das ondas do mar.

Keaton estava tão entretido pensando em Annie que tropeçou numa trepadeira silvestre retorcida no chão. Se depois daquela empreitada nunca mais visse uma erva daninha, morreria feliz. Não faria um serviço daquele para nenhuma outra pessoa que não fosse Annie. Estava determinado a encontrar os benditos arbustos de amora-silvestre e mirtilo para ela. Jamais permitiria que ela lidasse com aqueles galhos farpados. Mesmo com luvas, os espinhos ultrapassavam o tecido e espetavam as mãos dele. Seria um milagre se aqueles arbustos tivessem sobrevivido aos últimos cinco anos.

Mais tarde, quando encerrou o trabalho do dia, decidiu que era hora de enfrentar Mellie e verificar o estado de John-Boy. As feridas do cachorro estavam quase curadas, graças aos cuidados de Mellie e Preston. Já o dano emocional era outra história. O pobre animal se contraía ao ouvir qualquer ruído mais alto e tremia descontroladamente quando alguém chegava perto. Mellie levara horas com John-Boy para ganhar sua confiança e para ser aceita por ele. A história não se repetiu com Keaton, embora ele o tivesse resgatado. Era bem provável que John-Boy reagisse daquela forma com qualquer homem depois do tratamento que recebera do dono anterior. Lennon o acompanhava até os degraus da varanda e, quando podia entrar na casa, deitava-se ao lado de John-Boy, que acabou confiando no outro cachorro e parecia não ter tanto medo quando estavam juntos.

Keaton entrou na casa preparado para o discurso de Mellie. Não havia razão para usar muitas palavras, já que ela usava o dobro do que ele jamais falaria.

Claro que ela já o aguardava, e pelos lábios contraídos devia ter muita coisa para dizer. Mellie uma vez fora dona de uma beleza natural. Os dois tinham idades próximas, com diferença de alguns meses, apesar de as circunstâncias do momento a fazerem parecer mais velha. Keaton nunca entendera o que poderia ter acontecido para que ela se recusasse a sair de casa. Ela havia voltado para a casa dos avós depois de ficar fora durante dez anos e, desde então, não saía de casa nem por razões corriqueiras, por isso não adiantaria perguntar nada a respeito, pois não haveria resposta.

— Já era sem tempo — reclamou ela com as mãos na cintura. — Tentei falar com você a semana inteira.

— Eu sei.

— Você podia ter retornado minhas ligações! — Ela esbravejou, nem um pouco feliz.

Ele não estava a fim de brigar, pois, como havia dito a Annie, não saberia vencer com palavras.

— O que você queria?

— Bom, em primeiro lugar, eu disse a Annie que você podia fazer os suportes para os feijões que ela plantou. Em segundo, não quero que me faça de boba.

— Você e Annie conversaram?

Valia a pena saber mais detalhes sobre aquilo.

Ao que parecia, a implicância de Mellie com a inquilina tinha diminuído. Com receio de admitir que havia cometido um erro de julgamento, ela baixou os olhos.

— Ela não é tão ruim.

— O que houve para você mudar de ideia?

— Você — disse ela, envergonhada.

Aquela era uma surpresa maior ainda.

— Eu?

— Você sabe julgar as pessoas e gosta dela...

Ele meneou a cabeça. De fato, gostava de Annie, bem mais do que deveria.

— Você vai fazer os suportes ou não?

— Faço.

— Fique sabendo que não pedi para ela plantar os feijões — insistiu ela.

Óbvio, Mellie não queria transparecer que tinha pedido alguma coisa a alguém. Seu orgulho não permitiria.

— Eu só mencionei que minha avó cultivava feijões-verdes e Annie foi logo dizendo que faria o mesmo. Pensei que poderia ajudá-la por ser habilidoso.

— Pode deixar.

Foi difícil não pensar que Mellie tinha segundas intenções. Terminada a conversa, Keaton foi até o primeiro quarto do corredor para ver John-Boy. Assim que o cachorro ouviu passadas pesadas, encolheu-se num canto, tremendo. Mellie teria que trabalhar bastante para que John-Boy pudesse ser adotado um dia. Do jeito que estava, era pouco provável. O dono anterior merecia todas as punições legais possíveis. Preston havia dado a notícia que o sujeito tinha sido preso por maltratar animais.

Quando chegou a hora de ir embora, Keaton precisou assobiar para que Lennon deixasse o amigo.

Um lugar à beira-mar 119

— Já vai?

Keaton assentiu com a cabeça.

— Preston contou do gatinho surdo que encontrou?

— Ferido?

— Abandonado. Preston disse que o gatinho foi jogado na beira da estrada. O abrigo está lotado e ele acha que ninguém vai querer um gatinho que não ouve. Eu já tenho um gato, além dos cachorros que hospedo, não dá para pegar mais um.

— Eu fico com ele. — Keaton se apressou em dizer, pois conhecia alguém que precisava de um gato, e que amaria um que não fosse perfeito. — Passo mais tarde no abrigo para pegá-lo.

— Você vai contar para o Preston ou quer que eu fale?

— Conte você.

Mellie esboçou um sorriso. Keaton sabia muito bem que ela havia gostado de ter uma boa desculpa para procurar Preston.

Keaton saiu da casa de Mellie e foi terminar de pintar o interior de uma residência que seria vendida. Ele trabalhava dez horas por dia, começando bem cedo. Quando chegou em sua casa pequena, estava exausto e faminto. Lennon também.

Keaton alimentou Lennon, em seguida esquentou uma latinha de chili no micro-ondas e sentou-se ao balcão da cozinha, onde verificou a correspondência, os mesmos folhetos de propaganda e boletos de pagamento. Lembrou que tinha que ver como o pai estava. Odiava aquelas visitas, por isso vivia adiando. Seria melhor se deixasse o velho cuidar de sua própria vida, assim como mandara ele fazer, mas sua consciência não permitiria.

Lennon comeu, fez as necessidades fora da casa, voltou e se aconchegou na sua cama. Keaton pretendia dormir logo, tinha acordado cedo e se movimentado até o entardecer. Assim, lavou a louça do jantar e tomou um banho quente e demorado. Quando já estava vestido e penteado, ouviu uma batida na porta. Estranho, não recebia visitas além de Preston, que raramente aparecia e teria ligado antes se estivesse levando o gatinho.

Endireitando o corpo, ele abriu a porta de supetão para intimidar quem quer que tivesse ousado perturbá-lo.

Annie se assustou e deu passo para trás.

— Annie?

Assim que a viu, Keaton ficou em alerta, temendo que ela estivesse ali para pedir ajuda. Olhou para os lados, examinando a redondeza. Daria um jeito em qualquer pessoa que ousasse ameaçá-la, ou intimidá-la de alguma forma.

— Sei que vim sem avisar... — ela falou rápido, se atrapalhando toda. — Estive aqui mais cedo, mas você não estava... Vim convidar você para ir ao teatrinho da escola comigo.

— Teatrinho?

Annie meneou a cabeça com tanta força que chegou a sentir dor no pescoço.

— A filha de Candi faz parte do elenco e eu prometi que iria... fiquei pensando que talvez... você quisesse me acompanhar.

Ela estava convidando-o para sair? Tipo um encontro amoroso?

— Eu devia ter falado antes — continuou ela, meio sem graça —, mas faz dias que não a vejo... perdi a noção do tempo. Nós nos encontrávamos na Bean There quase todo dia, mas você não tem aparecido e...

O resto da frase ficou no ar.

Keaton estava chocado demais para responder, pois havia se afastado de propósito e jamais imaginaria que sua ausência seria notada.

— Senti sua falta — admitiu ela, olhando para baixo.

E para espanto total de Keaton, antes que abrisse a boca para falar, Annie ficou na ponta dos pés e tocou-lhe os lábios num beijo fugaz. Boquiaberto, ele a encarou sem saber o que fazer ou falar. Quando encontrou a voz, levou os dedos aos lábios.

— Você me beijou...

Um lugar à beira-mar

Annie o imitou com os dedos sobre os lábios.

— Beijei, né?

— Por quê?

Keaton piscou várias vezes e achou que devia contar:

— Mulheres não costumam me beijar.

Ele continuou confuso, tanto ou mais que ela, claro.

— Estou me sentindo uma boba. Esqueça que vim aqui. Vou embora e vamos fingir que isso nunca aconteceu.

Annie deu as costas e desceu as escadas do alpendre. Keaton sabia que não podia deixá-la ir embora, pelo menos não assim.

— Não vá — pediu ele, sem querer que ela saísse, sentindo uma vontade imensa de impedi-la.

Sem ação, correu os dedos pelos cabelos e, como sempre acontecia, não encontrou as palavras certas para dizer; a língua estava presa, tornando o diálogo impossível.

Conseguiu perguntar depois de alguns segundos:

— Vai ter uma peça na escola?

— Isso, *Billy Budd*. Candi achou que não vai atrair muita gente.

— Eu me lembro de ter lido o livro de Herman Melville no primeiro ano de escola.

— Acho que deveríamos agradecer por a peça não ser baseada em *Moby Dick* — Annie comentou com uma risadinha, embora ainda estivesse muito sem jeito. — Não é nada sério, mas pensei que você pudesse se interessar. — E esforçando-se para fitá-lo, concluiu: — Bom, é melhor eu ir embora, está ficando tarde.

Keaton ansiava pela presença dela, era como uma fome insaciada, uma sede recorrente. Não permitiria que Annie fosse embora nem em sonho. Precisou chegar naquele ponto para admitir como tinham sido difíceis, senão dolorosos, os dias que não fora encontrá-la. Rendeu-se ao vício que ela se tornara. Sem saber como impedi-la de partir, ele segurou o rosto dela com as duas mãos grandes. Ao fitar aqueles olhos castanhos, enxergou mais do que ousaria sonhar. Os segundos se arrastaram enquanto ficou paralisado olhando para ela. Annie o tinha beijado. Inúmeras vezes por dia imaginara como seria tocar aqueles lábios macios com os seus, mas temia a reação dela.

— Keaton... — sussurrou ela, umedecendo os lábios.

Bem devagar, esperando que ela o impedisse, Keaton inclinou a cabeça para beijá-la. Annie cravou os dedos nos ombros largos, rendendo-se por completo. Ele sentiu o toque suave e foi diferente de tudo que já experimentara na vida. Os lábios macios tinham o gosto do céu. Ao envolvê-la com seus braços, precisou se conter para não a abraçar com muita força. Comparado ao seu tamanho, Annie era pequena e frágil, por isso o receio de machucá-la.

Keaton se afastou um pouco, ansioso para avaliar a reação dela. Desde o dia em que a vira na praia, pouco antes de ela se mudar para Oceanside, quisera beijá-la. Nunca sequer havia cogitado que ela desejasse a mesma coisa.

Os olhares se cruzaram, e Annie piscou e abriu um sorriso, que ele retribuiu. Keaton nunca tivera muitos motivos para ser feliz na vida, mas naquele momento uma alegria imensa inundou sua alma pela simples oportunidade de abraçá-la.

Saindo do transe que estivera até então apenas olhando para ela, Keaton afastou uma mecha de cabelo do rosto gracioso e acariciou a pele sedosa com a ponta dos dedos, deliciando-se com a sensação. Abandonando-se à tentação, ele a beijou seguidas vezes, cada beijo mais longo e mais intenso. Se fosse possível, encontraria um meio de mantê-la em seus braços por uma eternidade. Cada centímetro de seu corpo estava rijo de tesão. Precisou respirar fundo algumas vezes para aliviar a tensão prazerosa e inusitada que o consumia. Como as pessoas o evitavam, sua experiência com contato físico era mínima. Os dedos de Annie deixavam uma trilha em chamas por onde passavam sobre a pele dele.

Annie parou de beijá-lo e recostou a cabeça no peito de Keaton, que no mesmo instante ficou saudoso daqueles lábios macios.

— Diga alguma coisa — implorou Keaton pouco depois, ansioso para saber o que ela estava pensando e quem sabe ouvi-la dizer que desejava aquele beijo tanto quanto ele.

A dificuldade com as palavras nunca o perturbara tanto como naquele instante.

Annie se afastou, suspirou e desviou o olhar para o dele.

— Esse foi seu jeito de dizer que vai assistir à peça comigo?

Keaton riu. Mal sabia ela que ele assistiria até *Moby Dick* se aquilo significasse que ficariam lado a lado.

— Vou com prazer.

Annie voltou a recostar a cabeça no peito largo.

— Preciso contar uma coisa. A peça foi uma desculpa. Não gostei de ficar sem ver você.

Ao ouvir a confissão, ele levantou a cabeça dela para fitá-la nos olhos, esperando que ela desvendasse seus sentimentos.

— Senti saudade também. Alegria.

— Alegria? — repetiu ela, sem acreditar. — Meu nome é Annie.

— Sim, eu sei. Alegria. — Keaton engoliu em seco, tentando se expressar melhor. — Você me traz alegria.

— E você me ajuda a esquecer — sussurrou ela.

Keaton estranhou e imaginou que tinha razão quando imaginara que Annie tinha se mudado para Oceanside a fim de curar o coração partido.

CAPÍTULO 14

Annie estava de plantão naquele final de semana. No sábado, como de costume, parou para pedir um café com leite no caminho para a clínica. Seu cérebro não funcionava bem pela manhã sem uma dose de café.

Britt estava servindo no balcão. Annie continuava a observá-la de longe, ainda muito preocupada com a garota e com a família. Durante a conversa que tivera com o dr. Bainbridge sobre o braço quebrado de Logan, soubera que as autoridades se moviam a passo de tartaruga se a ocorrência não fosse de alta prioridade. Como era uma denúncia de uma suspeita e não de uma certeza de agressão, talvez fosse necessário aguardar o prazo máximo previsto por lei para que a investigação se iniciasse. Annie não tivera nenhum retorno de sua denúncia, e era bem provável que ninguém tivesse procurado a família de Britt.

Annie ficou mais preocupada quando Logan não compareceu à consulta de retorno. Os rumores sobre Carl Hoffert a deixaram apavorada. As pessoas diziam que desde que perdera o emprego na madeireira, Carl tinha se tornado um homem agressivo, preguiçoso e que dependia da esposa e da enteada para sustentar a família.

Um lugar à beira-mar 125

Além disso, bebia muito, tinha gênio forte e não seria bom cruzar com ele. Quanto mais tempo se passava depois da consulta que Logan deveria ter ido, mais Annie ficava preocupada. Fazia dias que não via Britt também — mais um motivo de alarme.

Quando se aproximou do balcão para fazer o pedido, Annie blasfemou baixinho ao notar um novo hematoma no pulso de Britt, apesar da manga comprida para disfarçar. Mas quando a menina estendeu o braço para pegar um copo para atender a moça na frente, a mancha roxa ficou evidente. Talvez ninguém tivesse notado, mas Annie, sim.

— Bom dia, Britt, quero o mesmo de sempre, por favor.

Evitando o contato visual, Britt pegou o copo descartável e anotou o código do pedido sem levantar a cabeça.

— Faz alguns dias que não vejo você — Annie comentou, tentando puxar conversa. — É estranho quando você não está aqui para me atender.

Um sorriso tímido brotou nos lábios de Britt.

— Tive que ficar em casa para terminar um trabalho grande para a escola.

— Imaginei que fosse isso. Está tudo bem com Logan? Ele não foi à consulta de retorno.

— Sim, está — Britt respondeu rápido demais para ser verdade.

— Os amigos assinaram no gesso dele. Mais uma vez, obrigada pela ajuda.

Annie levou mais tempo que precisava para tirar o dinheiro da bolsa. Apesar do receio de tocar no assunto, achou que precisava perguntar:

— Como estão as coisas na sua casa? — Para prolongar a conversa, ela estendeu uma nota de dez dólares em vez de usar o aplicativo no celular, assim Britt teria que dar o troco.

— Tudo bem, claro — Britt respondeu, contando as notas e moedas.

Sem muita vontade, Annie saiu de lado para aguardar o café. Logo reconheceu o rapaz que a serviu, amigo de Britt... Jimmy, se não lhe falhava a memória. Depois de terminar, ele entregou o copo com a bebida quente, mas não soltou o copo antes que Annie o fitasse.

— Britt não está bem — ele falou baixinho, debruçando-se no balcão com ar de preocupação. — Não sei como ajudá-la.

— Era o que eu temia. Vi a mancha roxa no braço dela — disse Annie e suspirou.

— Ela vive me dizendo que é desastrada. Sei que é mentira. Acho que ela anda apanhando do padrasto.

— É o que eu acho — Annie confessou.

Annie caminhou até a clínica imersa em pensamentos, temendo por Britt e Logan.

— Você chegou tarde em casa depois da peça? — perguntou Candi parada na frente da cafeteira, esperando o copinho encher. — Agradeço muito a sua presença.

— Gostei de ter ido — garantiu Annie.

De fato, tinha gostado, mas principalmente pela companhia de Keaton.

Candi deu risada.

— Você é uma amiga de verdade por ter aturado a peça inteira. Fiquei feliz por você ter ido, e sei que Amanda também.

Annie demorou para assimilar o comentário da amiga, mas sorriu quando se tocou.

— Na verdade, tive uma noite maravilhosa.

Quando saíra de casa naquela manhã, ela havia encontrado outro presente de Keaton nos degraus do alpendre.

Os pequenos mimos eram a forma que ele encontrara para deixar claro que pensava nela. Para Keaton, era mais fácil deixar presentes do que dizer alguma coisa. Há alguns dias, ele deixara um cristal marinho verde. Keaton era disparado o homem mais atencioso que ela já conhecera.

Quando morava na Califórnia, Annie passava as noites de sexta-feira dançando e se divertindo. Além das poucas preocupações financeiras, não dava a mínima para o mundo. Aliás, via tudo por trás de lentes cor de rosa. Precisou perder as pessoas mais importantes de sua vida para dar valor à família e ao que tivera. A vida dela havia mudado para sempre. Nunca mais seria a mesma, mas tudo bem, pois ela não era mais aquela pessoa. Suas prioridades eram diferentes. A maneira com a qual encarava a vida e seu significado havia mudado. A garota que fora um dia não existia mais.

— Deixei uma correspondência para você na sua mesa — disse Candi.

Annie foi segurando o copo de café com leite para sua sala e encontrou um relatório do Serviço de Proteção à Criança. O assistente social tinha visitado a casa de Britt e concluiu que não havia nada de errado. Chocada, Annie leu o relatório duas vezes, sem entender o que havia convencido o assistente social a fazer vista grossa para um caso óbvio de agressão, pelo menos para ela. Recostando-se na cadeira, Annie suspirou. *Bem, então é isso*, pensou. Ela havia feito tudo o que estava a seu alcance e não havia mais nenhum recurso.

A clínica estava cheia, como era de costume aos sábados. Annie mal teve tempo de almoçar. No final do dia, estava morta de cansaço. Após terminar de lidar com toda a sua papelada, ela releu o relatório do Serviço de Proteção à Criança e achou que a conclusão não estava certa. Os hematomas de Britt e o fato de Logan não ter comparecido à consulta eram sinais evidentes de que o ambiente naquela casa era muito pior do que se sabia.

Sem conseguir pensar noutra coisa além de Britt e Logan, Annie resolveu passar na casa dos Hoffert para saber se o braço de Logan estava curando direito. Encontrou o endereço na ficha dele. Se a questionassem, tinha uma desculpa na ponta da língua.

A mãe de Britt era arrumadeira e ela precisava de alguém para ajudar a cuidar do chalé.

Assim que terminou o último relatório do dia, Annie voltou a pé até o chalé para pegar o carro. Mellie a observava da janela. Annie acenou e ficou feliz quando ela fez o mesmo. Grande progresso. Era uma alegria saber que Mellie dava sinais de uma possível amizade.

Com a ajuda do aplicativo de localização do celular foi fácil encontrar a casa dos Hoffert a cerca de um quilômetro e meio da praia. Britt não dirigia, e como trabalhava de manhã na Bean There, era provável que fosse a pé até sua casa, ou pegava carona com Jimmy, que parecia gostar dela.

Annie parou no meio-fio do lado da cerca inclinada. A grama estava alta, misturada com muito mato. Não havia nenhuma flor. A casa era pequena e parecia ter sido amarela um dia, bem diferente do tom desbotado que apresentava, assemelhando-se mais a um branco sujo. Uma lona azul cobria o telhado.

— Dra. Annie, dra. Annie! — gritou Logan, correndo de bicicleta até ela, as perninhas finas pedalando o mais rápido que conseguia.

— Olá, Logan. — Ela nem se deu ao trabalho de explicar que não era médica. — Como está seu braço? Você perdeu sua consulta comigo.

— Eu sei. Estou bem. — Ele ergueu o gesso vermelho, orgulhoso. — Nem dói mais, mas coça muito.

— Tem várias maneiras de resolver isso. — Annie sorriu.

— Eu sei. Minha mãe me deu uns pauzinhos de comida chinesa para enfiar e coçar. Deu certo.

A porta de tela da casa se abriu e Britt surgiu na varanda, alternando o olhar do irmão para Annie várias vezes.

— Olá, Britt. — Annie a cumprimentou. — Espero não ter chegado numa má hora. Quero saber como está Logan.

— Eu já disse hoje de manhã que ele estava bem.

Um lugar à beira-mar   129

Britt cruzou os braços.

— Ele perdeu a consulta.

— Meu pai disse que eu não precisava voltar para não gastar mais.

— Pena que você não me disse nada. Dinheiro não é problema.

Britt continuou a encarar Annie com cara de poucos amigos. Annie endireitou a postura.

— Vim por outra razão também.

— Ah, é?

— Eu soube que sua mãe é arrumadeira e gostaria de falar com ela.

Britt olhou para trás por cima do ombro.

— Minha mãe está ocupada agora. Se quiser, pode conversar com ela na semana que vem...

— A mamãe está em casa, sim — argumentou Logan. — Ela disse que queria encontrar a dra. Annie para agradecer. Lembra, Britt? Você ouviu também.

— Não vai levar mais que alguns minutos — prometeu Annie, fingindo não ter visto o olhar repressor de Britt para o irmão. — Britt, gostaria de falar com sua mãe — insistiu.

Uma mulher alta e magra saiu de casa e parou ao lado da filha com um pano de prato sobre o ombro. Ela parecia esgotada.

— Desculpe incomodá-la, sra. Hoffert — disse Annie, aproximando-se do portão.

— Mãe, essa é Annie Marlow. — Britt a apresentou. — Lembra quando eu disse que foi ela que engessou o braço de Logan?

— Você é a dra. Annie da clínica? — perguntou a moça, mudando de feição no mesmo instante.

— Eu mesma, mas sou paramédica, e não médica.

— Muito obrigada por tudo o que fez pelo meu filho. Por favor, me chame de Teresa. — Ela abriu um sorriso tímido.

— Annie precisa de alguém para ajudá-la na casa dela — informou Logan, deixando a bicicleta no chão e correndo para ficar perto da mãe e da irmã. — Papai disse que você precisava limpar mais casas.

— Quantas vezes por semana você precisa? — Teresa perguntou, puxando Logan para mais perto.

— Mãe, não. — Britt balançou a cabeça várias vezes e lançou um olhar de súplica para Annie. — Minha mãe não pode pegar mais casas para limpar. Ela já trabalha muito do jeito que está.

Teresa fingiu que não ter ouvido e repetiu a pergunta a Annie:

— Você está pensando em quantos dias por semana?

— Mãe! — Britt protestou. Parecia que ela estava prestes a empurrar a mãe para dentro de casa.

Assim como Teresa, Annie também ignorou as reclamações de Britt.

—Uma vez por semana só. Uma vez a cada quinze dias também está bom. Moro no chalé na Seaside Lane.

— Mãe...

Teresa olhou para Britt e pensou em desistir.

Logan perdeu o interesse na conversa, bocejou e olhou para a bicicleta com vontade de andar de novo.

Annie não queria perder a oportunidade e disparou sem pensar duas vezes:

— Pago o dobro do que você costuma cobrar.

A oferta chamou a atenção de Teresa que a encarou, sem saber o que fazer.

— O dobro?

Annie garantiu com o olhar firme que era essa sua intenção.

— Pelo que sei você trabalha muito bem.

— Você tem preferência de dia? — indagou Teresa.

Annie balançou a cabeça.

— Qualquer dia que você puder me encaixar está ótimo.

— Mãe — Britt murmurou —, você já trabalha todos os dias. Não dá para pegar outra casa, mesmo que seja por meio período.

Logan discordou:

— Mas o papai falou...

Britt o interrompeu com um olhar fulminante.

— Que tal segunda à tarde? — Teresa perguntou.

— Seria ótimo. — Annie tinha percebido que Teresa e Britt estavam na varanda, enquanto ela ainda estava do outro lado da cerca.

— Obrigada.

Só então Teresa notou que elas estavam quase gritando uma para a outra com o jardim separando-as.

— Perdoe meus modos. Fui muito rude não convidar você para tomar um café ou um chá.

— Mas... o papai... — Britt falou baixinho, mas Annie conseguiu ouvir.

— Infelizmente meu marido ficará fora a tarde inteira — Teresa explicou, olhando para a filha.

Annie teve a impressão de que a informação era mais para Britt do que para ela. Ou seja, Carl Hoffert não voltaria tão cedo.

Logan desceu os degraus da varanda, atravessou o jardim e veio abrir o portão.

— Tem um truque para abrir — disse ele quando o portão raspou na calçada rachada. Em seguida, pegou a mão de Annie e a conduziu todo orgulhoso até a casa. — Cuidado com o degrau. Tem uma tábua solta.

Annie seguiu o conselho. O interior da casa era como ela esperava. As paredes precisavam de tinta fresca, o piso estava rachado e muito gasto, mesmo assim estava tudo muito limpo. Ao que parecia, Teresa tinha feito tudo o que podia para dar um bom lar para os filhos.

Annie seguiu Britt e a mãe até a cozinha.

— Britt, você está com um hematoma no pulso? — Annie perguntou sem a intenção de parecer óbvia demais.

Britt a encarou e não respondeu.

— Sente-se, por favor — Teresa convidou, puxando uma cadeira da mesa. — Você prefere café ou chá?

— Pode ser qualquer um — respondeu Annie, sem deixar transparecer a decepção por Carl não estar em casa.

O motivo da visita era conhecer o homem que supostamente agredia a família.

Meia hora mais tarde, a porta da frente se abriu e Carl Hoffert entrou cambaleando. Teresa ficou desconfortável quando o marido entrou na cozinha.

— Carl, temos companhia — ela disse com cautela. — Essa é Annie. Ela quer me contratar para limpar a casa dela.

Ele olhou para Annie com um sorriso de aprovação.

— Não é sempre que recebemos visita.

Annie forçou um sorriso.

Carl apoiou-se nas costas de uma cadeira para se equilibrar e estreitou os olhos em Annie, suspeitando de que havia alguma coisa errada.

— Eu conheço você? Você já foi no The Pirate's Den?

— Não, acho que não. — Mas ela já tinha ouvido falar da taverna, que ficava na pior parte da cidade, um lugar que sabia que não devia ir sozinha. — Eu gostaria de contratar sua esposa. Conheci seu filho e soube do tombo que levou — disse, mantendo a calma, sem querer se entregar.

Carl fez uma cara séria.

— Um braço quebrado, pois sim. Esse aí é um monte de m...

— Carl, não fique zangado — Teresa pediu, lançando um olhar de desculpas para Annie.

— Droga de gente intrometida.

— Carl, por favor — Teresa sussurrou quase em desespero.

Mas o marido não lhe deu ouvidos.

— O filhinho da mamãe está virando um pirralho mimado. Imagine se o braço de Logan estava quebrado. Britt nunca deveria ter levado Logan até a clínica. Não temos tanto dinheiro para gastar com bobagens.

Um lugar à beira-mar 133

Annie concluiu na hora que ele tinha dinheiro de sobra para comprar bebida, mas não queria pagar um tratamento adequado para o filho. Achou melhor não tocar no assunto. Em vez disso, deu um golinho no café e focou a atenção em Carl.

— Como Logan quebrou o braço?

— Ele caiu da cama — Carl respondeu sem hesitar. — Esse garoto é um desastrado.

Conforme Annie suspeitara, o tombo da bicicleta era tão fajuto quanto a versão de Carl.

— Em um dia ou dois ele ficaria novinho em folha. Esse menino é um mariquinhas. Já é hora de crescer. Não precisavam ter saído correndo com ele para a clínica.

— Lamento que pense assim, sr. Hoffert. O braço de Logan estava quebrado. Se quiser, posso mostrar o raio-X. — Annie mal terminou de falar e já reconheceu o erro.

— Você trabalha naquela clínica? — perguntou ele.

Annie não podia mentir.

— Sim, sou a paramédica que atendeu seu filho.

Carl ficou tenso, apertando os olhos numa linha.

— Que raios você está fazendo na minha casa?

— Eu a convidei para entrar. — Teresa se aproximou de Annie.

— Eu sei por que você está aqui — disse Carl, ignorando a esposa. — Você quer me trazer mais problemas. Acha que sou bobo? Foi você que mandou aquele assistente social na minha casa. — Ele fuzilou Annie com o olhar, a raiva em ebulição, prestes a explodir.

— Ela veio me contratar e ver como Logan estava — explicou Teresa com calma, mas Annie percebeu o quanto ela estava aflita.

— Uma ova!

Teresa soltou o ar dos pulmões devagar.

— Vamos falar disso mais tarde, Carl.

Carl olhou para a esposa com os olhos fumegando.

— Imagine se essa intrometida veio contratar você. Ela veio procurar encrenca, isso sim. Para seu governo, o assistente social que veio aqui é um velho amigo meu. Harvey me conhece há muito tempo e não duvidaria de mim.

Teresa ficou perplexa.

— Um assistente social esteve aqui?

Agora estava tudo explicado, por isso Carl não tinha sido acusado. Annie ficou desanimada.

— Lamento pelo problema que causei — ela disse a Teresa e Britt. As duas sabiam que Annie não se referia ao telefonema que dera ao Serviço de Proteção à Criança. — Acho melhor eu ir embora.

— Mas é claro que vai mesmo. Saia da minha casa e não volte mais. — Carl Hoffert foi até a porta e a segurou aberta.

— Pare, Carl — Teresa pediu, mas não adiantou nada.

Ele se virou para ela com um olhar ameaçador.

— Acho que você já deve ter aprendido a não responder para mim, mulher.

Annie percebeu que Teresa não recuaria e teve medo de que assim que saísse, ela e as crianças pagariam pela visita inapropriada. E a última coisa que desejava era ser responsável por mais sofrimento daquela família.

— Preciso explicar uma coisa — Annie disse com toda calma, mas ansiosa para apaziguar os ânimos. — Como trabalho na clínica, tenho a obrigação a relatar qualquer ferimento suspeito ao Serviço de Proteção à Criança.

A declaração caiu com o mesmo impacto violento que pedras arremessadas de um edifício de dez andares.

— Eu já disse para você cair fora da minha casa — Carl gritou de novo e segurando o ombro de Annie com muita força, empurrando-a para fora.

Annie sabia que poderia usar os hematomas que ganharia para reportar agressão.

— Não faça isso, Carl! — gritou Teresa. — Deixe-a em paz. Ou será que você quer machucá-la também?

— Cale a boca! Não quero que você nem chegue perto dessa encrenqueira, entendeu?

Teresa lançou um olhar de desculpas para Annie.

— Desculpe-me pelo meu marido...

— Você está se desculpando por minha causa?

— Você está sendo grosso e agressivo.

— Ela merece — ele urrou e se virou para encarar Annie: — Saia daqui antes que eu faça com que você se arrependa por ter dado as caras na minha propriedade.

Britt apareceu na porta da cozinha morrendo de vergonha e dor.

— Vai — ela sussurrou em tom de súplica.

Em atenção ao pedido de Britt, Annie saiu para a varanda e enfrentou Carl Hoffert de novo.

— Eu vou, mas saiba que darei parte à polícia se vir qualquer ferimento suspeito em qualquer um da sua família.

Era a única coisa que podia fazer naquele ponto.

Carl deu um risinho sarcástico, encarando a ameaça como uma piada.

Annie atravessou o jardim até o portão, chocada por Carl segui-la gritando e com o dedo em riste para ela.

— Quer arrumar encrenca para mim? Você não faz ideia onde está se metendo. Se eu fosse você, me protegeria.

CAPÍTULO 15

Quando voltou para casa, Annie encontrou uma estrela do mar no lugar de sempre.

Keaton de novo.

Ela se abaixou, recolheu a estrela e pressionou-a no peito sobre o coração. O pequeno presente ajudou a aliviar a tensão gerada pelo encontro com Carl Hoffert. A intenção não era chegar a um extremo tão desagradável. Mesmo depois de ter saído de lá, ainda tremia com o rescaldo da raiva de Carl. O pior era que, ao confrontá-lo, tinha causado mais dano do que ajudara em alguma coisa. A preocupação com o que ele poderia fazer com a família era tamanha que ela acabou apertando a estrela até os dedos doerem.

Já dentro de casa, Annie colocou a estrela do mar numa vasilha redonda junto com a pequena coleção de conchas — as que encontrara em seus passeios e as que Keaton havia deixado. Arrependera-se amargamente de ter ido na casa dos Hoffert. Se o assistente social, que os visitara, era mesmo amigo de Carl, então era bem capaz que tivesse acreditado nas mentiras dele. Agora dava para entender o relatório estranho que recebera do Serviço de Proteção à Criança.

Desabando no sofá, ela pegou o celular para ligar para a prima. Gabby era sua melhor amiga e a quem recorria sempre que estava chateada.

Gabby atendeu rápido.

— Annie, eu estava pensando em você. Espero que tenha ligado para dizer que virá nos visitar. Estou com saudade, amiga!

— Não... na verdade, tive uma tarde difícil e precisava ouvir uma voz amiga.

— O que houve?

Annie contou, resumindo o máximo que pode e explicando seus temores sem citar nomes. Gabby ficou em silêncio quando o relato terminou e depois perguntou:

— Como você está, Annie? Ele ameaçou você?

Annie não tinha levado Carl a sério.

— Não se preocupe. Fui bem clara quando disse a ele que vou denunciá-lo à polícia se notar algum ferimento suspeito na família dele, e é o que pretendo mesmo.

— Annie, ele pode machucar você — disse Gabby e soltou um gemido.

— Ele não ousaria. Além disso, faz alguns anos que tive aulas de defesa pessoal, lembra?

— Você disse bem: "faz alguns anos".

— Não vai acontecer nada.

Talvez fosse o caso de se preocupar, mas ela não acreditava que Carl Hoffert cumprisse as ameaças. Podia ser tolice sua pensar daquela maneira, mas no fundo acreditava que aquele sujeito era covarde demais para atacá-la.

— Eu ficaria mais tranquila se você viesse passar uns dias aqui em Seattle.

— Não posso, Gabs. Preciso estar na clínica segunda de manhã. Pare de se preocupar. Já sou bem crescidinha e posso tomar conta de mim mesma.

— Então, eu vou até aí.

— Não precisa, Gabby. Estou bem, de verdade. Liguei só para esfriar a cabeça e já estou melhor.

Annie percebeu que Gabby não tinha ficado muito satisfeita com a afirmação.

— Faça o favor de me ligar todos os dias da semana que vem.

— Como? Por quê?

— Porque caso contrário vou morrer de aflição.

Annie deu risada.

— Qual é a graça?

— Você sabe que não faço o tipo de ficar ligando, mandando mensagens ou e-mail para ninguém todo dia.

Gabby riu também.

— É mesmo. Bom, se você não ligar, juro que faço as malas e vou até aí. Combinado?

— Combinado — Annie concordou.

— Estou surpresa, sabia? Você está mesmo gostando de morar no seu chalezinho à beira-mar.

— Estou amando.

— Você ainda não me contou se conheceu algum cara lindo, jogando vôlei sem camiseta.

— Ainda não. Daqui um mês ou dois a praia estará cheia de caras loucos para exibir suas habilidades esportivas.

Não que ela estivesse interessada, mas Gabby talvez sim.

— Você quer conversar sobre alguém em especial?

Annie queria falar mais a respeito de Keaton. Havia contado sobre ele nas ligações anteriores. Bastou olhar para a estrela do mar, o cristal marinho e os outros presentinhos que ele deixara para seu coração inflar. O relacionamento deles tivera uma mudança sutil depois do beijo. Bem, talvez não tivesse sido tão sutil assim. Ele agora ocupava grande parte de sua vida, e...

— Annie? — Gabby a chamou, trazendo-a de volta de seus devaneios. — Seu silêncio torna você culpada e significa que está escondendo alguma coisa. Pode começar a falar.

— Keaton...

— Aquele cara que não fala?

— Ele até que fala bastante, mas só quando se sente mais confortável com a pessoa. Até isso acontecer, é um homem de poucas palavras. Estou falando sério, Gabby. Gosto mesmo dele. Keaton é gentil, carinhoso e...

— Você está descrevendo um cachorro são-bernardo.

Annie deu risada.

— Espere até conhecê-lo, só assim você entenderá o que estou dizendo. Acho que não tenho medo de Carl Hoffert porque Keaton está sempre por perto. Ele não deixaria que nada acontecesse comigo.

— Já gosto dele mesmo sem conhecê-lo. Se você está tão envolvida assim, não preciso saber de mais nada.

As duas conversaram por mais uns trinta minutos. Quando desligou, Annie estava se sentindo muito melhor. Foi até a cozinha procurar o que comer no jantar e mais uma vez a pequena coleção de conchas, que incluía as que Keaton tinha dado, chamou-lhe a atenção. Nos seus passeios pela praia só encontrara conchas quebradas, nunca os tesouros que ganhava de presente. Até tinha procurado conchas diferentes, mas estava sempre absorta em lembranças da família. Era reconfortante sentir o vento batendo no corpo e jogando o cabelo em seu rosto. Na praia, com o som das ondas ecoando nos ouvidos, sentia-se mais próxima à família, o vento sussurrava recordações de tempos mais felizes e alegrias compartilhadas. A natureza aplacava a dor profunda.

Uma batida suave na porta interrompeu as reflexões de Annie, que foi atender já sabendo que era Keaton. Era como se ele acreditasse que sua presença forte e contundente não precisasse ser anunciada com grande alarde. Annie abriu um sorriso largo quando confirmou que era ele quem estava ali. O macacão manchado de tinta e as botas indicavam que ele fora até lá direto do trabalho.

— Keaton! — exclamou ela muito feliz em vê-lo. — Entre.

— Lamento, não posso ficar.

Annie disfarçou a decepção.

— Amei a estrela do mar. Obrigada, como sempre.

Keaton sorriu com os lábios fechados. Ele precisava de um tempo para pensar antes de começar a conversar. Annie era paciente. Segundos depois, ele conseguiu dizer algumas palavras emboladas:

— Tenho outro presente para você.

— Você deixou na varanda? — Ela quis saber, olhando para fora procurando.

— Não, está aqui comigo.

Keaton enfiou a mão na parte da frente do macacão e tirou um gatinho cinza e branco minúsculo que mais parecia uma bolinha de pelo.

— Um gatinho? — Annie ficou atônita.

Nunca tivera um gato na vida. Sua família sempre fora mais fã de cachorros. Vários deles de pequeno porte haviam passado pela vida dela e de Mike e foram amados como se fossem membros da família. O mais próximo que ficara de um gato era quando o bichano de Mellie a espiava pela janela.

Keaton beijou a cabeça do pequeno animal.

— Este é especial. — Ele estendeu o filhote para Annie, atento à reação dela. — É um gatinho surdo. Mellie acha que, pelo tamanho, ele não deve ter mais que quatro ou cinco semanas.

— Surdo... — repetiu ela, aproximando a bolinha de pelo macio do corpo e acariciando-a.

— Preston o encontrou no acostamento da estrada, jogado fora como se fosse lixo.

— Ah, que crueldade!

Annie ficou perplexa que alguém pudesse ser tão insensível e cruel.

— O abrigo está lotado, e esse bichinho precisa de um bom lar.

— Claro que você não o deixaria lá.

Um lugar à beira-mar　　　141

Uma das qualidades de Keaton que a atraía muito era o cuidado com animais indefesos.

— Trouxe para você. Ele pertence a você.

— Ah, é? Por que acha isso?

Annie não conteve a curiosidade.

Keaton desviou o olhar e respondeu:

— Porque você está aberta a aceitar aqueles que não são tão perfeitos. Seu coração é bom... achei que talvez precisasse tanto desse gatinho quanto ele de você. — Ele deve ter visto dúvida nos olhos dela e por isso continuou numa voz suave: — Tenho visto você na praia, Annie. Sei que você sente uma dor profunda. Seus olhos me falam em perda.

— Eu...

— Tudo bem, não precisa me contar quem partiu seu coração. Achei que amar esse gatinho ajudaria você a superar.

Annie piscou vezes seguidas quando lágrimas inesperadas encheram seus olhos.

— Obrigada. — Agradeceu segurando o gatinho bem abaixo do queixo. — Darei um bom lar para ele.

— Tenho certeza que sim. Quando ele estiver dormindo sopre a carinha dele — instruiu Keaton, correndo o polegar pela cabeça do gatinho, acariciando-o enquanto dormia nos braços de Annie.

— Por que eu faria isso?

— Para que ele saiba que você está por perto.

— Entendi.

A cabeça de Annie estava a mil. Ela precisava arrumar tudo o que um bichinho precisava e aquele não era um gato qualquer, mas um muito especial. Ainda bem que tinha leite na geladeira. A primeira providência na segunda-feira de manhã seria marcar uma consulta no veterinário para um exame geral. Queria descobrir se a surdez do bichano tinha sido causada por um ferimento ou se era genético.

— Não precisa se preocupar com muitos cuidados. Basta apenas comida, água e muito amor e vocês dois ficarão bem.

Era assustador a velocidade com a qual Keaton conseguia ler os pensamentos dela.

— Lembre que ele precisa de você.

Annie nunca o vira falar tão sério assim. Parecia que Keaton estava dizendo que também precisava de afeto e como ela tinha se tornado importante para ele.

— Não vou esquecer.

Ela beijou a cabeça do gatinho do mesmo jeito que o vira fazer.

Keaton a abraçou, mas soltou-a com a mesma rapidez, para tristeza de Annie.

— Não quero sujar sua roupa de tinta.

— Não ligo a mínima — afirmou ela, subindo na ponta dos pés para beijá-lo.

Não demorou para que o beijo se aprofundasse. Annie percebeu que ele relutou para se separar.

— Preciso ir.

— Tudo bem.

— Você já escolheu um nome? — perguntou ele, ainda relutante.

Alguns nomes vieram à mente de Annie, até chegar a um que seria perfeito.

— Ringo.

— Ringo...

— Isso, quero que Lennon e Ringo sejam amigos.

— Bom nome.

— Fico feliz que tenha aprovado.

Keaton se afastou ainda prendendo-a pelo olhar. Annie percebeu o quanto ele estava arrependido.

— Odeio ter que ir embora.

Não tanto quanto ela odiava vê-lo partir.

— Tenho que trabalhar.

— Fica para outra hora.

Annie continuou parada no mesmo lugar, olhando Keaton se afastar, e só fechou a porta quando o perdeu de vista. Não havia se passado nem um minuto quando o celular tocou. Annie sorriu ao ver o nome de Mellie no visor.

— Ele deu o gato surdo para você? — perguntou ela sem rodeios.

— Sim.

Annie se sentou no sofá e colocou o gatinho do lado.

O gatinho se enrolou parecendo uma bolinha, feliz por estar ali.

— Você vai ficar com ele?

— Vou sim. Ele se chama Ringo.

— Ringo — Mellie repetiu num tom jocoso como se fosse a coisa mais ridícula que já tinha ouvido.

— Acho bonitinho.

— Você e Keaton estão começando a me dar nos nervos.

— Por quê?

Annie nem ousaria adivinhar, sabendo que sempre fora um estorvo para Mellie.

— Deixe para lá.

— Ah, não, por favor, quero saber.

Mellie emitiu um som impaciente.

— Vocês parecem personagens de romance. Beijando-se e se encarando com olhos brilhantes.

— Você lê romances? — Annie indagou, optando por não se ofender com os comentários.

A pergunta ficou no ar por alguns instantes até Mellie dizer:

— Você vai fazer algum alarde disso?

— Eu também leio de vez em quando — confessou Annie, achando graça do jeito de Mellie, irritando-se e prestes a defender até a morte sua preferência de leitura.

— Você? — questionou ela sem acreditar no que ouvira.

— Tenho alguns livros que posso emprestar. Se quiser, podemos trocar. — Essa era a oportunidade que Annie esperava. — Avise quando eu puder ir até sua casa levá-los. Podemos tomar aquele chá que eu tinha comentado há algum tempo.

— Não estou tão desesperada para ler — disse Mellie com uma risadinha.

— Por favor, Mellie, você está me magoando — Annie disse em tom de ironia.

A quase-amiga de Annie desligou o celular, mas não sem antes deixar escapar um som que Annie presumiu que tivesse sido outro risinho.

CAPÍTULO 16

Annie acordou no domingo de manhã com Ringo dormindo no travesseiro ao lado. Era um gatinho adorável. Seu coração se derreteu ao soprar bem devagar no carinha dele, temendo assustá-lo se acariciasse o pelo macio. Keaton sugerira que fosse assim e pareceu dar certo. Ringo abriu os olhos, espreguiçou-se e soltou um miado fraco de quem estava com fome. Bem, foi assim que ela interpretou. Carregando-o até a cozinha, ela encheu um potinho de leite e colocou no chão. Ringo começou a lamber, faminto.

— Vou para a igreja — anunciou mesmo sabendo que, se ouvisse, Ringo não entenderia uma palavra do que dizia. — Na volta vou passar no mercado.

Annie tinha feito uma lista pequena de compras além de algumas coisas que precisava para Ringo. Não fazia nem vinte e quatro horas que o gatinho estava com ela, mas parecia estar em casa. Talvez porque tinha sido um presente de Keaton.

O monólogo continuou:

— Candi vai passar por lá e vamos almoçar mais tarde.

Ringo ficou olhando antes de correr atrás de uma bola de poeira. Annie achou graça e entendeu que seria ótimo ter um bichinho de estimação. Engraçado como Keaton tinha percebido que aquele gatinho a confortaria. Claro que o bichano precisava dela, mas Keaton achava que o inverso também era verdadeiro. Keaton não sabia do deslizamento de terra, em Oceanside ninguém sabia, mas, por intuição, percebera a dor lancinante que afligia a alma de Annie. Ao terminar o leite, o gatinho lançou um olhar cheio de amor para ela. Annie ajeitou um cobertor dentro de uma caixa, colocou-o ali esperando que ele ficasse bem até ela voltar.

— Se comporte até eu voltar — sussurrou, acariciando-o com o dedo indicador.

O gatinho era muito pequeno e frágil e se assemelhava a ela em algumas coisas. Ela pensou duas vezes antes de sair, olhou para aquela criatura minúscula e sentiu um aperto no coração. Não tinha dúvidas de que o amaria muito.

Annie saiu de casa e deu a volta até a lateral do chalé, onde havia estacionado o carro. Como ia sempre andando até a clínica, era raro usar o carro, mesmo porque tudo o que necessitava era perto e dava para ir a pé. Em algum momento compraria uma bicicleta.

Assim que viu o carro, notou que alguma coisa estava errada. Demorou um pouco até perceber o que era.

Os quatros pneus tinham sido cortados.

— Ah, não! — exclamou levando a mão à boca.

Ninguém precisava dizer quem era o culpado. Era bem óbvio. Carl Hoffert.

Bem que ele havia avisado que haveria um preço por ter interferido em sua vida, denunciando-o às autoridades e humilhando-o ao chamar um amigo antigo para investigar a casa dele.

Annie cerrou os punhos ao lado do corpo e fechou os olhos para conter uma crise de ódio. Por dentro, estava gritando e sapateando no lugar de frustração, mas se recusava a dar a Carl Hoffert o prazer de vê-la perder o controle.

Como não podia ir à igreja sem carro, ela voltou para dentro de casa e pegou Ringo, sabendo que assim se acalmaria. Teria que esperar até mais tarde para ir a pé até o mercado. O comércio ficava a pouco mais de um quilômetro dali.

Pela internet, encontrou uma loja de pneus, mas como era domingo teria que esperar até segunda-feira de manhã para ligar. A frustração era enlouquecedora.

Uma boa maneira de lidar com a raiva seria fazer uma faxina na casa. E foi o que fez, esfregando tudo com tanta força que não demorou a ficar exausta, com o rosto pingando de suor e a camiseta encharcada e grudada no corpo. Ela havia prendido o cabelo com um lenço. Estava convencida de que seu estado era deplorável quando ouviu uma batida forte na porta da frente. Estremeceu só em pensar que poderia ser Carl. Endireitou o corpo disposta a não demonstrar medo.

Só que não era Carl. Era Keaton, fumegando de raiva.

— Quem? — exigiu gritando.

O ódio era tanto que ele não conseguiu dizer mais que uma palavra. Ele havia visto os pneus.

— Entre.

Annie o pegou pela mão, puxando-o para dentro do chalé.

— Quem? — ele repetiu a pergunta mais alto com as mãos grandes fechadas em punhos ao lado do corpo.

— Por favor, Keaton, sente-se.

A última coisa que ela queria era a questão fosse resolvida com a força.

— Não.

Annie tinha reagido da mesma forma quando viu os pneus rasgados. Keaton precisava de um tempo para se acalmar e ouvir a explicação dela.

— Eu sou a culpada — confessou ela com um suspiro.

Ouvindo isso, ele se virou para fitá-la.

— Não acredito. Diga quem foi.

Annie respirou fundo esperando que os dois se acalmassem.

— Não sei direito, mas tenho minhas suspeitas.

Keaton continuou a andar de um lado para o outro da pequena sala cada vez mais agitado.

— Ficar com raiva não vai ajudar em nada. Além do mais, eu já estou chateada por nós dois.

Ele passou os dedos entre os cabelos e travou o maxilar.

— Me conte.

— Você não quer tomar um café para se acalmar?

Era a primeira vez que Annie via Keaton tão bravo, e era algo para se contemplar. Era assustador. Se não o conhecesse e confiasse nele, se assustaria com a figura gigantesca de rosto vermelho e punhos fechados que se assomava à sua frente. Imaginou o estado que ficaria uma pessoa que não o conhecesse, caso o visse naquele estado de raiva.

— Café não. Fale comigo — insistiu ele.

Pelo tempo que haviam passado juntos, Annie percebeu que quando sentia alguma frustração, ele deixava as frases incompletas. As frases pareciam desconexas, como se ele tivesse dificuldades em verbalizar um pensamento de forma coerente.

— Como você soube dos pneus? — perguntou ela, servindo-o de uma caneca de café apesar de ele ter recusado.

— Eu vi... quando trouxe as compras de Mellie. Quem? — indagou ele de novo, deixando a caneca de café intocada no balcão da cozinha.

Tentar desviar a atenção de Keaton não estava adiantando.

— Acho que foi Carl Hoffert.

Keaton a fitou sem entender, achando inconcebível que ela tivesse alguma coisa a ver com aquele sujeito.

— Você conhece Carl?

Annie espalmou as mãos no balcão que os separava.

— Pela ficha da clínica... — Por causa do sigilo paciente-médico, ela não podia falar sobre o braço quebrado de Logan. — Soube que a esposa dele é arrumadeira e queria contratá-la. Acabei discutindo com Carl.

Um lugar à beira-mar 149

Por mais que quisesse, ela não podia dar nenhuma outra informação.

— Como assim "discutiu com ele"? — Keaton estava incrédulo. — O que houve?

— Descobri que ele não é muito gentil com visitas inesperadas.

— Conheço Carl. Ele tem um mau temperamento. Não vou permitir que ele chegue perto de você.

Assim dizendo, Keaton saiu de repente na direção da porta quase arrancando as dobradiças na pressa de sair.

— Keaton! — Annie o chamou de modo imperativo e foi até a porta, forçando-o a encará-la, segurando o braço dele com um olhar de súplica. — Não. Por favor.

Ele hesitou.

— Tem mais coisa aí. Você não está me contando tudo.

— Não posso.

— Ele... ele... ameaçou você? — Foi difícil para ele completar a pergunta.

Com receio do que Keaton pudesse fazer, Annie o abraçou pela cintura com toda a sua força a fim de detê-lo, antes que ele fizesse alguma besteira. Keaton permaneceu tão estático quanto uma árvore por vários minutos até suspirar bem devagar e retribuir o abraço.

— Não vou... deixá-lo machucar você.

— Estou bem. Está certo que ter que trocar os pneus é um trabalho e uma despesa a mais. Eu também fiquei brava quando vi, mas não é o fim do mundo.

Comparado com outras perdas que ela havia sofrido, quatro pneus rasgados mal significavam um pontinho na sua história de vida.

— Eu não devia ter ido até a casa dele, por isso a culpa é minha. Devia ter levado as ameaças dele a sério. Mas agora está tudo bem. Ele descontou nos pneus; o pior já passou.

Annie percebeu que conforme a raiva foi passando Keaton relaxou.

— Ele vai pagar — murmurou ele.

— Estou convencida de que em algum momento vai pagar sim.

Annie havia feito o que podia. Agora era esperar que Teresa aceitasse a oferta para trabalhar como arrumadeira, mesmo contra a vontade do marido. Assim, Annie teria oportunidade de conversar com ela sobre o que acontecia na família Hoffert. Quem sabe, então, Teresa não criasse coragem para se separar.

— Isso não é suficiente. — Keaton não estava disposto a esperar por justiça.

— Não, por favor. Se você gosta de mim, não resolva isso à sua maneira. O resultado não será bom.

Keaton fechou a cara.

— Prometa que não vai fazer nenhuma bobagem. Prometa.

Teimoso, ele se recusou a fazer qualquer promessa. Annie recostou a cabeça no peito largo. As fortes batidas do coração a acalmaram. Aos poucos, Keaton foi relaxando de novo até abraçá-la e pressionar os lábios no alto da cabeça dela, segurando-a com uma ternura tamanha que a fez se sentir amada.

Annie não ousaria admitir, mas tinha adorado a rapidez com que Keaton assumira sua defesa. Nenhuma outra pessoa tinha feito isso antes — fora o pai, um defensor tão contumaz quanto Keaton. Mas nunca nenhum namorado. Se bem que nunca passara por situação semelhante. Era uma novidade.

O celular de Keaton vibrou no bolso dele, indicando uma chamada.

Mesmo relutante, Annie se afastou. Ele pegou o celular, viu o nome no visor e decidiu deixar a chamada cair na caixa postal. Segundos depois, uma nova chamada.

— É Mellie. Ignore.

Annie obedeceu.

— Acho que ela quer que eu leve as compras.

Keaton segurou o rosto de Annie com as mãos grandes e suspirou sem vontade de deixá-la.

Um lugar à beira-mar   151

— É bem capaz.

Annie imaginou se Mellie tinha visto o estrago em seu carro. O relacionamento de altos e baixos das duas tinha tido um certo progresso. Mellie nunca ganharia o prêmio de Miss Simpatia, mas Annie preferiu não se importar com o mau humor dela para facilitar uma possível amizade no futuro. Dessa maneira, quem sabe, no final do contrato de aluguel, Mellie estivesse disposta a renová-lo por mais um ano.

— Acredito que Mellie esteja mais receptiva comigo — ela contou, orgulhosa.

— Ah, é? — Keaton sorriu, acreditando que qualquer um se renderia ao sorriso de Annie.

— Tenho uns livros que talvez ela goste. Eu me convidei para uma xícara de chá e um bate-papo.

O sorriso de Keaton desapareceu dando lugar à uma expressão de ceticismo.

— Sou paciente. Até o final do ano, acho que seremos melhores amigas.

Keaton caiu na gargalhada.

— É sério, acho que ela gosta de mim, mas não quer que eu saiba. Aliás, qual é a dela? Como é que ela vive se não trabalha?

Keaton deu de ombros.

— Mellie veio morar com os avós aos 10 anos de idade, quando os pais morreram. Ela recebeu uma herança.

Annie ficou pensando na informação, pois sabia que Mellie tinha partido de Oceanside aos 18 anos. Os Munson devem ter sentido demais a perda da neta. Quem sabe um dia Mellie se sentisse confiante para contar sua história. No entanto, isso significaria que *ela* também teria que contar seus segredos.

CAPÍTULO 17

O dia de Annie não tinha começado bem e ficou pior quando Mellie ligou naquela tarde.

— Quero que você saia do chalé até o final da semana.

Annie ficou tão chocada que demorou para responder:

— O quê? Por quê?

— Você ouviu bem.

Afastando o cabelo da testa e mantendo a mão na cabeça, Annie cogitou milhões de respostas.

— Será que você pode me dizer o que eu fiz de errado?

Era bem provável que Mellie conhecesse Carl Hoffert. Não era segredo que ele a queria fora da cidade e quem sabe não teria convencido Mellie a expulsá-la do chalé.

— Não preciso dar motivo nenhum. Quero você fora daí até o final dessa semana e pronto.

— Eu... não posso. Não tenho para onde ir.

— Isso não é problema meu.

Annie estava chocada demais para pensar direito.

— Podemos conversar?

— Não — Mellie respondeu com a voz afiada, inflexível.

— Me dê pelo menos uma razão — Annie insistiu, passando de incrédula a brava.

Que injustiça! E pensar que naquela manhã tinha dito a Keaton que a amizade com Mellie estava melhorando. Amava morar no chalé. Estar ali, lembrando dos momentos felizes que passara na infância durante as férias de verão a tinha ajudado muito a superar a tristeza. Mudar agora seria um retrocesso emocional sem volta. Sem falar que estava protegida pela lei do inquilinato. Lembrou-se do contrato.

— E quanto ao aluguel?

Mellie titubeou e continuou no mesmo tom áspero.

— Estou cancelando.

— Por lei, você não pode fazer isso, Mellie. Se formos à justiça eu vou ganhar. Não fiz nada para merecer isso. Paguei seis meses de aluguel antecipado. Tenho feito o que posso para...

— É por causa do Keaton. Ele não fica tão chateado assim sem ser provocado. O que você disse a ele?

— O que eu disse? Quando?

— Hoje de manhã. Ele estava furioso. Não sei o que você fez para ele ter ficado assim, mas não admito uma coisa dessas. Keaton é boa gente. Eu bem que avisei e você não me levou a sério. Eu disse que você se arrependeria se fizesse alguma coisa com ele.

Annie se recompôs, respirando fundo e soltando bem devagar.

— Imagino que você tenha me visto falando com o delegado.

— Isso mesmo. Mais uma razão para você sair da minha propriedade. Você não passa de uma encrenqueira. Não sei o que você fez, mas pena não ter sido presa.

— Você ao menos se deu o trabalho de perguntar a Keaton o que aconteceu? — Annie indagou mais calma, sabendo que tudo não passava de um mal-entendido.

— Não. Não faz diferença nenhuma. Ele não teria me contado nem se eu quisesse. Só sei que você é tudo na vida dele. Eu mesma não entendo isso. Pelo que vejo, você nem é tão legal assim. Mas Keaton não percebe. Ele é capaz de levar um tiro no seu lugar.

Annie sabia que Keaton gostava dela, mas não com essa intensidade. Ela tentou manter a sensação de felicidade por alguns segundos, embora soubesse que a realidade logo acabaria com sua alegria.

— Keaton é o meu mundo. Ele é tudo o que você diz mesmo. Eu nunca faria algo que o magoasse.

— Se for isso mesmo, então, me conte o que aconteceu hoje de manhã que o deixou tão possesso. Nunca o vi nesse estado.

Annie apertou o celular contra a orelha.

— Fui ameaçada por uma pessoa. Os pneus do meu carro foram cortados. Por isso o delegado esteve aqui. Não tem nada a ver com qualquer coisa que eu possa ter feito a Keaton.

Depois da explicação, silêncio...

— Ah... — disse Mellie depois de longos minutos tensos e calou-se por mais alguns minutos.

Annie se muniu de coragem para perguntar:

— Posso continuar no chalé?

Mellie hesitou como se estivesse debatendo consigo mesma.

— Estou disposta a fazer as pazes — Annie acrescentou, esperançosa.

— Como você faria isso?

— Coloque água para o chá, estou indo até aí.

— Espere um pouco. Eu...

Annie desligou, pegou uma caixa onde tinha guardado alguns romances e atravessou o jardim. Sabia que se batesse na porta, Mellie se recusaria a abrir, então, resolveu procurar as chaves. Já havia visto Keaton escondê-las debaixo da almofada do sofá-balanço na varanda várias vezes. Com as chaves na mão, abriu a porta e entrou.

Mellie estava na cozinha, paralisada como se alguém tivesse lançado um feitiço sobre seu corpo. Havia tantas caixas e pilhas e pilhas de coisas que quase não havia espaço para se mexer. O lugar parecia um labirinto com corredores estreitos para os outros cômo-

Um lugar à beira-mar 155

dos. Algumas caixas estavam abertas e Annie viu jornais da época da posse do Obama e revistas *National Geographic* de mais de trinta anos. Só Deus sabe o que mais estava enfiado nas outras caixas.

Annie só havia visto Mellie nas raras aparições rápidas na janela e ficou surpresa com a beleza dela. Os cabelos loiro-escuros iam até os ombros. Lisos e repartidos no meio. Os olhos bem azuis. Vestia calça jeans desbotada, botas cowboy e uma camisa xadrez de manga comprida, tão estilosa quanto uma modelo. O que mais impressionou foi o tamanho de Mellie. Ela era do tipo mignon, talvez um metro e cinquenta e oito ou sessenta. Mas se alguém ouvisse sua voz imperativa e resoluta, acharia que ela tinha dois metros de altura.

— O que você trouxe aí dentro? — perguntou Mellie, olhando para a sacola na mão de Annie.

Annie procurou não sorrir. A curiosidade de Mellie era um bom sinal.

— Alguns dos meus romances históricos favoritos.

Mellie olhou para a sacola, demonstrando interesse. Ótimo. O amor pelos romances, em especial os edificantes, ajudara muito Annie a passar inúmeras noites de insônia. E agora, o interesse comum pelos livros a ajudariam a se aproximar de Mellie.

— A água para o chá está fervendo? — perguntou Annie, procurando lugar na mesa da cozinha, lotada de pilhas de jornais e revistas.

Mellie precisou abrir um pequeno espaço para si, pois cada centímetro estava coberto de caixas e objetos inúteis. Sobre o balcão havia todo o tipo de utensílio doméstico imaginável, alguns ainda nas caixas. Numa olhada rápida, viu uma panela de cozinhar arroz, uma fritadeira elétrica e uma panela pressão que tinha visto anunciadas na televisão. Ao que tudo indicava, Mellie mantinha contato com o mundo exterior através de compras online.

— Não tenho tempo para tomar chá — respondeu Mellie, olhando fixo para Annie. — Não convidei você, portanto, é melhor ir embora.

Annie não deu importância à dispensa e, dando de ombros, obedeceu e virou-se para a porta.

— Mas deixe os livros.

Annie a encarou.

— Antes disso, quero que você me garanta que não vai cancelar meu contrato de aluguel.

Mellie contraiu os lábios, desviou o olhar para a sacola cheia de livros e perguntou:

— Nessa sacola aí tem algum romance da época da regência?

— Tem vários. Os romances dessa época são os meus favoritos.

Pronta para sair com os livros, Annie girou a maçaneta.

— Tudo bem, concordo com o aluguel. Você pode ficar um ano, depois quero que vá embora.

— Muito justo. — Annie concordou.

Até lá, encontraria um jeito de ser amiga de Mellie, independentemente da vontade dela. Deixando a sacola sobre uma das caixas, ela se virou para sair quando Mellie acrescentou uma condição.

— Mas saiba que... — Ela fez uma pausa para causar efeito.

— Sim?

— Se você fizer alguma coisa, digo *qualquer* coisa que possa magoar, constranger, humilhar, ou desequilibrar Keaton, seu contrato será cancelado na mesma hora. Estamos entendidas?

Annie não tinha mesmo a menor intenção de fazer nada daquilo.

— Entendeu? Ótimo. Cuidado para a porta não bater no seu traseiro.

Foi difícil para Annie não rir.

A segunda-feira não começou muito melhor do que o domingo. Quando Annie passou na Bean There, Britt fez o possível para não a encarar.

— Britt, está tudo bem? — Annie perguntou, preocupada.

Pela reação da garota, era de se esperar o pior. Não havia nenhuma mancha roxa visível, o que não significava que o padrasto não a tivesse agredido em lugares menos visíveis.

— Não, a situação em casa não está nada boa — Britt respondeu, sibilando por entre os dentes. — E você é a responsável.

— Sinto muito.

— Tarde demais para se desculpar, não acha?

— O que aconteceu? — Annie receou que Carl tivesse descontado a raiva que estava dela na família.

Britt levantou a cabeça e enfrentou Annie com o olhar.

— O que *aconteceu?* — Britt repetiu num sussurro, furiosa. — *Você* aconteceu. Por que você tinha que se meter num assunto que não é da sua conta? Meu pai está furioso desde a sua visita. Minha mãe já atura muita coisa e você não precisava piorar.

— Britt — implorou Annie, mas a garota a interrompeu bruscamente.

— Para você é tudo fácil. Você não sabe.... não tem a menor noção. Por favor, afaste-se de mim e da minha família.

Assim dizendo, ela deu as costas para Annie.

Jimmy ficou chocado e lançou um olhar de preocupação para Britt. Os dois trocaram de posições e Jimmy assumiu o pedido de Annie, que de tão frustrada e chateada precisou repetir duas vezes o que queria. Tanto ela como Jimmy estavam abalados.

Ao perceber que Britt não queria mais conversar, Annie engoliu em seco e pediu para Jimmy:

— Por favor, diga a Britt que sinto muito. Eu só queria ajudar.

— Pode deixar — disse ele e abaixou a voz para perguntar: — É sobre o padrasto dela?

Annie fez que sim com a cabeça.

Ele fechou os olhos por um instante, sabendo o que devia estar acontecendo na casa de Britt, mas sem poder fazer nada para impedir.

* * *

Quando chegou à clínica, Candi lançou um olhar de advertência.

— O dr. Bainbridge está aqui.

— Em plena segunda-feira?

Ele trabalhava às terças, quartas e quintas, nunca na segunda-feira.

— O doutor quer conversar com você na sala dele.

— Você sabe qual é o assunto? — Annie se inclinou na direção da amiga para perguntar.

Candi olhou por cima do ombro de Annie para se certificar de que ninguém a ouvia e baixou a voz.

— Você chamou o delegado por alguma razão especial?

— Fiz queixa de um crime. Por quê?

Candi suspirou.

— O dr. Bainbridge e o delegado são bons amigos. Vi os dois conversando no estacionamento quando cheguei. Ouvi sem querer o seu nome e o de Carl Hoffert.

Annie baixou a cabeça, desanimada. Era óbvio que o dr. Bainbridge soubera que ela tinha visitado os Hoffert. Não seria surpreendente se perdesse o emprego. Pelo jeito, arruinara a oportunidade de construir uma vida nova em Oceanside. Primeiro quase fora despejada do chalé por Mellie e agora aquilo. Ela precisou esperar o coração se aquietar antes de bater na porta do dr. Bainbridge.

— O senhor me chamou?

Annie fez de conta de que não fazia ideia da razão de estar ali, embora fingir inocência não fosse o melhor jeito de começar uma conversa.

— Entre, Annie.

Ele a chamou de trás da mesa e gesticulou na direção da cadeira para que ela se sentasse.

Annie deu uma tossidela e se sentou sobre as mãos, igual a uma criança prestes a levar um castigo.

— Por que você foi visitar os Hoffert?

— É que, bem... — Foi difícil continuar a falar com a boca seca. — Fiquei preocupada quando Logan perdeu a consulta de retorno. Além disso, a sra. Hoffert é arrumadeira e eu queria saber se ela aceitaria uma nova casa para limpar.

Ele pensou um pouco no que ouvira antes de perguntar:

— Creio que não tenha sido só isso, não é?

Annie pensou nas alternativas que tinha, não queria mentir, mas não queria se enterrar num buraco.

— Li o relatório do Serviço de Proteção à Criança. — Ele se antecipou antes que ela formulasse uma resposta. — O motivo principal da visita foi verificar com seus próprios olhos a situação na casa deles.

— Bem...

— Annie, você tem noção do perigo em que se meteu?

— O assistente social é amigo antigo do sr. Hoffert, por isso deve ter feito vista grossa.

Ela olhou para os pés.

— E você decidiu resolver o assunto com as próprias mãos?

Annie relutou, mas achou que devia explicar.

— Eu não queria que ele soubesse que eu tinha feito a denúncia de suspeita de agressão. Falei sem querer quando ele insistiu que o filho era maricas e que a mãe tinha se desesperado e...

— Não faz diferença porque a verdade escapou. — O dr. Bainbridge a interrompeu. — O que me preocupa é que você se arriscou muito. Essa visita foi uma besteira sem tamanho.

Annie comprimiu a boca.

— Eu sei. — E como não aguentava mais o suspense acrescentou: — O senhor vai me demitir?

A aflição aumentou com a demora da resposta.

— Para ser honesto, foi o que pensei num primeiro momento. O fato é que você é boa com os pacientes e ganhou a confiança dessa comunidade em muito pouco tempo. Vou apenas dar uma advertência, mas saiba que se fizer qualquer outra coisa semelhante, não terei escolha a não ser mandá-la embora.

— Entendo.

Annie tinha aprendido a lição.

Ela já havia sentido as consequências de sua falta de bom-senso. Os pneus rasgados. A ameaça de Mellie em despejá-la. Tinha conseguido que Britt se afastasse. Pela maneira como a garota tinha ficado, provavelmente ela não conseguiria reparar o dano. Keaton também ficara furioso quando soubera. Não com ela, mas com Carl Hoffert. Impossível prever o que ele teria feito se ela não o tivesse impedido. Como se não fosse suficiente, não perdera o emprego na clínica, mas se segurava por um fio.

Não era daquele jeito que pretendia começar a segunda-feira.

Candi lançou um olhar solidário quando Annie saiu da sala do dr. Bainbridge.

— Você está bem? — perguntou com ar de preocupação.

Annie suspirou longamente.

— Acho que sim. Por sorte ainda estou empregada.

Candi ficou quase tão aliviada quanto Annie.

— Graças a Deus! Fiquei pensando o que podia acontecer quando vi o dr. Bainbridge conversando com o delegado hoje cedo.

— Aprendi a lição — Annie garantiu, e tinha aprendido mesmo.

Depois do ocorrido, estava ciente das consequências e determinada a não arriscar mais seu emprego.

Pelo resto da semana, Annie agiu dentro das regras do bom-senso. Não viu Britt trabalhando na Bean There e pensou na probabilidade de a garota ter largado o emprego. As aulas do segundo grau terminariam dali a pouco mais de um mês e quem sabe não tivesse sido aquela a razão da ausência dela. Ou talvez Britt tivesse trocado de turno para não a encontrar. Annie ficou chateada.

Foi um choque encontrar Britt na clínica como paciente. Candi avisou que Britt tinha pedido para falar com ela em particular. Surpresa e imaginando o que poderia ter acontecido, Annie entrou na sala de exame onde a garota a aguardava.

Britt estava pálida e com os olhos tristes, vermelhos e deline-
ados pelas lágrimas.

— Você queria me ver? — Annie colocou o braço nos ombros
da garota.

Britt meneou a cabeça sem levantá-la. Em seguida, endireitou
o corpo, armando-se de coragem para dar a notícia:

— Estou grávida.

Annie sentou-se perto dela, segurou-lhe a mão e a acariciou,
procurando confortá-la.

— Você está bem?

Britt deu de ombros.

— Não posso contar para minha mãe. Ela já tem problemas
demais.

— Ah, Britt, ela é a pessoa que mais pode entender você.

Britt não confirmou nem negou.

— Minha mãe já tem problemas suficientes para ter que lidar
com os meus também.

— Você tem certeza de que está grávida?

Com tanto estresse em casa, não seria de se estranhar que Britt
deixasse de menstruar um mês.

— Mais certeza, impossível. Comprei um daqueles testes de
farmácia e confirmei o que meu coração já sabia.

— Você contou para o seu padrasto?

Annie imaginou como Britt se sentia, guardando um segredo
quando mais precisava do apoio emocional da família.

Britt evitou olhar para Annie e negou com dedo.

— Você pretende contar para ele?

— Não mesmo.

Ela cobriu o rosto com as duas mãos e caiu em prantos.

Annie a abraçou com o coração apertado, enquanto procurava descobrir qual seria a melhor maneira de ajudá-la nos meses
seguintes.

CAPÍTULO 18

Sem conseguir dormir naquela noite, Annie acariciou Ringo, que dormia encolhido ao seu lado. Não conseguia pensar em outra coisa senão na visita de Britt à clínica. Durante a conversa, a garota revelou que estava apavorada demais para contar à mãe a ao padrasto sobre sua situação. Annie insistiu para que ela confiasse na mãe, mas a garota estava convicta do contrário, afirmando que ainda não era hora. Com o tempo, pela necessidade de seu estado, Britt teria que contar, mas por alguma razão desconhecida, ela preferia esperar.

Como Teresa havia engravidado de Britt na adolescência, Annie achou que aquele era o motivo para que ela não quisesse confidenciar à mãe. Por razões óbvias, ela não queria que o padrasto descobrisse.

Britt tinha se recusado a dizer quem era o pai da criança. Se tivesse que adivinhar, Annie diria que era Jimmy, mas estava apenas especulando. Nas vezes em que fora à Bean There, Annie reparava a maneira como que ele olhava para Britt, denunciando o amor que sentia. Estava evidente que Jimmy a idolatrava. Annie tinha visto os dois pela cidade algumas vezes, passeando de mãos dadas.

Um uivo rompeu o silêncio da noite, chocando Annie. Parecia um lobisomem de história de terror. Ela pulou da cama e foi até a cozinha olhar pela janela que ficava acima da pia. O luar iluminou uma sombra grande que seguia na direção da casa de Mellie. Subindo na ponta dos pés para ver melhor, ela reconheceu Keaton.

Passava da meia-noite e era difícil imaginar o que Keaton estaria fazendo na casa de Mellie tão tarde, até notar que ele carregava o que parecia ser um animal. Quando ele chegou à casa, Mellie abriu a porta — sinal de que sabia que Keaton chegaria logo. Muito estranho. Annie nunca tinha visto Mellie abrir a porta por nada.

Ansiosa para saber o que estava acontecendo, Annie vestiu uma calça jeans, uma camiseta e um tênis, disposta a ir até lá ajudar. A primeira coisa que pensou foi que Lennon estivesse ferido. Apesar de nunca ter lidado com animais, sua experiência médica podia ser de alguma valia.

Annie atravessou o jardim correndo, a porta estava aberta. Ao entrar na casa, ouviu vozes na sala e chamou Keaton, sabendo que Mellie não seria nada receptiva.

Keaton surgiu de um corredor e veio encontrá-la.

— Lennon está ferido? — ela perguntou com o coração apertado.

— Não.

Annie respirou aliviada.

— Fiquei preocupada quando vi você carregando um cachorro.

Keaton segurou Annie pelos braços, mergulhando na imensidão daqueles belos olhos, admirando-a como se ela fosse a mais rara das preciosidades.

— Encontrei o cachorro atropelado no acostamento da estrada.

— Posso ajudar?

— Ele está muito machucado. — A voz de Keaton estava embargada de tristeza. — Mellie está com ele.

— Ela sabe o que fazer?

— Ela é boa em situações como essa.

Pelo visto aquela situação era comum, e Annie ficou imaginando até onde Keaton se envolvia naqueles resgates. Ringo tinha sido um presente dele. Ela se deu conta que o coração de Keaton era tão grande quanto ele.

— Você costuma fazer esse tipo de coisa sempre?

— O suficiente.

Ele deu de ombros.

— Você e Mellie?

— Eu procuro animas feridos e negligenciados.

— E os traz para Mellie?

— Mellie e Preston. Ele trabalha num abrigo de animais e faz o que pode com pouco dinheiro. Mellie tem um dom para lidar com esses animais. Não sei explicar como ela faz isso, mas tem jeito especial para acalmá-los e ganhar a confiança deles. A primeira vez que vi não acreditei nos meus olhos.

— Keaton... — Annie suspirou. Em seguida, segurou o rosto dele, emocionada por ter ouvido frases completas que demonstravam a confiança nela. — Adoro ouvir sua voz.

Keaton estreitou o olhar, como se não tivesse feito nada anormal.

— Sempre falo com você.

Annie teve vontade de pedir para que ele continuasse a falar pelo simples prazer de ouvir sua voz. Aquela era uma demonstração maravilhosa dos sentimentos dele e de sua vulnerabilidade diante dela.

Keaton abriu um sorriso e seus olhos reluziram.

— Sou conhecido por falar sem parar.

— Bem, não comigo. Não até essa tarde.

Annie quis beijá-lo para mostrar como estava feliz.

Mas antes que pudesse fazer qualquer coisa, Mellie surgiu à porta com uma aparência de poucos amigos.

— Ele fala com quem confia. Não tenho certeza se você merece tamanha consideração. Prove que estou errada e espere para ver o que acontece.

Annie estava prestes a protestar mais uma vez, quando Mellie prosseguiu visivelmente descontente com a inquilina em sua casa.

— Quem disse que você podia entrar aqui?

— Vim oferecer ajuda.

— Tarde demais. O cachorro morreu.

Annie ficou com o coração apertado e percebeu que Keaton também ficou triste e cabisbaixo.

— Ah, não... Sinto muito.

Mellie se esgueirou pelo labirinto que era sua cozinha, lavou as mãos e encheu a chaleira de água antes de colocá-la no fogão.

Annie pegou a mão de Keaton e apertou de leve para mostrar que estava tão chateada quanto ele.

— Keaton não pode salvar todos animais. Deus sabe o quanto ele se esforça — murmurou Mellie.

Aquela era uma faceta muito diferente do homem que Annie conhecia tão pouco. Keaton passou o braço pelos ombros dela e a trouxe para perto, aproveitando o calor da proximidade dos corpos. Mais uma vez, Annie se deu conta de como Keaton era alto e forte.

Mellie fez um gesto de desdém ao notar a afeição entre os dois e murmurou:

— Já que está aqui, é melhor ficar.

Um convite de Mellie! Algo digno de nota!

— Meu conceito deve estar melhorando nesta casa — disse Annie, compartilhando um sorriso com Keaton.

— Nem tanto — disse Mellie, ríspida.

— Você gosta de mim, só que não quer admitir.

— Meu amor por você é igual ao que sinto pelo meu dentista.

— Você vai ao dentista?

— Faz anos que não vou.

Mellie lavou três copos que estavam na pia e os colocou no espaço mínimo disponível do balcão.

Keaton se afastou de Annie para pegar um par de luvas médicas de borracha de uma caixa em cima da mesa. A caixa estava enterrada entre pilhas de papeis inúteis e teria passado despercebida se ele não tivesse chamado a atenção.

De costas para Annie, Mellie continuou a conversa.

— Como Keaton conversa com você, creio que tenho que abrir uma exceção. Não que você mereça.

— Eu emprestei meus livros favoritos para você.

Mellie bufou para menosprezar a atitude de Annie, como se os romances não passassem de um aborrecimento.

Enquanto as duas conversavam, Keaton saiu da cozinha e desapareceu na sala. Annie ouviu o barulho de uma porta abrindo e fechando.

— Ele foi enterrar o cachorro — explicou Mellie antes que Annie perguntasse. — Ele fica bem aborrecido toda vez que encontra um animal que não consegue ajudar. Há algum tempo, ele trouxe um cachorro que foi maltratado. Juro que vi lágrimas nos olhos dele.

— Esse cachorro sobreviveu?

— Ele está vivo. Ainda bem que Keaton o encontrou a tempo. O coitadinho era só pele e osso, quase morreu de fome. Suas condições eram péssimas. Fiquei com o cachorro durante semanas até conseguir ganhar confiança dele. Pensei que o perderia. Preston ajudou. Encontrou um bom lar para ele. Confesso que sinto a falta daquele cachorro por aqui.

Annie já ouvira o nome de Preston várias vezes, mas ainda não o conhecia. Keaton dissera que o amigo gerenciava o abrigo de animais da cidade.

— Posso visitar você de vez em quando, caso esteja interessada em companhia. — Annie ofereceu sem muitas esperanças, mas gostaria que Mellie aceitasse sua companhia.

— Prefiro uma auditoria da Receita Federal. — Mellie resmungou.

Tudo bem, pelo menos foi uma tentativa. A chaleira começou a apitar e Mellie colocou a água fervendo dentro de um bule de cerâmica.

— Não sabia que você era tão engraçadinha.

— Ei, falei sério.

— Eu também, oras. Esse bule era da sua avó?

Mellie deu as costas e respondeu:

— Vovó adorava chá. Ela fazia toda tarde. Ela e o vovô se sentavam juntos no sofá-balanço da varanda, que ele construiu. O engraçado era que os dois não conversavam muito, ficavam apenas sentados ali, tomando chá. Perguntei ao meu avô sobre isso e ele me disse que depois de 55 anos de casamento, os assuntos haviam se esgotado.

Annie sentiu um nó na garganta, refletindo que seus pais nunca teriam a oportunidade de envelhecer juntos. Mais uma triste lembrança de que a tragédia havia roubado a chance de seus pais, de Mike e sua família de ter um futuro.

Annie se lembrou de uma conversa pelo celular com a cunhada, poucas semanas antes do dia de Ação de Graças. Kelly havia dito que ela e Mike talvez aumentassem a família. Até então, ninguém sabia que Kelly podia estar grávida.

Com os olhos marejados e sem querer parecer vulnerável, Annie piscou e olhou para a porta de saída, pronta para dar uma desculpa e ir embora.

— Ei, o que houve? — perguntou Mellie com o jeito áspero de sempre, apesar do tom de voz preocupado.

— Desculpe... Perdi meus pais.

— Os dois ao mesmo tempo?

Annie engoliu o nó que se formava em sua garganta.

— Deve ser difícil.

— É sim. Eu gostaria muito que eles tivessem curtido os anos de aposentadoria, sentados na varanda como seus avós. — Sem conseguir esconder as emoções, Annie acrescentou: — Preciso voltar para casa... Desculpe a pressa.

Ela sabia que tinha mudado de atitude de repente, entrando em pânico. E sem querer explicar mais ou dar maiores detalhes, saiu o mais rápido que pode.

Com o rosto molhado de lágrimas Annie correu de volta ao chalé. Ao entrar, recostou-se na porta fechada, procurando respirar fundo para se acalmar.

Os acessos de choro vinham nas horas mais inesperadas. Bastava um comentário, uma lembrança, qualquer coisa por mais insignificante que fosse, para que ela revivesse as emoções arrasadoras das primeiras semanas depois do acidente. Quando aquilo acontecia, era difícil até respirar. E aquele era o único recurso que tinha para se controlar.

Quando se sentiu melhor, endireitou o corpo e pegou um lenço para assoar o nariz com as mãos ainda trêmulas. Imaginou o que Mellie estaria pensando. Mais tarde, quando estivesse pronta, pediria desculpas e se explicaria melhor. Mas não seria tão cedo. Sempre evitava falar do desastre. Ninguém na cidade fazia ideia do que tinha acontecido com sua família e nem como continuava a afetar sua vida.

Alguém bateu na porta. Só podia ser Keaton.

Ela abriu a porta, sinalizou para ele entrar e o abraçou. Keaton a envolveu com os braços fortes, segurando-a bem próximo, e ela se sentiu pequena e protegida.

— Mellie disse que você perdeu seus pais.

Annie limitou-se a fazer que sim com um gesto sem querer falar da tragédia.

— Podemos ficar abraçados um pouco? Sem perguntas?

Ele a abraçou um pouco mais forte.

— Claro.

— Obrigada.

— Se Mellie pressionou para saber mais detalhes...

— Ela não disse nada. Fique quieto.

Percebendo a loucura que era pedir para Keaton ficar em silêncio, ela começou a rir. O riso se misturou a um soluço que acabou virando um som estranho.

— Annie? — Keaton perguntou, preocupado.

— Desculpe, estou bem. Sério.

Ele a conduziu até o sofá e os dois se sentaram juntos.

— Não é o que parece.

— Foi engraçado.

Annie ainda tentava controlar a vontade de rir. Não era possível que Keaton não tivesse percebido a ironia do que ela havia dito.

— Você não achou ridículo o que eu pedi? Para que *você* ficasse quieto?

Keaton achou graça. Annie percebeu que ele tinha sorrido enquanto apoiava a boca no alto da cabeça dela.

— Entendi.

Keaton a compreendia muito, mais do que ele próprio tinha consciência.

— Sinto muito pelo cachorro.

— Eu também. Não sei o que as pessoas têm na cabeça — disse ele com raiva. — Essa é uma cidade de praia, os turistas trazem cachorros e gatos que não querem mais para cá e os abandonam à própria sorte quando vão embora. Não sei nem se essa gente pensa sobre o que pode acontecer com esses animais.

Annie ficou chocada.

— Como? As pessoas são capazes disso?

— Mais do que se imagina. Eu faço o que posso. Preston ajuda. Mellie também. As pessoas ligam e informam sobre animais vagando pela cidade. Preston e o pessoal do abrigo não têm tempo para verificar, então eu ajudo como posso. Tentamos encontrá-los antes que seja tarde demais, mas isso dá trabalho e leva tempo.

— Como você os encontra? — perguntou Annie com o coração apertado por aqueles pobres animais abandonados.

— Preston recebe a informação e me diz onde foi que o animal foi visto pela última vez. Coloco comida e fico lá, esperando chamar a atenção do animal para levá-lo até o abrigo.

Annie percebeu que conhecia Keaton muito pouco.

— Posso ir com você numa dessas missões?

Keaton se afastou um pouco como se quisesse avaliar a sinceridade dela.

— Eu gostaria muito.

— Eu também.

Era bom ficar com Keaton em qualquer situação. Seria bom para conhecê-lo um pouco melhor, saber a razão pela qual falava tão pouco e o que o levara a ser um destemido defensor dos animais.

Aos poucos ele foi se soltando do abraço. Um arrepio varreu o corpo de Annie por estar longe daqueles braços fortes. Ela sentiu uma falta imediata do calor e do carinho. Keaton sempre a tocava com uma delicadeza inesperada para um homem daquele tamanho.

— Está melhor?

— Foi você que resgatou Lennon? — Annie mudou de assunto, inconformada que alguém sem coração abandonasse um cachorro indefeso na praia.

Depois da convivência, ela havia se afeiçoado ao companheiro desajeitado de Keaton.

— Já faz alguns anos. Eu o encontrei na hora certa.

— Não!

Era inconcebível que Lennon tivesse sido abandonado como lixo.

— Acontece. Os horrores que esses animais sofrem partiriam seu coração.

— Quero ir com você no próximo resgate.

— Você tem estômago para isso?

— Bom, não sei. Acho que vamos descobrir.

— Está certo. Que tal amanhã?

— Isso é um convite para sair?

Não seria um programa na cidade propriamente dito, mas ela nunca estivera tão ansiosa para sair com um homem quanto estava para ficar com Seth Keaton.

CAPÍTULO 19

Nas duas noites seguintes, Annie e Keaton saíram em missões de busca e resgate de animais. Na segunda noite, encontraram por acaso uma gata selvagem que havia dado cria num cano de esgoto abandonado. Keaton teve o trabalho de colocar a gata numa gaiola e levá-la com os filhotes para Preston no abrigo de animais.

Foi a primeira vez que Annie viu Preston. Ele era magro, tinha sobrancelhas grossas e o olhar mais gentil que já vira em um homem.

— Annie, já ouvi falar de você.

Ele a cumprimentou, feliz.

Ela olhou para Keaton e pensou em que contexto Keaton teria falado a seu respeito.

— Não foi Keaton — informou Preston. — Ele não fala nada sobre as pessoas com quem se relaciona, especialmente você. Acho que ele tem medo de que eu roube você — brincou e riu. — Na verdade, foi Mellie que mencionou você.

— Mellie? — Annie olhou para Keaton e sorriu, orgulhosa. — Não falei que eu estava fazendo progressos?

Preston ergueu as sobrancelhas grossas.

— Ela quer que todo mundo pense que seu coração é duro feito pedra, mas Keaton e eu sabemos que não é bem assim.

— Estou começando a acreditar nisso também.

Preston levou Annie para conhecer o abrigo, e ela viu como ele e a equipe trabalhavam duro para manter e encontrar bons lares para os animais. Ringo estava em sua casa graças à Keaton, e ela pretendia adotar um dos gatinhos selvagens assim que desmamassem. Primeiro aguardaria se outras pessoas não os adotariam antes.

Era tarde quando eles saíram do abrigo. Annie encostou a cabeça no ombro de Keaton enquanto ele dirigia a picape para o chalé, lutando contra o cinto de segurança.

— Você está quieta hoje. Cansada?

— Nada fora do normal. Estou pensando em algumas coisas.

— Tipo?

Annie não podia falar sobre trabalho. Não parava de pensar em Britt e na gravidez. Desde que vira a garota na clínica, as duas não tiveram mais chances de falar muito, além de conversas rápidas pela manhã. Britt estava muito pálida e talvez não estivesse passando bem. Mas não era só Britt que a preocupava. Havia Teresa também, e ainda queria encontrar a melhor maneira de ajudá-la. Teresa era boa gente. No começo da semana, Annie havia recebido um bilhete dela se desculpando pelo comportamento de Carl e agradecendo a oferta de trabalho, que teria que recusar.

Aquelas, no entanto, não eram as únicas preocupações de Annie. O dr. Bainbridge estava em idade de se aposentar e ansioso para viajar com a esposa. Não fazia muito tempo que ele havia falado sobre a situação da clínica e o que poderia acontecer se ele se afastasse de vez.

— O que você está pensando? — insistiu Keaton.

Parecia que ele estava gostando de tê-la tão próxima. Pegou a mão dela e acariciou-a antes de entrelaçar os dedos a fim de encorajá-la a desabafar.

Annie tinha tido uma ideia para ajudar Britt e Teresa, e Mellie teria um papel importante. Keaton seria um bom ouvinte, por isso decidiu contar o que tinha em mente.

— Quais as pessoas que Mellie recebe em casa?

Keaton podia ter achado a pergunta estranha, mas respondeu mesmo assim.

— Eu, Preston e agora você.

— Eu não. Eu que me convidei para entrar.

Ela sorriu ao lembrar de como Mellie tinha ficado irritada quando a vira dentro de sua casa sem ter sido chamada.

— Sim, mas você reparou que ela não expulsou você. Ela teria falado na hora se não quisesse a sua presença.

— Não se engane, bem que ela ficou tentada. — Annie prendeu a respiração por momento antes de dizer num repente: — Fiquei chocada com a condição da cozinha dela.

— Como assim?

— Mellie é uma acumuladora? Digo, veja a quantidade de coisa e lixo que ela empilha por toda parte.

Keaton soltou a mão de Annie para passar o braço pelos ombros dela, puxando-a para mais perto. Ela encostou a cabeça no ombro largo, aproveitando o momento de paz.

— Se você acha que a cozinha está ruim, devia ver o restante da casa.

— É mesmo?

— Ela é a pessoa que eu conheço com mais velharias acumuladas.

Annie suspirou.

— Acho que ela se assustaria só de pensar em limpar tudo, né?

— Não sei se ela quer se livrar de alguma coisa.

— E se quiser? — indagou Annie, esperando algum gesto que expressasse o que ele achava do assunto. — Posso perguntar.

Keaton deu uma risadinha.

— Você vai se oferecer para ajudá-la?

Foi a vez de Annie rir.

— Não, mas sei de alguém que poderia.

— Quem? — Keaton franziu o cenho.

Ela se afastou e encarou.

— Teresa.

— Quem é Teresa?

— Teresa Hoffert, esposa do Carl. Ela é arrumadeira e seria perfeita.

Annie havia conhecido uma moça na mesma situação de Teresa quando trabalhava numa clínica na Califórnia. Ela havia conversado com a mulher para saber a razão de ficar com um homem que agredia ela e os filhos, quando existiam abrigos que poderiam ajudá-la e ficou chocada com a resposta. Nem todos abrigos aceitavam adolescentes homens depois de uma certa idade, ou seja, a moça não tinha nenhum lugar seguro para ir e precisou continuar com o marido. Na época, Annie ficou inconformada. Muitos abrigos em Washington seguiam a mesma regra. Ela própria havia denunciado o abuso, mas a moça se recusou a prestar queixa. Depois disso, nunca mais a viu, mas lembrava do caso de vez em quando.

A situação de Teresa era parecida com a daquela moça da Califórnia. Se conseguisse convencer Mellie a contratar uma arrumadeira, teria oportunidade de conversar com Teresa e talvez encorajá-la a largar Carl. Podia ser mera especulação, mas Annie tinha o pressentimento de que Mellie passara por situação semelhante e tivera coragem de sair do relacionamento.

— O que você acha? — perguntou ela, ansiosa.

Keaton tinha suas dúvidas.

— Eu queria que Teresa trabalhasse para mim, mas como você pode imaginar, Carl jamais permitiria. Teresa precisa de alguém que a ajude a entender que tem maneiras de sair de um casamento abusivo. Ela está presa numa armadilha, mas se trabalhar para Mellie, teremos tempo de conversar.

— Não acho que seja uma boa ideia.

Keaton encolheu os ombros com ar preocupado.

— Por que não?

Annie achava que a ideia era brilhante.

— Você estaria se colocando em risco.

— Keaton, Teresa é...

— ...casada com um agressor. Carl já rasgou os seus pneus. Se descobrir que você está conversando com a mulher dele, nem sei o que pode fazer. Por favor, Annie, pense melhor. Acho bacana sua preocupação com essa mulher, mas não precisa se envolver. Não é problema seu.

— A vida é um risco por si só, Keaton. Entendo seu ponto de vista, mas quero ajudar. Você tem uma atitude parecida ao se empenhar em ajudar os animais. Quero tentar ajudar alguém. Entende, ou não?

Keaton estacionou em frente ao chalé, fechou os olhos e assentiu com a cabeça.

Annie ficou animada com a possibilidade de Mellie contratar Teresa.

— Acho que uma fará bem a outra. Mellie precisa limpar a casa e Teresa...

— Não se esqueça que Mellie tem restrições, Annie.

— Todos nós temos problemas. Entendo que Mellie tenha se tornado uma acumuladora por razões complicadas, que a tornaram uma pessoa difícil. Acho que ela precisa resolver isso se quiser ficar bem, mas precisa de um ponto de partida, e quero ajudá-la com isso. É uma situação em que todo mundo sai ganhando.

Keaton ainda não estava convencido.

— Não confio em Carl. Não quero que ele chegue nem perto de você.

— Isso não vai acontecer. — Annie estava confiante, por enquanto. — Se Teresa trabalhar para Mellie, posso me aproximar e talvez ajudá-la.

— Annie...

— Keaton, por favor, confie em mim. Agradeço sua preocupação. Tenho o pressentimento de que isso pode ser bom tanto para Mellie quanto para Teresa. Há grandes chances de dar certo, se eu conseguir ajeitar tudo.

— É pouco provável que Mellie se desfaça do que quer que tenha naquelas caixas.

— Talvez não mesmo — concordou Annie.

Sem contar que o maior obstáculo seria Mellie permitir mais uma pessoa dentro de sua casa. Mas não desistiria no primeiro obstáculo. A esperança era que Mellie concordasse quando soubesse da situação de Teresa.

— Fiquei feliz por você ter vindo comigo — disse Keaton.

— Eu também gostei.

Annie conhecia Keaton havia algum tempo, mas aprendera mais sobre ele naquelas duas noites de convivência. E quanto mais descobria, mais próxima se sentia dele.

— Obrigada por me ouvir. Você conhece Mellie melhor do que ninguém. Não há garantia de que esse arranjo dê certo, mas sinto que preciso tentar pelo menos.

Keaton não acrescentou nada, mas ficou pensativo.

— Você quer dizer alguma coisa? — perguntou Annie.

Ele colocou a mão na lateral do rosto delicado, com os olhos fixos nos dela e disse:

— Quero que saiba que lamento o que aconteceu com seus pais. Imagino como deve ter sido difícil para você e seu irmão perder os dois ao mesmo tempo. Se quiser conversar a respeito, estou sempre à disposição.

O irmão. Annie não se lembrava, mas em algum momento devia ter mencionado Mike. A saudade de todos era intensa. Engolindo a dor, ela apertou os lábios.

— Obrigada.

Keaton seria a única pessoa no mundo para quem ela contaria a história inteira da tragédia. Não naquela noite. Falar sobre uma

Um lugar à beira-mar 177

tristeza que abalara tanto sua vida, arruinaria as boas sensações que tivera na companhia de Keaton.

Annie tentou desviar o assunto:

— Você nunca me disse se tem irmãos.

— Sou sozinho. Minha mãe morreu pouco depois que nasci.

— Sinto muito.

— Eu também. Meu pai é um brutamontes.

Keaton fechou a cara ao falar do pai. Seu olhar foi mais eloquente do que mil palavras. Não foi preciso explicar que o pai o agredia fisicamente. A reação dele quando soubera que Annie tinha sido ameaçada por Carl foi reveladora, confirmando as suspeitas de uma infância conturbada.

— Você não fala muito por causa do seu pai, né?

Ele confirmou com gestos.

Annie ficou comovida e convicta de que precisava demonstrar o quanto se importava com ele. Naquele momento, qualquer palavra seria desnecessária e não expressaria a voz de seu coração, por isso ela segurou o rosto dele com as duas mãos. Os olhares se encontraram enquanto ela se inclinava para a frente, tocando os lábios carnudos com os seus.

Keaton não estava muito confortável atrás do volante, porém isso não o impediu de enlaçá-la com os braços e aprofundar a carícia num beijo sôfrego.

Para Annie, aqueles beijos eram incomparáveis. Para o resto do mundo, Keaton era desajeitado e antissocial, mas para ela, tratava-se de um príncipe, embora fosse bem diferente dos tradicionais. Keaton era dono de uma beleza única, um coração enorme, era gentil e adorável, um homem que talvez ninguém nunca fosse capaz de admirar.

Keaton parou de beijá-la na boca para traçar uma trilha de beijos rápidos até o pescoço dela, acariciando-a com uma gentileza que se contrapunha a sua força e tamanho.

— Vá para casa, Annie.

— Como?

— Acho melhor você descer do carro.

Ela demorou para entender, entorpecida que estava pelo desejo.

— Se você não sair do carro nos próximos sessenta segundos, acabarei fazendo amor com você aqui mesmo.

Annie sorriu.

— Essa foi a frase mais romântica que você já me disse, Seth Keaton.

— Por favor, Annie, nessas horas minha força desaparece.

— Tudo bem, tudo bem...

Ela abriu a porta do carro e saiu, assoprou um beijo para ele e correu para o chalé.

CAPÍTULO 20

Keaton fez uma pausa em seu último trabalho de pintura para almoçar. Como trabalhava sozinho, não conseguia dar conta de tantos pedidos que recebia. Depois de comer um sanduíche, ele foi até o abrigo de animais. Naquele dia pela manhã, havia pedido para Preston deixar as compras na casa de seu pai, que evitava o máximo possível encontrar. Ainda assim, preocupava-se com a saúde dele, que não andava boa. Ele suspeitava que o pai tinha câncer, embora o velho Seth não fosse admitir. Pelo menos não para o filho.

O abrigo de animais era uma cacofonia de latidos dos cães resgatados. O barulho o confortava de um jeito inexplicável. Como estava sempre ali, ele conhecia muitos dos voluntários que apareciam para passear e alimentar os animais. Preston estava no escritório. Keaton sabia o quanto o amigo detestava lidar com a papelada e por isso vivia postergando o máximo que podia. Era difícil vê-lo sentado, mas o trabalho devia estar acumulado e por isso não lhe restara opção.

— Como ele está? — perguntou Keaton, sem precisar explicar a quem se referia.

Os olhos de Preston anteciparam a resposta.

— Nada bem.

Keaton não tinha mesmo grandes expectativas.

— Aposto que ele não foi se consultar com o dr. Bainbridge.

Preston se recostou na cadeira.

— Ele teria me falado se tivesse ido.

Nenhuma novidade. Seth continuava o mesmo teimoso de sempre. Não havia muito o que fazer.

Keaton pensou que um dia arrumaria um jeito de retribuir a Preston o favor de ter ido ver como estava seu pai.

— Mellie me pediu para pegar umas compras no mercado. Você não quer fazer a entrega?

Como Preston estava apaixonado por Mellie havia anos, Keaton achou que seria uma boa oportunidade de os dois ficarem sozinhos um pouco.

Preston fez uma cara de espanto como se tivesse cruzado com um urso-cinzento na floresta.

— Eu... acho que não.

— Uma hora você terá que esquecer o passado — disse Keaton.

Era uma pena que Preston não tentasse de novo. Os dois formariam um belo casal. Logo depois que Mellie tinha voltado, Preston a convidara para sair e levou um tremendo fora. Foi o que bastou para que ele não tentasse de novo.

— Eu vou... *uma hora* — Preston repetiu. — Você vem repetindo esse assunto desde que Annie voltou. Você está a fim dela?

— Bastante.

Seria inútil negar para o amigo que o conhecia bem, pois ele logo descobriria a mentira.

— Foi o que pensei. Ela é perfeita para você.

Keaton concordou e sorriu, sentindo-se meio bobo, mas feliz que Annie fazia parte de sua vida. Na realidade, não esperava que uma paixonite de verão evoluísse mais do que alguns desenhos de uma garota que conhecera na praia num passado distante. Era a primeira vez que amava alguém, mas estava consciente de que a atração que Annie sentia por ele talvez não durasse por muito tempo. Seu maior temor era ser apenas uma novidade e que, em um dado momento, ela voltaria para Seattle e ele continuaria em Oceanside. Se aceitasse a possibilidade o quanto antes, seria menos dolorido quando chegasse a hora de dizer adeus.

— Acho que você devia visitar seu pai — sugeriu Preston, interrompendo os pensamentos de Keaton. — Ele mal reagiu quando cheguei. Ele não costuma ser assim. Na maioria das vezes, ele me pede para levar as compras de volta porque não quer nada que venha de você. Dessa vez foi diferente.

Havia várias maneiras de estragar a semana de Keaton, e uma delas era visitar o pai. Por outro lado, Preston não mencionaria que Seth não estava bem de saúde sem motivo, por isso era melhor visitá-lo no fim do dia de trabalho.

Keaton já sabia que a visita não seria boa, e seu pai agiu conforme o esperado. Ele chegou por volta das 6 horas da tarde e depois de bater forte na porta, entrou. Encontrou o pai sentado na poltrona reclinável diante da televisão.

Seth Keaton já fora um homem alto e grande como o filho. Mas com o passar dos anos, perdera uns sete centímetros de altura e alguns quilos. As roupas estavam muito largas por causa da perda de peso. Quando viu Keaton, ele estreitou os olhos e se levantou para confrontá-lo.

— O que você está fazendo aqui? — ele perguntou alto, balançando o corpo, sem conseguir se equilibrar direito.

A voz já havia perdido a força.

— Vim ver como você está.

— Sua presença não é bem-vinda.

Keaton já estava acostumado com a recepção nada calorosa e não deu importância.

— Você precisa de alguma coisa?

— Sim. Quero que você saia daqui.

Seth voltou a se sentar, quase caindo no chão, o que demonstrava o quanto estava fraco.

Keaton se aproximou e se sentou para ter uma melhor visão do pai. A palidez do rosto enrugado era sinal de que o rim não estava funcionando muito bem.

— Quando foi a última vez que você se consultou com o dr. Bainbridge?

— Não é da sua conta.

— Ele não atende mais em casa, sabia?

— Deixe-me em paz. Logo, logo, estarei morto.

Keaton ignorou o comentário.

— Se quiser, posso levar você a uma consulta.

— Eu não pediria alguma coisa para você nem no meu leito de morte, que é o caso, portanto, pode ir embora.

Sem poder fazer nada, Keaton voltou para a picape, onde Lennon o aguardava. Depois de passar alguns minutos atrás do volante, ligou o carro e saiu. Ele havia passado a infância e a maior parte da vida naquela casa, que nunca conseguiu chamar de lar. Ali, nunca houvera amor e carinho. Por razões inexplicáveis, seu pai não o tolerava desde o dia em que nascera.

A cada visita, Keaton saía como se carregasse um lençol de chumbo nas costas, um peso enorme que o empurrava para as profundezas escuras da depressão. Quando se sentia desta maneira, usava a arte como fuga. Os esboços que fizera durante os anos de amargura já tinham preenchido dezenas de cadernos de rascunho. Fazia cinco anos que passara a pintar telas, a maioria guardada num quarto dos fundos.

Na quinta-feira à noite, Keaton levou Annie para o concerto no parque. A prefeitura da cidade proporcionava diversão toda noite de quinta-feira para a comunidade. Tais eventos eram bem populares. Keaton ia de vez em quando, preferindo ficar atrás da plateia, porém, quando estava com Annie, era diferente. Ela já era conhecida na cidade e tinha muitos amigos. Como os bancos estavam cheios, ela estendeu uma colcha no gramado, lotado de gente também. Keaton protestou quando ela tirou da sacola um jantar para ambos, mas foi ignorado. Nunca se sentira confortável no meio de uma multidão.

Annie se surpreendeu com a quantidade de gente que o conhecia e o cumprimentou pelo nome. Lennon se esticou ao lado do dono. Ela havia levado um sanduíche de peru e tomate para os dois.

Um grupo de jovens, que tocava músicas dos Beatles, era o convidado da noite. Annie se sentou no meio das pernas esticadas de Keaton, apoiando as costas no peito dele e balançando a cabeça no compasso da música. Bem à vontade, Lennon apoiou o queixo na coxa dela.

Keaton nunca tivera a sensação de fazer parte de alguma coisa. Passara quase a vida toda se achando um excluído, observando a vida de fora, fingindo não se importar com nada. Ter a companhia de Annie era bom. Ficar com ela tão próxima, aninhada em seu corpo, curtindo música dos anos 60, era o mesmo que estar no paraíso, onde jamais imaginara chegar um dia. Keaton sentiu o coração inflar de alegria. Estendeu a mão e acariciou a cabeça de Lennon.

Depois do concerto, Annie e Keaton ainda ficaram no parque.

— O que foi que o Ed da farmácia disse mesmo? — perguntou ela, enquanto recolhia as coisas do piquenique. — Acho que ele queria saber quando o grafite fica pronto, não foi isso?

Keaton ficou em dúvida. Nunca tinha mostrado os murais de grafite a Annie. Muita gente sabia que era ele o autor dos grafites da cidade. Nenhum deles estava assinado. Nem precisava. Ele não tinha interesse algum em colher os louros da autoria. Ele pintava pelo puro prazer de criar algo belo de que a cidade pudesse se orgulhar.

Annie parou o que fazia e o fitou na expectativa.

— É melhor eu mostrar — disse ele em vez de explicar.

Os dois seguiram de mãos dadas até a Center Street, viraram e se afastaram um quarteirão da rua principal até a esquina do prédio do banco. Keaton parou na frente de Annie.

— O que estamos fazendo aqui? — indagou ela, franzindo a testa.

Ele sorriu, sem graça.

— Fui eu que pintei.

— Sim, eu sei que você é pintor — Annie comentou, confusa. — É assim que você ganha a vida, não é?

— É verdade, mas não pinto apenas muros e casas.

Os dois viraram a esquina até ficarem diante de um grafite inacabado na parede de trás do banco. Keaton esperou a reação dela.

Annie olhou para o desenho, depois para ele e ficou boquiaberta.

— Não me diga que foi você que pintou isso?

Ela ficou tão surpresa que sua voz soou mais alta e fina do que de costume.

Keaton confirmou com um sorriso, deliciando-se com a reação dela.

— Os outros grafites da cidade... Foi você também?

Ele sorriu de novo.

Annie gesticulou na direção do grafite, perplexa.

— Isso tudo é obra *sua*?

— É sim.

— Keaton... isso é maravilhoso! — exclamou ela com a mão no coração.

Tanta admiração o deixou sem graça, mas acabou abrindo um sorriso involuntário.

— Obrigado.

— Espere um pouco... A pintura na sorveteria. A menina de trança perto do mar. Sou eu, né? — Ela ainda estava perplexa.

Keaton sabia do que ela estava falando, mesmo que já tivesse feito aquela pintura havia anos.

Um lugar à beira-mar   185

— Sim.

— Mas aquilo já estava lá antes de eu me mudar para cá. Quando perguntei me disseram que a pintura já estava lá havia quatro ou cinco anos.

— É verdade.

Ela o encarou sem saber o que dizer.

— Você devia ter uns 14 anos quando nos conhecemos na praia.

Annie ficou sem entender.

— Então é por isso que você sabia do meu irmão. Keaton, estou me sentindo péssima. Não me lembro de ter conhecido você.

— Eu sei.

— Me fale mais sobre isso. Quando nos conhecemos? Como?

Keaton voltou a ficar sem jeito.

— Não é importante.

— Para mim, é. Você deve ter tirado uma foto minha para ter pintado com tanta perfeição. A primeira vez que vi o mural, fiquei chocada com a forma como aquela menina parecia comigo.

Ele não estava muito à vontade para explicar o que tinha feito.

— Fiz um esboço naquele verão.

A novidade a deixou sem graça.

— Pena eu não lembrar de ter conhecido você.

Ele esboçou um sorriso.

— Foi só uma vez e muito rápido. Sem problemas. Eu me lembrei de você.

Annie afastou o cabelo do rosto com as duas mãos.

— Você me reconheceu na corretora depois de 13 anos?

— Foi antes. Eu estava passeando na praia e vi você, antes da sua mudança.

— Depois de todos esses anos?

Keaton meneou a cabeça, observando-a de perto. Annie não conseguia tirar os olhos do grafite. Como algumas das outras obras dele, o cenário era da praia com as ondas avançando na areia. As conchas pontilhavam a areia, pipas coloriam o azul do céu de verão e nuvens preguiçosas pairavam no horizonte.

— Keaton, isso é... incrível.

Foi difícil para ela encontrar palavras adequadas para expressar o quanto estava admirada. Chegou a abrir e fechar a boca várias vezes sem conseguir dizer nada.

— Você é muito talentoso.

— Obrigado.

Annie o fitou, enxergando-o com outros olhos.

— Uau, não sei o que dizer.

— Não precisa falar nada.

Keaton gostava de surpreendê-la e, encantado como estava, abaixou-se para beijá-la. Quando se afastaram, Annie o olhou com admiração, como se estivesse prestes a se derreter aos pés dele. Ele precisou recorrer a todas forças possíveis e imagináveis para não passar o restante da tarde fazendo amor com ela.

— Você é de longe a pessoa mais incrível que já conheci — sussurrou Annie.

Keaton guardou o elogio no coração. Era tão raro receber a aprovação de alguém que foi difícil saber como reagir. Mais uma vez, ele se esforçou muito para conter a vontade de abraçá-la e saciar a sede constante dos beijos dela.

Vencendo a batalha consigo mesmo com muita força de vontade, ele se afastou e a conduziu até onde tinha estacionado a picape.

— Fiquei linda na pintura — disse ela, enquanto caminhavam com o vento soprando-lhes as costas.

O sol já se punha, mas seus raios ainda se refletiam na água.

— É assim que vejo você.

Quando ela olhou para cima, seus olhos estavam cheios de lágrimas.

— Obrigada, Keaton.

O que Annie não sabia era que ele é que deveria estar agradecido. Pela primeira vez na vida, Keaton se sentiu aceito e amado.

CAPÍTULO 21

Mellie telefonou no sábado de manhã enquanto Annie regava o jardim. Os pés de alface tinham crescido bastante, prontos para serem colhidos e divididos.

— Já terminei de ler os livros que você trouxe — anunciou Mellie.

— Já?

Annie achou incrível que ela já tivesse lido os cerca de trinta livros que levara. Mellie não devia ter feito outra coisa senão ler nas horas vagas.

— Imagino que você tenha mais alguns — disse Mellie, ignorando o comentário. — Mas só se quiser se livrar deles — acrescentou, agindo como se estivesse fazendo um favor a Annie.

— Claro.

Annie pensou nos livros que tinha na prateleira. Já havia dado a maioria a Mellie, mas levar os que ainda tinha seria uma boa oportunidade de falar sobre a contratação de Teresa.

Virou de costas para a janela para o caso de Mellie a estar observando de longe. Não seria bom que Mellie a visse segurando um sorriso.

— Eu estava prestes a colher alface fresca do jardim para você. Interessa?

Annie se lembrou que sua mãe deixava a alface na salmoura para limpá-la de insetos. Era o que pretendia fazer antes de levá-la para Mellie.

— Pode trazer junto com os livros.

— Claro. Levo com prazer.

— Que horas você vem?

Ora, ora, Mellie estava ansiosa pela visita.

— Qual é o horário de visitas?

— Ha, ha. Muito engraçada. Traga os livros e um pouco dessa alface.

— Fechado. Além disso, quero perguntar uma coisa.

— Sobre?

— Mais tarde eu falo.

— Diga agora. Não tenho muita paciência.

Annie riu.

— Jura? Eu nem tinha percebido.

— Não me faça esperar muito.

Dessa vez, Annie não conteve o riso alto.

— Chego em alguns minutos, daí você saberá o que quero perguntar.

Mellie ainda resmungava quando Annie desligou.

A amizade das duas estava se desenvolvendo bem. Nas noites em que Annie saía com Keaton em busca de animais abandonados, passavam na casa de Mellie, e tinha a impressão de que Mellie estava se acostumando cada vez mais com sua presença. Chegou ao ponto de Mellie dizer a Annie que ela fazia bem a Keaton.

Com um propósito em mente, Annie lavou a alface, colocou numa sacola junto com alguns romances que acreditava que Mellie gostaria e atravessou o jardim. Resolveu bater na porta para ser educada e entrou pela porta da cozinha, abrindo as várias fechaduras.

— Mellie! — gritou, apesar de suspeitar que Mellie sabia muito bem de sua presença na casa.

O gato estava sentado no beiral da janela para tomar sol. Procurando ser útil, ela colocou a alface crespa na geladeira. Quando se virou, deparou-se com Mellie observando-a da porta que levava ao corredor.

— O que você está xeretando na minha geladeira?

— Estou guardando a alface — Annie respondeu com as mãos para cima como se uma arma estivesse apontada em sua direção.

— Não vou alimentar você, se for isso que está pensando.

— Eu nem sonharia com algo assim.

— Trouxe os livros?

— Sim. — Annie apontou para a pilha sobre a mesa da cozinha. Não seria de se admirar que Mellie não tivesse visto os livros no meio de tanta coisa acumulada. — Algumas histórias são ótimas.

— Percebo que está com alguma ideia nessa sua cabeça.

Mellie continuou do outro lado da sala como se estivesse com medo do que Annie tinha para dizer.

Annie ignorou e mudou de assunto.

— Você gostou dos outros livros?

Mellie deu de ombros sem querer admitir que sim.

— Ah, são legais. Você trouxe uns de mistério. Não são ruins. Pelo menos me distraíram.

Aproximando-se, ela apoiou as mãos no encosto de uma das cadeiras da cozinha e franziu o cenho.

— Vai me dizer o que tem em mente ou vai ficar me enrolando o dia todo?

Annie olhou ao redor da cozinha.

— Você nunca pensou em chamar uma arrumadeira?

— Não.

A resposta foi curta e grossa.

— Deve ser muito estressante organizar tudo isso aqui.

— Quem disse que preciso organizar alguma coisa? Não gosto de estranhos na minha casa, você inclusive.

Annie apoiou-se numa cadeira de frente para Mellie, curvando os dedos no espaldar. O assunto teria que ser abordado com muito cuidado.

— Eu me encontrei com Teresa Hoffert. Você a conhece?

— Não e nem faço questão.

Annie mordiscou o lábio inferior.

— Ela é responsável pela maior parte da renda da família e ganha a vida limpando casas.

— Não sou instituição de caridade. Se quiser ajudá-la por que não a contrata você mesma? — Mellie não ficou nenhum pouco comovida.

— Não posso. Discuti com o marido e ele a proibiu de trabalhar para mim.

— Marido dela? Isso tem a ver com seus pneus rasgados?

— Sim. Tenho quase certeza que foi ele.

Os olhos de Mellie faiscaram de raiva.

Annie respirou fundo. O próximo assunto era ardiloso.

— Ele abusa da família toda. Não tenho provas concretas, mas testemunhei algumas evidências.

Mellie cruzou os braços e ficou pensativa.

— Ela nunca o denunciou para a polícia?

— Não. — Annie segurou no espaldar da cadeira com mais força até os dedos ficarem esbranquiçados. — Duvido que ela o denuncie. Pensei que se Teresa trabalhasse para você como arrumadeira, eu teria a chance de conversar com ela e mostrar opções que poderiam ajudá-la. Ela não precisa continuar nesse casamento, mas Carl a domina emocionalmente a tal ponto que ela morre de medo de desafiá-lo.

Mellie continuava quieta, mas era evidente que estava considerando tudo o que ouvia.

— Vocês duas sairão ganhando — Annie disse rápido antes que Mellie se recusasse a aceitar. — Você terá a ajuda que precisa e o que Teresa receber vai ajudá-la a manter a família.

Um lugar à beira-mar　　191

— Como pretende falar com ela?

— Vou pensar numa desculpa para estar por perto quando ela estiver aqui. Podíamos falar com ela sutilmente e ajudá-la a confiar em si mesma.

Annie esperou alguma manifestação, mas Mellie continuou calada.

— Você vai pensar no assunto? — perguntou ela com coração disparado.

— Talvez, mas não conte com isso.

Annie não esperava muito mais que aquilo mesmo. Em seguida, escreveu o telefone de Teresa num pedaço de papel e colocou em cima de uma das caixas.

— Aqui está o contato dela, caso decida contratá-la.

Depois de dar o recado que queria, Annie esfregou as mãos e estava prestes a sair, quando Mellie disse:

— Keaton falou sobre Teresa ontem.

— É mesmo? — Ele não havia dito nada desde a última conversa na semana anterior.

— Keaton nunca recomendou ninguém. Não é do feitio dele. Isso parece coisa sua.

Annie sorriu.

— Devo ter dito alguma coisa, sim.

— Está na hora de você ir embora.

— Tudo bem. Obrigada por ter me ouvido.

Agora só restava rezar para que o acordo entre as duas desse certo da maneira que Annie esperava.

Annie passou um tempo no jardim, tomou banho, trocou de roupa e resolveu dar uma volta na praia. Aquelas caminhadas eram gostosas, mas havia um motivo velado: encontrar Keaton. Decidiu mandar uma mensagem.

Me encontre na praia.

Em vinte minutos.

Ótimo.

Annie andava descalça pela enseada. Lennon veio correndo na direção dela antes de Keaton aparecer. O cachorro passou em disparada, perseguindo um bando de gaivotas, que voaram em seguida.

Annie se apressou na direção de Keaton e o abraçou forte.

— Por que isso agora?

Ele correspondeu ao abraço, sorrindo.

— Mellie disse que você recomendou Teresa.

Os dois seguiram andando pela areia de mãos dadas.

— Acho que falei alguma coisa. Não muito. Descobri que, com Mellie, quanto menos conversa, melhor.

— Obrigada.

— Foi...

Keaton não terminou a frase. Três adolescentes passaram de scooter em velocidade, as rodas levantando areia e afugentando as gaivotas. Não dava para continuar conversando com tanto barulho.

Conforme eles se aproximavam, os garotos reduziram a velocidade. A primeira reação de Keaton foi puxá-la para perto para protegê-la. Ela não reconheceu nenhum deles. Na verdade, não eram mais que adolescentes, deviam ter idade próxima a de Britt.

— Olá — um dos rapazes gritou e acenou ao passar por eles, levantando um rastro de areia.

Annie percebeu que eles não ofereciam perigo e acenou também.

— Olá — Keaton respondeu sorrindo.

Annie demorou um pouco para perceber que os garotos eram conhecidos de Keaton.

— Você conhece esses meninos?

Keaton limitou-se a menear a cabeça sem maiores explicações. Ela estreitou os olhos, esperando resposta.

— Eles fazem parte do clube de luta-livre da escola. Eu os treino de vez em quando.

— Você luta?

— Sim, mas já faz alguns anos que não pratico. Não mais.

— Mas você ainda treina os alunos.

— Às vezes — repetiu ele, sem se estender.

Keaton escondia qualidades que ela jamais suspeitaria. Ele não era do tipo de se gabar e fazia de tudo para menosprezar as próprias habilidades.

— Você é um homem de muitos talentos, Seth Keaton.

Annie estava cada vez mais encantada com ele. E, de brincadeira, bateu com o ombro na lateral daquele corpo forte.

A caminhada continuou com Lennon correndo na frente deles. Annie gostava de atirar um graveto para ele buscar e percebeu que Keaton estava sempre observando e sorrindo. Ela havia notado que ele estava sorrindo com mais frequência, e aquilo lhe fez bem ao coração.

Ela ainda estava ocupada com Lennon quando Keaton parou de repente. Quando endireitou o corpo, viu Carl Hoffert a poucos metros de onde estavam. Carl focou o olhar nela, e não em Keaton. Sentindo-se segura, ela se aprumou para enfrentá-lo.

Keaton parecia uma parede separando-os. Só um idiota a ameaçaria com Keaton ali.

— Olá, Carl — disse ela.

O padrasto de Britt apontou-lhe o dedo em riste.

— Mantenha esse sujeito longe de mim.

Annie olhou para Keaton, cujos olhos estreitaram de forma ameaçadora.

— Acredito que Keaton seja a menor de suas preocupações, Carl.

— Apenas mantenha-o longe de mim, entendeu?

— Isso é tudo o que você tem a me dizer?

— Sim — Carl confirmou e recuou tropeçando. — Diga a ele para ficar bem longe de mim.

Annie olhou de um para o outro. Alguma coisa que ela não sabia devia ter acontecido entre os dois.

Algo bem significativo.

CAPÍTULO 22

Keaton sabia que Annie tinha ficado bem chateada depois do encontro com Carl Hoffert na praia. Nem em sonho deixaria que Carl saísse ileso depois de ter rasgado os pneus do carro dela e estava determinado a não permitir que nada nem semelhante acontecesse de novo. Carl só entenderia o recado se fosse confrontado, e foi o que fez. Apenas assim Carl saberia de uma vez por todas que Annie, Teresa e a família estavam fora de seu alcance.

Claro que Keaton podia ter esperado que o delegado Terrance agisse, mas sendo o homem correto que era, estava preso às leis. O delegado tinha desconfiado que Carl era o responsável pelos pneus do carro de Annie. Carl tinha se entregado com a última ameaça. Infelizmente, sem provas, nenhuma medida legal podia ser tomada.

Não foi muito difícil para Keaton atingir seu objetivo. Bastou uma visitinha a Carl. O confronto foi conforme o esperado. Keaton aguardou que Britt e Logan saíssem para a escola e Teresa, para o trabalho. Carl estava em casa sozinho.

Keaton entrou sem se preocupar em bater na porta ou tocar a campainha. Não foi surpresa nenhuma encontrar Carl bebendo, e ainda não eram nem 9 horas da manhã. Havia uma garrafa de

Um lugar à beira-mar   195

uísque aberta sobre a mesa da cozinha e Carl estava sentado com um copo na mão. Apesar do seu tamanho, Keaton não fez barulho e surpreendeu o outro ao erguê-lo da cadeira segurando-o pelo colarinho. Os pés de Carl balançaram acima do piso de linóleo.

Sendo um homem de poucas palavras, Keaton encarou Carl nos olhos, os rostos estavam tão próximos que os narizes quase se tocavam. Apavorado, Carl arregalou os olhos sem conseguir dizer uma palavra sequer.

— Não se aproxime de Annie de novo — Keaton ordenou, e Carl balançou a cabeça.

Mas a ameaça não tinha terminado.

— Se machucar Logan, farei com que você sinta uma dor duas vezes pior.

Carl começou a chutar e argumentar, e Keaton apertou o pescoço dele com mais força. O gesto foi mais convincente do que palavras, e Carl parou na hora.

— Se você encostar um dedo em Teresa, Britt ou Annie, o castigo será pior.

Muito pior. Keaton não era uma pessoa violenta, a não ser quando se tratava de um homem que maltratava mulheres, crianças ou animais.

Parecia que os olhos de Carl estavam prestes a saltar das órbitas.

— Você entendeu?

Carl tentou responder com um gesto na cabeça, mas só foi possível quando Keaton afrouxou a mão no pescoço dele.

Quando colocou os pés no chão, Carl colocou as mãos no pescoço e começou a tossir.

Keaton virou-se para sair, mas viu pelo reflexo na janela que Carl tinha pegado a garrafa de uísque para atingi-lo. Com um simples movimento, Keaton se virou e pegou a garrafa, empurrando o outro no chão. Depois jogou o uísque na pia. Ainda caído no piso rachado, Carl gritou em protesto.

Antes de sair, Keaton agigantou-se ao lado dele e o encarou.

Para se certificar que não houvesse mais ameaças contra Annie ou a família de Carl, Keaton o seguia de vez em quando, pois sua simples presença por perto era o suficiente para assustá-lo. A ideia era que Carl soubesse que era vigiado e se sequer pensasse em alguma retaliação contra Annie, teria que pagar um preço bem alto.

Keaton nunca poderia imaginar que Carl procuraria Annie para protegê-lo. O covarde batia na esposa e ainda pedia ajuda a outra mulher. Keaton não queria que ele chegasse nem perto de Annie.

Os minutos seguintes ao encontro com Carl na praia foram de choque. Annie tinha permanecido muito quieta. Keaton a olhou de relance algumas vezes, esperando ouvir alguma coisa, e nada. Então, foi ficando nervoso e preocupado com o que ela devia estar pensando.

Annie precisava de tempo para assimilar os próprios sentimentos. Não podia culpá-la por isso. Ela não conhecia esse lado dele e tampouco sabia do que ele era capaz. Já não estavam mais de mãos dadas, e ela tinha parado de lançar gravetos para Lennon buscar. Depois da convivência, Keaton já quase conseguia ler os pensamentos dela. Pela linguagem corporal, percebeu que Annie não estava feliz com o que ele tinha feito, e ao mesmo tempo estava agradecida por Carl estar com medo das consequências de seus atos.

Rompendo o silêncio, ela perguntou:

— Você vai me contar o que fez?

— Não.

— Por quê?

— Prefiro não envolver você.

— Keaton, eu já estou mais que envolvida.

Caso Carl prestasse queixa de agressão contra ele, quanto menos Annie soubesse, melhor. Se bem que seria bem difícil que Carl tivesse coragem para procurar as autoridades.

— Eu gostaria que você não tivesse ameaçado Carl.

Keaton permaneceu quieto, embora saudoso do contato físico entre eles. Tocar e ser tocado tinha se tornado um vício. O pior que poderia acontecer era Annie se afastar por medo de ele ser um homem violento. Independentemente disso, ele teria agido da mesma forma. Carl precisava saber que sofreria consequências caso se aproximasse dela de novo.

Annie se preparava para continuar a conversa quando seu celular tocou. A interrupção a irritou, mas ela mudou de atitude quando viu de quem era a chamada.

— Trevor... oi.

Trevor. Quem é Trevor?, pensou Keaton.

Annie levou o celular ao ouvido e se afastou de Keaton. Se a intenção fosse evitar que ele ouvisse, não adiantou nada. Embora só conseguisse ouvir o que ela dizia, logo pegou o tom da conversa. Trevor devia ser algum conhecido de quando ela morava na Califórnia.

Um namorado antigo, talvez?

— Você vem a Seattle? — Annie não ficou muito feliz com a notícia. — Quando?

Keaton não era ciumento, mas nunca tinha ficado tão apaixonado quanto estava por Annie. A quantidade de dúvidas o deixou atordoado. Inexperiente com as coisas do coração, ele fez o melhor que pode para esconder os sentimentos. Annie era uma novidade em todos os sentidos, especialmente pelo amor que sentia por ela. A incerteza o deixava nervoso.

A conversa de Annie terminou logo.

— Era um amigo meu da Califórnia — informou ela, olhando para ele.

— Trevor.

— Sim, Trevor.

Annie não deu mais nenhuma informação e ele perguntou sobre o que tinha ouvido:

— Ele vem visitar você?

— Ele tem falado com minha prima, Gabby. — Ela mudou de assunto, sem graça. — Ela está preocupada comigo. Fiz a besteira de contar que Carl tinha rasgado meus pneus. Por isso ela quer que eu volte.

Keaton sentiu um baque enorme. O maior medo era que Annie se entediasse com a vida em Oceanside e acabasse voltando para Seattle ou Los Angeles. Ele sabia que Annie e a prima eram amigas próximas. Era inevitável que em algum momento ele teria que deixá-la partir. Mas pelo menos teriam passado um ano juntos; dias especiais que ele guardaria no coração.

— Quer dizer que Trevor vem à Seattle — disse ele, tentando soar despretensioso. — Imagino que você vá tirar um fim de semana livre enquanto ele estiver na cidade.

— Acho que não. O dr. Bainbridge precisa que eu fique de prontidão nos fins de semana que não estou de plantão.

— Prontidão?

A novidade devia ser recente.

— É complicado... Ele está trabalhando mais horas do que gostaria.

Ela não se estendeu muito e Keaton não pressionou para saber mais.

A caminhada pela praia ainda durou vários minutos, o silêncio os separava. Keaton continuava a sentir um aperto no peito que não cedia. Percebeu que Annie olhava para ele com o canto dos olhos de vez em quando, mas preferiu ignorar.

— Você ficou quieto — comentou ela.

— Passei a maior parte da minha vida em silêncio.

Keaton manteve o olhar perdido nas ondas, que vinham até a areia e voltavam, deixando um rastro de espuma. Ficar perto da água o acalmava. Ainda assim, era difícil parar de pensar na possibilidade de Annie ir embora, algo que o fazia sentir como se tivesse lhe tirado o chão.

— Mas você não tem problema em falar comigo. O que está pensando, Keaton? Parece que você está carregando o mundo nos ombros. É por causa de Trevor?

— Não. — Ele forçou um sorriso, afagando a mão dela. — Está tudo bem. Sem problemas.

Talvez Annie não tivesse acreditado, mas não continuou com o assunto, para alívio de Keaton. Quando chegasse a hora, ele precisaria blindar o coração, deixá-la partir e agradecer o tempo que tinham tido juntos, mesmo que tivesse sido pouco.

Os dois continuaram a andar, mais do que costumavam. A maré estava baixando e Annie se agachou para pegar uma estrela do mar.

— Você já se apaixonou alguma vez?

Ela demorou para responder e atirou a estrela do mar na água.

— Eu achava que sim.

— Quando?

— Na faculdade.

Keaton achou que talvez fosse melhor não insistir em saber mais, mas estava aflito de tanta curiosidade. Annie não tinha contado muito sobre sua vida, deixando muito para a imaginação dele, mesmo para coisas menores. Mas amor era um assunto importante demais para ser ignorado.

— O que aconteceu?

Ela encolheu os ombros, agindo como se não tivesse sido importante.

— Ele terminou o namoro comigo.

Keaton soltou uma risada irônica.

— Como? *Ele* terminou o namoro? Esse sujeito devia estar louco.

Annie bateu com o ombro no corpo dele do mesmo jeito que fazia quando Keaton falava algo que a agradava. Ele adorava aquela brincadeira. Na realidade, ele guardava como se fosse um tesouro tudo o que ela dizia ou fazia.

— Magoou na época. Fiquei arrasada, mas, pensando bem, acho que foi melhor. Não fomos feitos um para o outro.

— Ele deu algum motivo para terminar?

— Nada que fizesse sentido. Acho que fomos nos afastando com o tempo, embora eu não tivesse percebido. Se estivesse prestando mais atenção, teria notado que ele tinha se apaixonado por outra pessoa. O que mais me machucou foi vê-lo com outra garota poucos dias depois de termos terminado.

A voz de Annie estava permeada pela dor. Ela própria havia subestimado como fora difícil superar. Keaton entendeu que aquele namoro tinha sido muito importante para ela. O relacionamento dos tempos de faculdade havia mudado Annie para sempre.

— E você? — Ela quis saber, não querendo mais ser o assunto em questão.

— Apaixonado?

— Claro, bobo. Você já amou alguém?

— Não sei.

Annie deu risada.

— Como pode não saber?

— Ora, não sei. Gostei de uma menina na época de escola.

— Qual era o nome dela?

— Não importa.

— Importa sim. — Ela sorriu, divertindo-se. — Quero saber o nome dela.

— Shelly.

— Shelly... Ela ainda mora em Oceanside?

— Não. Ela se mudou depois da escola e foi para a faculdade em algum lugar. Nunca mais a vi.

— Fale mais sobre vocês dois.

Keaton não estava muito à vontade para contar, mas como era Annie que tinha perguntado, acabou respondendo:

— Eu achava que ela era bonita e me tratava bem, diferente dos outros.

Um lugar à beira-mar 201

Quanto menos dissesse sobre as brincadeiras de mau gosto e os apelidos que ganhava na escola, melhor.

— Vocês namoraram?

— Não.

Na verdade, ele mal havia conversado com menina. A adolescência não tinha sido boa época. A única válvula de escape era a luta. Tinha sido um bom lutador, bom o suficiente para competir pelo estado, mas depois se meteu em confusão defendendo Preston e perdeu a oportunidade de continuar com o esporte.

— Você perguntou se ela queria sair?

— Não.

— Nunca? — Annie ficou chocada.

— Nunca.

Keaton até tinha pensado em chamá-la para sair, mas ouviu alguém dizer que Shelly tinha coração mole e deduziu que ela era legal com ele por ser de sua natureza. No último ano do segundo grau, Shelly namorou um dos garotos mais populares da escola e foi o que bastou para que Keaton entendesse que ela estava fora de seu alcance.

— Em outras palavras, foi um amor platônico?

— Acho que sim.

— Ela foi a única?

Keaton lançou um olhar para ela e segurou a respiração por um instante antes de confessar:

— Até encontrar você.

— Eu? Ah, Keaton... — ela gritou, emocionada. — Não sei o que fiz para merecer você.

Na verdade, ele se considerava sortudo. Virando-se de frente, ele segurou o rosto de Annie, baixou a cabeça e a beijou. Até então, Keaton ainda não acreditava que alguém tão linda e perfeita quanto Annie Marlow pudesse se interessar por uma pessoa como ele. Contudo, bastou Annie receber um simples telefonema da Califórnia para lembrá-lo que era melhor não se empolgar demais.

CAPÍTULO 23

Annie foi para o caixa do supermercado com o cartão de débito na mão e entrou na fila. Enquanto esperava, olhou para as manchetes de várias revistas e revirou os olhos com as últimas fofocas sobre divórcios e casos de infidelidades. Na Califórnia, era comum esbarrar numa celebridade de vez em quando. Aquilo tinha virado um jogo entre amigos, quem havia se deparado com o maior número de celebridades. Certa vez, Stephanie tinha arrastado Annie até um set de filmagem de uma série de televisão. Elas perderam a tarde inteira esperando ver algum ator. Fora divertido e louco. Era assim que ela passava o tempo antes da tragédia. Meses depois, tudo aquilo parecia tão supérfluo.

Ao colocar as compras na esteira, Annie olhou para a atendente e a reconheceu. Era Becca, a jovem esposa que tinha ido à clínica convencida de que estava grávida.

Becca arregalou os olhos quando reconheceu Annie também.

Para que a moça não ficasse sem graça, Annie puxou papo:

— A caixa de mirtilo está em promoção.

Ela colocou duas caixas na esteira.

Um lugar à beira-mar   203

— Sim, é uma fruta bem popular — disse Becca, ao passar as caixas no leitor do código de barras sem olhar para Annie. — Bom ver você.

— Gostei também.

— Eu já havia visto você no mercado antes, mas não tive chance de agradecer por ter sido tão gentil e paciente comigo naquele dia.

— Não precisava agradecer... — Annie colocou o cartão na máquina. — Entendi sua frustração.

— Você foi ótima e calma, enquanto eu estava quase histérica. — Ela mordiscou o lábio inferior. — Sonho em ser mãe, mas parece que vai ser difícil para nós.

A mágoa na voz de Becca cortou o coração de Annie. Seria muito bom ajudá-la, mas não havia muito o que fazer.

— Meu marido e eu procuramos uma agência de adoção, mas nos disseram que pode levar anos até encontrarmos uma criança.

Becca fez de tudo para parecer otimista, mas Annie percebeu a mesma tristeza que ela demonstrara na clínica.

— Isso é maravilhoso. Espero que a espera não seja tão longa assim.

— Eu também. Seremos bons pais — continuou ela, enquanto ensacava as compras.

Annie colocou as sacolas no carrinho.

— Se precisar de ajuda, estou à disposição.

— Pode deixar. Mais uma vez, obrigada pela gentileza e compreensão.

Annie teve vontade de abraçar Becca, mas não queria constrangê-la. Ainda ficou ali um pouco, indecisa se devia dizer mais alguma coisa, antes de empurrar o carrinho pela porta do estacionamento.

Chegou em casa ainda pensando em Becca. Guardou as compras, abriu uma das caixas de mirtilo e lavou as frutinhas. A caixa extra era para Mellie, supondo que ela gostasse de mirtilo. Sem avisar, atravessou o jardim para levar o presente.

Durante a semana, Mellie e Annie tinham passado um bom tempo juntas. Mellie continuava com o mesmo azedume de sempre, porém não se importava mais com as visitas frequentes. Toda vez, Annie arrumava uma desculpa para falar em Teresa, sabendo que a amiga talvez não gostasse das cutucadas nada sutis.

Annie bateu na porta e entrou.

— Mellie! Estou aqui.

"Aqui" era onde costumava ser uma sala. Difícil saber ao certo no meio de tanta bagunça acumulada por todo canto. Annie encontrou Mellie numa cadeira reclinável com os pés para cima e um livro nas mãos.

— Já foi entrando, né? — Mellie murmurou, sarcástica. — Sinta-se em casa.

Annie olhou ao redor.

— Seria bom se eu encontrasse um lugar para me sentar.

— É tão difícil assim entender a razão das caixas em cima das cadeiras? Visitas não são bem-vindas e você não entendeu a indireta.

Annie entendeu o recado e disse:

— Trouxe uma caixinha mirtilo para você. Estavam em promoção. Deixei-os na cozinha.

Mellie continuou azeda, fingindo que as frutas eram um grande estorvo.

— Sua avó tinha uns pés de mirtilo. — Annie relembrou.

— Você acha que eu não sei?

— Pensei que não se lembraria.

— Claro que lembro. Agora Keaton está desbravando o mato, cortando trepadeiras cheias de espinhos centenários procurando os arbustos de frutas. Ele está tão apaixonado que atende a todos seus pedidos.

Annie não resistiu e acabou sorrindo. Keaton e ela tinham trabalhado à exaustão para limpar o jardim. Os arranhões e cortes no braço dela eram prova disso. Keaton também havia se machucado, mas não tanto, graças às luvas de jardinagem e as mangas compridas. Fora uma tarefa extenuante, mas acabaram encontrando os arbustos que procuravam. Nada como um pouco de amor e carinho para aumentarem as chances de colherem as frutinhas no ano seguinte.

— Aposto que o trabalho maior foi dele.

Annie sentiu a crítica como se fosse cera quente pingando de uma vela sobre sua pele.

— Eu ajudei.

Annie havia passado quase todo tempo livre que dispunha no jardim, arrancando o mato e ervas daninhas. Mas, sim, Keaton tinha feito a maior parte do trabalho.

Mellie a mediu de cima a baixo com o olhar.

— Sabia que ele faz aniversário nessa semana?

— Aniversário do Keaton? — Annie indagou. Ele não era de propagandear uma coisa dessas. Estranho ter dito a Mellie. — Foi ele que falou?

— Não. Vi a data na carteira de motorista dele. Nem pergunte pois não vou contar como fiz isso. Não é da sua conta.

Annie achou melhor não acusar Mellie pela invasão de privacidade. Talvez Keaton tivesse esquecido a carteira na casa de Mellie e ela não resistiu à curiosidade.

— Vamos fazer uma surpresa — sugeriu Annie, já pensando nos preparativos. — Vou comprar um bolo e bexigas.

Na hora, Annie pensou que Mellie faria uma cena contra.

— Ele gosta de sorvete de baunilha.

— Sorvete, claro. Providenciarei isso também. Você arruma uma desculpa para trazê-lo até aqui e nós o surpreendemos.

Mellie fez uma cara feia de quem não estava acreditando muito na intenção de Annie.

— Você faria isso por ele? — perguntou Mellie.

— Óbvio que sim!

Fazer uma festa surpresa de aniversário não era nada comparado a tudo que Keaton já havia feito por ela.

— Sente-se — ordenou Mellie, indicando um lugar na sala. — Fico nervosa com você em pé na minha frente. Tire aquela pilha de revistas daquele sofá.

Annie demorou um pouco para descobrir qual sofá no meio de tantas caixas amontoadas pela sala.

— Por que você guarda tantas revistas velhas? — ela perguntou, levantando uma caixa depois da outra.

— As revistas eram da minha avó.

— Bom, ela não vai mais reler nada disso — Annie salientou, bufando com o peso das revistas.

— Eu sei. Tirei todas as coisas dela faz tempo, só que não tive tempo para jogar isso aí.

— Se você tivesse ajuda...

— Falei para não mencionar o nome daquela arrumadeira de novo.

— Tudo bem... tudo bem.

Annie colocou mais uma caixa no chão e suspirou. A cozinha estava lotada, e a sala tinha o dobro de coisas. O único lugar vazio era a poltrona onde Mellie estava sentada, no meio de uma parede protetora de caixas. Aquilo parecia uma toca, e talvez fosse assim que ela quisesse permanecer.

Depois de mexer tanto para encontrar o sofá, Annie se sentou e ignorou a nuvem de poeira que pairava no ar. Era a primeira vez que Mellie a convidava para ficar e conversar.

A dona da casa colocou o livro aberto no colo.

— Não gostei muito de você no começo, quando se mudou para cá.

— Eu meio que adivinhei — respondeu Annie, esforçando-se para não rir.

Mellie abafou o riso.

— Não seja sarcástica. Estou tentando contar uma coisa importante. Então, como eu estava dizendo, não fiquei muito animada com sua presença no chalé. Não queria nem imaginar alguém morando ali. Não foi fácil, mas Keaton me fez mudar de ideia. Acabei cedendo, contrariando meu bom senso. Nesse pouco tempo em que você está aqui, notei algumas mudanças nele.

— Ah, é? — Annie ficou torcendo para que fossem coisas boas.

— Até sua chegada, nunca tinha visto Keaton sorrir. Não pense que ele tem motivos para tanto. Eu me lembro dele na época da escola. Sempre tentando passar despercebido, o que era uma bobagem, por causa de seu tamanho. Ele nunca falou muito. Odiava ser chamado na sala de aula. O rosto dele ficava vermelho como um tomate. As crianças o zoavam sem dó. Ele se metia em brigas, perdia a cabeça, mas tudo mudou depois do incidente com Preston.

— O que aconteceu?

— Nada comigo, por isso não sou eu que tenho que contar. Pergunte a ele.

— Tudo bem.

Annie prestou atenção em tudo o que Mellie dizia, feliz em saber um pouco mais do passado de Keaton. Ele não havia contado muito, então só restava especular.

— E agora você quer comemorar o aniversário dele. Acho que ninguém nunca fez isso por ele antes.

Era o que Annie suspeitava.

— Tenho várias razões para não querer você por perto. Como você já deve ter notado, não gosto de muita gente e, assim que vi você, soube que seria um estresse.

— Eu sou um estresse?

— Ah, é. Você foi logo pegando no meu pé, me dizendo para fazer isso ou aquilo. Fez exigências e perguntas que eu não queria responder.

Annie teve que admitir que Mellie tinha razão. Depois de apenas uma semana, ela já tinha pedido para fazer uma horta.

— Você é uma chateação constante.

Annie ficou ali sentada em silêncio, com as coxas pressionando as mãos, esperando Mellie terminar.

— E como se não bastasse, você continua a me insultar, insistindo que preciso de uma arrumadeira. — Mellie resmungou baixinho.

— O mínimo que você podia fazer era conhecer Teresa.

— Ha, ha, já encontrei com ela.

— É mesmo?

— Sim, ela começa na segunda-feira.

Annie ficou tão animada que quase pulou do sofá, precisou se controlar muito para continuar sentada.

— Será um período de experiência, três horas por semana — acrescentou Mellie. — Lembro de Teresa da escola. Ela estava no último ano e eu no primeiro do segundo grau. Ela está mais magra hoje em dia.

— Teresa é ótima.

— Isso é o que você diz. Fiz questão de deixar claro que ela não podia chegar perto das coisas dos meus avós. Eu mesma resolvo isso quando estiver preparada. Ela pode tirar o pó daqui e dali e lidar com algumas tarefas domésticas que eu não gosto de fazer.

— Sei que ela fará um bom trabalho.

— É melhor que faça mesmo. Ela precisa me provar que é boa.

O vinco na testa de Mellie se aprofundou.

— Teresa saberá respeitar você.

Mellie soltou um ronco nada feminino.

— O tempo dirá.

Annie não segurou mais a animação.

— Estou tão contente, Mellie. Legal que você esteja disposta a dar uma chance a Teresa. Terei uma oportunidade de conversar com ela e encorajá-la a mudar de vida.

— Isso significa que você vai ser uma praga pior do que já é?

Annie não poderia negar.

— É bem provável.

Mellie revirou os olhos e mirou o teto.

— Era o que eu temia.

Annie colocou a mão no coração fingindo-se muito ofendida.

— Você me magoou.

Um lugar à beira-mar 209

— Sei... Você se protege muito bem. Igual ao Keaton.

Annie lembrou da festa que pretendia dar a Keaton e mudou de assunto.

— Vamos convidar o Preston?

Mellie deixou a pergunta no ar.

— Por mim tudo bem.

— Eu convido, ou você prefere falar com ele?

— Eu falo.

Annie se surpreendeu com a presteza de Mellie e imaginou se não havia mais que amizade entre os dois. A maneira mais rápida de descobrir era perguntando.

— Ele é casado? Seria muita grosseria não convidar a esposa dele.

— Não, ele nunca foi casado.

Bem, aquilo também era interessante.

As duas resolveram que a festa de Keaton seria no domingo à tarde. Annie estava feliz de poder proporcionar um aniversário especial para ele.

— Você vai comprar o bolo ou vai fazer um? — Mellie perguntou.

— Vou fazer, mas não garanto que ficará bom.

Ela faria o melhor e esperava que ficasse gostoso.

Mellie parecia ter aprovado, mas resmungou baixinho.

— O que foi?

Annie não sabia o que poderia ter dito que a tivesse chateado.

— Esse é o problema.

— Qual?

— Você.

Annie continuou sem a menor ideia do que havia feito de errado.

— Você traz mirtilos para mim, demonstra carinho por Keaton... Nada do que eu esperava. Não tenho certeza se curto tudo isso.

— Ah, Mellie, admita. Você está começando a gostar de mim.

Mellie negou com a cabeça, mas um sorriso tímido e quase dolorido brotou em seus lábios.

— Está certo, admito. Estou começando a gostar de você.

CAPÍTULO 24

Keaton notou uma diferença na voz de Mellie quando recebeu o telefonema pedindo para passar na casa dela. Alguma coisa tinha acontecido. Em todos os anos de amizade, Mellie o chamava em sua casa apenas quando precisava de alguma coisa. Nunca o *convidara* de fato. Mellie também estava diferente em outros sentidos desde a chegada de Annie.

Na realidade, talvez tivesse sido Annie a força por trás da transformação de Mellie. Ela ouvira Annie e havia contratado uma arrumadeira, o que o deixara de queixo caído. Chegava a ser chocante que Mellie permitisse que qualquer pessoa mexesse em suas coisas. Talvez ela não tivesse a consciência de ser uma acumuladora. A casa estava lotada até o teto com coisas que os avós tinham juntado durante anos.

Mellie havia começado a ler no iPad por influência de Annie, que também recomendara uma lista de autores, à qual ela acrescentou alguns por escolha própria. Keaton nunca imaginou que Mellie receberia Annie em sua casa, mas via as duas juntas com mais frequência.

Enquanto seguia para casa de Mellie, imaginou se Annie também estaria lá, já que não estava em casa. Lennon latiu uma única vez diante da porta para anunciar que os dois haviam chegado. Keaton tirou a trava da porta, entrou e encontrou Mellie, Annie e Preston na cozinha diante da mesa.

Estranho. Alguma coisa estava errada. Muito errada.

— Surpresa! — os três gritaram juntos e se afastaram da mesa para revelar um bolo com velinhas acesas.

Keaton ficou estático e atordoado.

— Feliz aniversário, Keaton! — exclamou Annie, abrindo um sorriso que quase lhe tomava o rosto inteiro.

Keaton olhou para Annie, depois para Mellie e Preston.

— Meu aniversário é hoje?

— Pelo menos é a data que está na sua carteira de motorista — informou Mellie.

Ele abriu a boca para perguntar quando ela havia visto seu documento, mas optou por ficar quieto.

— Você não vai soprar as velinhas? — indagou Preston.

— Faça um desejo — completou Mellie.

Keaton tinha sido pego desprevenido e ainda estava chocado demais para reagir. Não se lembrava de ter ganhado um bolo de aniversário na vida. E muito menos de soprar velinhas. E quanto ao desejo? Desejar o quê?

— Quantos anos você tem? — Annie quis saber. — Acho que você deve ter uns 35 anos mais ou menos.

— 33 — respondeu ele, sentindo-se desconfortável e ansioso de repente. Seu coração batia forte e rápido.

— Foi a Annie quem fez o bolo — informou Preston, apontando para a mesa.

— Fiz o que pude. Nunca fiz um bolo em camadas. Está um pouco torto, mas achei que você não se importaria.

Keaton continuou olhando para o bolo. A cera das velas escorria pelas laterais.

— É de chocolate. Você gosta de chocolate, né?

— Quem não gosta de chocolate? — perguntou Mellie.

— Chocolate é bom — Keaton disse com a língua seca, que dificultava a conversa.

Parecia que todo o líquido de sua boca tinha evaporado. Estava difícil desviar a atenção daquele bolo de aniversário.

— Pedi para Annie comprar sorvete de baunilha — acrescentou Mellie. — Lembrei que você gosta de baunilha.

Lennon latiu.

Todos olhavam para Keaton, esperando uma frase, ou que ele que ele fizesse alguma coisa.

O coração dele estava prestes a explodir. Aquilo era demais. De repente, Keaton sentiu urgência de fugir. Tinha que sair da casa de qualquer jeito. Não queria ofender ninguém, mas precisava ir embora. Já que seria incapaz de explicar ou dar uma desculpa, acabou fazendo a primeira coisa que pensou. Virando-se para a porta, saiu da casa, desceu os degraus da varanda, esforçando-se para respirar.

Na saída, ouviu expressões de espanto das três pessoas mais importantes de sua vida. Depois do último degrau, teve a impressão de que seus joelhos não suportavam mais o peso de seu corpo. A cabeça girava e foi difícil recuperar o equilíbrio. Com o corpo inclinado para a frente e as mãos apoiadas nos joelhos, ele respirou fundo para levar oxigênio aos pulmões com medo de desmaiar. Quando voltou a enxergar um pouco melhor, começou a andar sem saber para onde ia e o porquê. Assim que se recuperou por completo, apertou o passo com uma necessidade iminente de se afastar o máximo possível de todo mundo.

Ouviu a porta de tela da casa de Mellie bater e Annie gritando seu nome. O som da voz dela parecia vir de outra estratosfera.

— Keaton! Espere!

Como nunca negava um pedido de Annie, ele parou. Se ela perguntasse a razão da fuga, ele não saberia o que responder. Sair correndo daquele jeito devia ter ofendido aqueles que mais valorizava, mas nada o faria ficar lá.

Annie o alcançou, ofegante. Ele não tinha percebido que havia se afastado tanto daquele bolo de aniversário traumático. Incapaz de encará-la por medo da expressão do rosto dela, ele olhou para o céu. Ficaria arrasado se Annie estivesse brava. Afinal, ela tinha feito o bolo.

Um bolo de aniversário.

Com velas.

E desejos.

— Está tudo bem, Keaton — disse Annie com candura, envolvendo-o com os braços e pressionando a lateral do rosto no peito trêmulo.

Keaton tentou de tudo para resistir e não a abraçar, mantendo os braços pensos ao lado do corpo. Mas não dava para ignorá-la, e sua força de vontade se evaporava quando se tratava de Annie. Ele precisava dela. Do carinho. Da delicadeza. Do amor. Desistindo, acabou abraçando-a, colando seu corpo ao dela e incapaz de identificar o maremoto de emoções que o tragava. A presença dela o ajudava a ordenar os pensamentos e dar sentido ao que estava acontecendo. Devagar, ainda colado à Annie, ele foi se acalmando e conseguiu raciocinar. Ao ouvir um gritinho de dor, percebeu que a estava apertando demais e na mesma hora afrouxou os braços.

— Desculpe... — sussurrou ele com a voz entrecortada pela emoção.

— Tudo bem. Não devíamos ter surpreendido você. Foi demais, né?

Será que tinha sido mesmo? Quando era criança, o pai violento tinha feito com que ele aprendesse a controlar as emoções. Chorar era sinal de fraqueza, e ele não era um homem fraco. Ainda assim, seu rosto estava úmido. As lágrimas lhe queimavam a pele enquanto ainda estavam bem juntos, seria difícil explicar a angústia que comprimia seu peito.

— Você quer um pedaço de bolo?

Keaton respondeu que sim com um gesto, incapaz de falar.

Annie segurou a mão dele, levou-a aos lábios e a beijou.

Os dois voltaram para casa de Mellie juntos e de mãos dadas. Quando entraram na cozinha, Mellie e Preston estavam à mesa comendo bolo de chocolate e tomando sorvete de baunilha.

À mesa.

— Você limpou a mesa!

Quando tinha entrado ali minutos antes, Keaton havia notado uma diferença, mas se distraiu com os amigos e o bolo.

— Não fui eu — Mellie esclareceu. — Foi a Teresa. A arrumadeira.

Mellie tinha permitido que uma arrumadeira limpasse sua mesa da cozinha? Que milagre! Keaton nem ousou perguntar onde Teresa tinha posto as caixas porque, na verdade, não queria saber.

Annie serviu um pedaço de bolo com uma porção generosa de sorvete e colocou na mesa diante dele.

— Soprei as velas por você — informou Preston, sorrindo para Mellie.

— Nossa, ele quase pôs fogo na minha cozinha — reclamou ela.

— Nada disso — Preston discordou.

Annie puxou uma cadeira e se sentou perto de Keaton, sorrindo para os outros dois.

Keaton deu uma garfada no bolo, era o melhor que já tinha comido.

— Nunca tive um bolo de aniversário — anunciou antes de colocar mais um pedaço grande na boca e sorriu para Annie, que o observava com atenção.

— Eu não queria que o bolo tivesse escorregado para o lado. Desculpe.

— É um bolo lindo.

Annie corou com o elogio. Keaton elogiava tanto o bolo quanto a mulher que o fizera.

— Quer abrir seus presentes agora? — perguntou ela, sem jeito pela maneira como ele a encarava. — Pode ser depois, se preferir.

— Presentes? — Um choque após o outro. Ninguém dava presentes para ele. — Não preciso de nada.

— Não importa se você precisa ou não. Compramos presentes para você — disse Mellie.

Keaton nunca gostara de ser o centro das atenções e não queria que todos ficassem observando enquanto abria os presentes.

Um lugar à beira-mar 215

— Acho que vou abrir depois.

— Tudo bem — garantiu Annie.

— Vou levá-los para casa.

O que será que haviam comprado para ele? Aquele era um território totalmente desconhecido. Ganhar presentes não era algo que o deixava confortável.

— Queríamos que seu dia fosse especial — disse Annie.

— Obrigado.

Keaton ficou mais um pouco e comeu outro pedaço enorme de bolo. Mellie passou um plástico no que sobrou e insistiu para que ele levasse para casa. Keaton levou o bolo e os presentes. Depois, agradeceu a todos e foi embora com Lennon atrás.

Já fazia quase duas semanas desde que Keaton vira o pai. Sempre que possível, evitava o homem responsável por seu nascimento. Seth Keaton não mudaria seu conceito sobre o filho nem se ele ganhasse uma medalha de ouro nas Olimpíadas. Keaton havia aceitado a dura realidade desde a adolescência. O pai nunca o havia amado.

Pena que não tinha lembranças da mãe e precisava acreditar que ela o amava. Seth nunca permitiu que ele sequer mencionasse o nome ou quisesse saber sobre ela. Certa vez, aos cinco ou seis anos de idade, ele encontrou uma caixa com fotos dos pais. Os dois sorriam e caminhavam de mãos dadas. O pai parecia feliz. Keaton nunca o vira sorrir.

Uma das fotos se destacou. Maggie Keaton estava grávida; Keaton não passava de uma pequena curvatura na barriga da mãe. Ela estava com a mão sobre o ventre e sorria para a câmera com o rosto reluzindo de alegria. Keaton perdera a noção do tempo olhando aquela foto.

Os olhos dela transmitiam amor. Amor pelo bebê não nascido, pelo marido e pela vida. A foto suscitou uma sensação de já ter sido querido e muito amado. Keaton tinha impressão de que o pai o culpava pela morte da mãe. Só sabia que ela havia morrido de câncer e nada mais. Se ela tivesse tido uma família, ele não os conhecera. Por instinto, sempre soubera que falar sobre a mãe faria o pai sofrer, por isso evitava o assunto.

Por razões inexplicáveis, depois da festa surpresa de aniversário, Keaton foi visitar o pai, que morava em um lugar distante da cidade e sempre fora solitário. Enquanto moravam juntos, Seth era lenhador, derrubava árvores. Os anos de trabalho pesado prejudicaram sua saúde. A coluna tinha sido muito afetada, e por isso ele não podia mais andar demais ou ficar em pé por muito tempo. Seth quase não ia à cidade e quando ia, fazia tudo o que precisava rápido e voltava para casa. Com o tempo, as visitas rarearam e Keaton só descobria que Seth tinha ido à cidade por outras pessoas. Fazia anos que Keaton tinha saído de casa e o pai não o tinha visitado nenhuma vez. Aquilo nunca o incomodara. Para ele, era mais uma bênção do que desprezo.

Keaton estacionou em frente à casa velha. O telhado pedia para ser substituído e a pintura precisava ser renovada. O limo tinha tomado conta das calhas de chuva. Keaton poderia ter cuidado da manutenção da casa, mas Seth não permitiria.

Havia alguns anos, Seth tinha dois cães, treinados para atacar estranhos, e ficou furioso por eles não terem nem tentado morder Keaton. Os cachorros devem tê-lo reconhecido como um amigo, e não um invasor.

Keaton entrou na casa sem bater e se deparou com o pai na cozinha apontando uma espingarda para ele.

— O que você quer? — perguntou Seth com uma voz rouca de anos de tabaco.

Keaton colocou o pedaço de bolo sobre a mesa.

Seth olhou o bolo de relance.

— Você quer me envenenar, menino?

Keaton respondeu que não com um sinal de cabeça e olhou ao redor à procura de algum sinal de problema. Seth jamais pediria ajuda para consertar a casa. O velho estava com uma aparência pior do que de costume. Apesar de estar em pé com uma postura boa, ele se apoiava no batente da porta, demonstrando que se esforçava bastante para permanecer naquela posição. A espingarda estava apontada para o peito de Keaton. Não era a primeira vez que ele se deparava com o cano de uma arma de fogo.

— Você não é bem-vindo aqui.

Keaton não precisava ser relembrado, mas fez uma careta para que o pai soubesse que o recado tinha sido entendido.

Seth Keaton não tinha se lembrado do aniversário do filho. E nem era de se esperar que lembrasse.

Keaton abriu a gaveta, onde estava o faqueiro, e tirou um garfo, colocando-o ao lado do prato de bolo, virou-se e saiu.

— Não preciso de bolo nenhum — gritou Seth.

Era mais provável que o bolo fosse para o lixo do que acabar sendo saboreado. Keaton não saberia responder se alguém perguntasse por que tivera vontade de levar o presente para o pai. Talvez fosse sua maneira de demonstrar que outras pessoas se importavam com o filho dele. Outras pessoas o amavam. Ele não precisava de nada que viesse do pai.

O dia tinha sido estranho. Um dia cheio de emoções e surpresas.

Keaton só foi abrir os presentes que tinha ganhado tarde da noite.

Mellie tinha comprado um livro de mistério.

Preston tinha dado luvas novas de jardinagem, pois as dele estavam destruídas depois de arrancar o mato da casa de Mellie.

O presente de Annie foi o último a ser aberto. Keaton ficou olhando para o conteúdo da caixinha por muito tempo, incapaz de desviar a atenção da corrente com um pingente de prata, talhado com o nome dele, a data e a frase:

Meu coração é seu.

Keaton ficou pensando se ela sabia que a recíproca era verdadeira.

CAPÍTULO 25

Britt estava esperando Annie do lado de fora da clínica, encostada no muro, e endireitou o corpo quando a viu. Annie andava preocupada com Britt desde que soubera de sua gravidez e supôs que ela não trabalhava mais na Bean There, pelo menos não no período da manhã.

— Olá, Britt.

— Olá. Podemos conversar um pouco? — perguntou ela, sem olhar para Annie.

— Claro. — Annie passou o braço pelos ombros da garota. — Como você está se sentindo?

— Estou bem, acho. — Britt arriscou um olhar para Annie e continuou: — Não sei se você sabe, meu padrasto saiu da cidade. Minha mãe o denunciou para o delegado Terrance por ter quebrado o braço de Logan.

— É mesmo? — Annie ficou empolgada, imaginando que Teresa devia ter precisado de muita coragem para dar um passo como esse.

— Ele zerou a conta no banco e desapareceu. Minha mãe foi até a delegacia e quando o assistente social, que já tinha ido em casa, voltou para conversar com ela, Carl já tinha feito as malas e deixado a cidade.

— Você sabe onde ele está?

— Não. Minha mãe disse que há um mandado de prisão para ele. Logan ainda não sabe. Minha mãe não quer contar que o pai dele é um fracassado.

— Sua mãe precisa de ajuda financeira? — Annie poderia ajudar Teresa a obter recursos até que ela conseguisse se reerguer.

— Minha mãe é orgulhosa demais para pedir alguma coisa, mas disse que ficaremos bem. Ela desconfiou que Carl pudesse ter uma atitude dessas e economizou dinheiro. — Britt sorriu, feliz de a mãe ter enganado o marido. — Aposto que Carl ficou surpreso quando viu um saldo tão baixo no banco. Ela abrira uma conta bancária a qual ele não tinha acesso.

Bem feito! Mas Annie não verbalizou o pensamento.

— E você, Britt? Como *você* está? — Annie preferiu não falar da gravidez antes que ela tocasse no assunto.

— Depois que conversamos, falei com Jimmy sobre o bebê.

A suspeita de Annie se confirmou. Jimmy era o pai.

— E como foi? — perguntou ela, ainda com o braço nos ombros de Britt.

Britt suspirou longamente.

— Não muito bem. Ele quer se casar. Eu disse que não e agora ele está chateado e não fala comigo.

— Você ama o Jimmy?

— Amo mais que tudo. — Britt foi bem enfática. — É por isso que não quero me casar, senão Jimmy terá de desistir da bolsa de estudos na Universidade de Washington. Não posso permitir que ele faça isso.

Annie teve de tirar o chapéu para Britt. Não deve ter sido fácil recusar o pedido de casamento.

— Continuar em Oceanside por minha causa e do bebê seria o mesmo que arruinar a chance de ser o dentista que ele tanto almeja.

Jimmy não falava noutra coisa quando começamos a namorar. O avô era dentista e o sonho dele é seguir a mesma carreira. Não posso acabar com esse sonho porque estou grávida.

— Acho que você foi bem sensata, Britt.

— Pode ser, mas não foi fácil e me magoa muito ele não querer nem falar comigo.

— O que sua mãe acha?

Britt olhou para baixo.

— Ainda não contei.

— Ah, Britt, ela precisa saber.

Annie tinha certeza de que Teresa ajudaria e daria uma força para a filha, já que havia passado por situação similar. Ela seria compreensiva.

— Quando soube que estava grávida, sabia que poderia dar um jeito, mas não posso me livrar desse bebê.

— Você já pensou em adoção?

— Não sei se eu conseguiria entregar meu bebê para outra pessoa. Daí penso na minha mãe... — Britt hesitou antes de continuar: — Ela estava com 18 anos quando nasci. Sou fruto de um romance de verão, ela conheceu o rapaz na praia. Quando ela escreveu contando da gravidez, ele insistiu que o bebê não era dele. Depois disso, minha mãe não teve mais contato. Nem sei o nome do meu pai. Ele foi apenas o doador de esperma. Minha mãe podia ter saído de Oceanside para estudar. Por minha causa, ela não terminou os estudos. Daí ela conheceu Carl. No começo, ele era legal e trabalhava bastante. Tudo mudou quando ele parou de trabalhar e começou a beber muito.

Annie se lembrava de os pais comentando que toda a economia daquela parte do estado de Washington tinha mudado com o declínio da indústria madeireira.

— Minha mãe fez o possível para que Carl fosse feliz. Não adiantou nada, ele só se interessava pela bebida.

— Lamento...

— Eu sei. Faz uns dois anos que as agressões contra nós começaram. Fiquei brava quando você mandou o assistente social à nossa casa, tive medo de que as coisas piorassem.

— Eu nunca deveria ter ido visitar vocês.

Annie reconhecia o erro grave. Suas intenções eram boas, mas não justificavam o risco que tinha corrido.

— Hoje agradeço por você ter denunciado o Carl. Minha mãe é outra pessoa depois que ele foi embora.

— Ele pode voltar.

Annie temia que Carl voltasse a aterrorizar Teresa, exigindo mais dinheiro quando o dele acabasse.

— Isso não vai acontecer. — Britt estava convencida. — Existe um mandado de prisão contra Carl. Minha mãe disse que ele tem um irmão no Alasca. Acha que é para lá que ele foi. O fato de ele ter ido embora já é muito bom.

— Como Logan está lidando com isso?

— A vida dele será melhor sem o pai. Logan vai entender quando ficar mais velho.

Britt deu de ombros, enquanto as duas seguiam na direção da praia.

Annie tinha tirado o gesso de Logan na semana anterior e notou que ele estava quieto e retraído. O bom é que o braço quebrado tinha sarado e ele estava feliz por se livrar do gesso.

— Como posso ajudar, Britt? — Annie estava disposta a fazer qualquer coisa pela menina.

— Você conversaria com Jimmy por mim? — Britt diminuiu o passo.

Annie achou que não devia se meter num assunto que era só dos dois. Além do mais, nada do que dissesse a Jimmy seria de grande valia.

— Não sei se devo. Esse assunto tem que ser resolvido entre vocês. Seria bom se você contasse da gravidez para sua mãe e pedisse conselhos.

Britt cobriu o rosto com as mãos.

— Mas é difícil. Ela vai ficar decepcionada comigo.

— Sua mãe, mais que ninguém, irá entender. Ela merece o benefício da dúvida.

Britt ficou em silêncio um pouco, pensando e acabou concordando:

— Sei que devo contar. Você tem razão, ela vai entender. Minha mãe quer o melhor para mim.

Annie abraçou Britt com carinho.

— Essa gravidez não é o fim do mundo. Se quiser dar o bebê para adoção, conheço quem pode ajudar a encontrar um casal bom que ficará muito feliz em ficar com a criança. Seu bebê pode ser uma bênção para quem o adotar. Por que você não considera o assunto?

— Está certo, vou pensar.

— A escolha é sua e de Jimmy. O que estou dizendo é que há famílias ótimas que amarão seu filho.

— Estou muito feliz por você estar em Oceanside.

Britt estava com lágrimas nos olhos.

— Eu também.

Annie havia ido para Oceanside por acreditar ter encontrado um lugar que a fizesse feliz, mas as proporções de seu sonho tinham aumentado muito desde que mudara para o chalé. Oceanside tinha se transformado em seu lugar de cura também.

Depois da curta caminhada pela praia, Annie chegou em casa. Ao vê-la, Ringo despertou da soneca e esticou as pernas, fincando as patas no tapete. O gato tinha crescido desde que Keaton o trouxera e Annie aprendera a amar aquele presente especial.

Annie o pegou e o acariciou um pouco antes de alimentá-lo. Depois foi ao jardim regar as plantas. Os pés de alface continuavam a crescer bem, e as outras plantas começavam a brotar. Ela não via a hora de colher tomates e pepinos frescos.

Um lugar à beira-mar   223

A porta de tela e a porta da cozinha da casa de Mellie estavam abertas. Estranho. Ela nunca tinha visto a porta aberta, a não ser quando Keaton tinha levado um cachorro ferido. Teresa atravessou a porta, carregando uma caixa. Annie ficou olhando, perplexa. Logo vieram a segunda e a terceira caixa. Na certa, Mellie não aprovaria aquilo. Teresa era bem corajosa para desafiar a patroa.

Confirmando sua suspeita, Annie ouviu Mellie gritar minutos depois:

— Que raios você está fazendo?

— Estou jogando toda essa tralha fora — Teresa disse, inabalável, ao colocar mais uma caixa na varanda.

— Traga tudo de volta agora! — Mellie urrou, furiosa.

Teresa parou diante da porta da cozinha com as mãos na cintura.

— Só se me disser por que precisa de jornais de vinte anos atrás.

— Não é da sua conta.

— Agora é da minha conta, sim. Não posso limpar uma casa abarrotada de pilhas de jornais e revistas arcaicas. Tudo tem limite.

— Tudo bem. Você está demitida. Vá embora agora mesmo.

— Se é assim, pague o que me deve e eu saio.

Teresa não iria desistir. Annie a admirou por defender o que achava melhor para Mellie.

Dava para ouvir de longe Mellie sapateando com força em protesto.

— Mas primeiro traga as caixas de volta para dentro.

— Se essa é a sua vontade, então leve você mesma.

Mellie marchava de um lado para outro na frente da porta do lado de dentro como se fosse um soldado.

— Foi você que levou tudo isso para a varanda. Agora traga de volta.

— Não trabalho mais para você.

— Ok. Eu contrato você de novo. Traga as caixas para dentro.

Teresa cruzou os braços, batendo a ponta do pé.

224   *Debbie Macomber*

— Eu me demito.

— Você não pode se demitir!

Mellie parou de andar, indignada.

— Foi o que acabei de fazer.

Annie teve vontade de intervir, mas se conteve. Colocou o galão de água no chão e mandou uma mensagem para Keaton.

Mellie e Teresa estão em pé de guerra.

Não é possível. O que está acontecendo?

Teresa limpou a cozinha. As caixas estão empilhadas na varanda.

Mellie está furiosa?

Muito. Despediu e recontratou Teresa. Teresa se demitiu.

Queria estar aí para ver a cena.

Annie percebeu que ele também estava se divertindo.

Valeu a pena assistir ao espetáculo.

Annie guardou o celular no bolso, enquanto as duas continuavam a batalha verbal. Teresa se recusava a sair do lugar. A intenção era não permitir que Mellie mantivesse aquelas pilhas ridículas de revistas e jornais. Annie aplaudia em silêncio a persistência dela. Tarefa difícil com Mellie pedindo aos gritos que Teresa levasse tudo de volta. Teresa deixou bem claro que se não pudesse limpar a cozinha direito, largaria o emprego.

Annie tentou permanecer invisível e continuou a regar o jardim, provendo água fresca para as plantas, até Mellie berrar de dentro de casa.

— Annie, me ajude!

Annie fingiu não ter ouvido e continuou o que estava fazendo.

— Annie, faça alguma coisa!

— Ela não vai ajudar — insistiu Teresa. — Ela concorda que é uma besteira acumular esse lixo.

— Não é *besteira* e tudo o que tem nessas caixas não é *lixo*. São pertences do meu avô.

Teresa continuou estática, de braços cruzados e batendo a ponta do pé no chão, aflita.

Um lugar à beira-mar 225

— Além dos jornais e revistas que você já devia ter jogado fora, o que mais tem nessas caixas? — perguntou ela com toda calma para testar Mellie.

— Não me lembro. Traga as caixas de volta nesse instante ou chamo o delegado Terrance.

— Faça isso, chame a polícia.

Teresa gesticulou sem paciência.

— Você está levando minhas coisas. Isso é roubo. Se não fizer o que estou mandando, você vai parar atrás das grades.

— Não roubei nada. Está tudo aqui na sua varanda.

Mellie estava visivelmente desesperada.

— Sejamos razoáveis. Vamos fazer o seguinte: Se você lembrar de uma coisa de valor sentimental nessas caixas, levo tudo para dentro de novo.

Mellie se apegou à oferta como se fosse sua salvação.

— As revistas antigas... Meu avô as guardou... Acho que são da *National Geographic*...

— O que você pretende fazer com todas essas edições valiosas?

— Eu... não sei — Mellie respondeu confusa e brava.

— Na minha opinião, a biblioteca da cidade amaria a doação. Você não acha que seu avô gostaria que outras pessoas lessem e aproveitassem as revistas em vez de deixá-las apodrecerem na cozinha?

Teimosa, Mellie ficou em silêncio.

— Seu silêncio é a resposta que eu precisava. Vou salvar as revistas da *National Geographic*, mas o resto vai para o lixo.

— Lixo?! De jeito nenhum! — Mellie esbravejou como se Teresa tivesse ameaçado se desfazer de uma relíquia de família.

— Mellie — disse Teresa amenizando o tom de voz —, tire dessas caixas o que você acha importante para você.

— Você sabe que não saio de casa.

— Isso é tudo o que preciso saber.

— Eu despedi você.

— Mas mudou de ideia em seguida, lembra?

— E você se demitiu.

— Mas mudei de ideia também.

Annie se inclinou para fechar a torneira. A esperança ao sugerir que Teresa trabalhasse para Mellie era que ela encarasse o medo de se desfazer daquelas velharias. Conviver com Mellie ajudava Teresa e vice-versa. As duas faziam bem uma para a outra. O encontro não poderia ter sido melhor. E o melhor de tudo era que Carl Hoffert estava bem longe da cidade.

CAPÍTULO 26

Teresa pediu ajuda a Keaton e Annie para ajudar a tirar as caixas empilhadas na varanda de Mellie. Mas não antes de Mellie ter inspecionado cada uma delas ainda dentro de casa. As caixas continham vários livretos da coleção *Seleções* dos anos 70, que foram doados para a biblioteca. O restante, Teresa dispensou. Keaton parou a picape o mais próximo possível da casa e os três lotaram a caçamba.

Annie estava feliz por ter encontrado Keaton. Os dois mal tinham se visto desde o último domingo, mas nas poucas vezes ela percebeu que ele estava aborrecido. No entanto, Keaton manteve para si o que o tinha deixado naquele estado. A mudança tinha começado logo depois da festa de aniversário. Ele respondia a Annie com frases curtas — mais um indício das preocupações que o afligiam.

Mellie permaneceu à porta, fumegando, enquanto os três lotavam a caçamba da picape de Keaton com as caixas.

— Traidores! Os três! Justo aqueles que se diziam meus amigos.

— Você não gostou do espaço livre da cozinha? — perguntou Teresa nem um pouco abalada com a gritaria.

— Não! Eu gostava do jeito que estava antes de você aparecer.

— Deixe de ser teimosa. — Keaton se intrometeu na conversa da porta da cozinha, olhando para dentro e chocado com o que via. — A mesa tem quatro cadeiras!

Mellie fez que não ouviu o comentário.

A diferença na cozinha era radical. Annie ficou impressionada a primeira vez que viu. Teresa tirara as caixas e limpara as prateleiras. Era difícil saber onde ela havia colocado todos os eletrodomésticos que Mellie acumulava havia anos. O piso brilhava, assim como a torneira e a pia de aço inoxidável. A cozinha remetia àquela que Annie se lembrava das vezes em que visitara os Munson na adolescência.

— Nem pense que vai fazer isso com o resto da casa — Mellie advertiu Teresa. — Você não vai tocar em mais nada. Quero que isso fique bem claro.

— Depende do que você quiser que eu limpe — Teresa rebateu, bufando com o esforço de erguer uma caixa.

— Quero que você limpe a cozinha. Nada além disso.

— Pensei ter ouvido você pedir para trocar seus lençóis e limpar os banheiros.

— Faço isso sozinha.

— Ótimo, não preciso limpar.

Keaton e Annie pararam o que estavam fazendo para encarar Mellie.

— Por que vocês dois estão me olhando desse jeito? — reclamou ela com as mãos na cintura.

Keaton e Annie ignoraram a pergunta, já que a resposta era óbvia. A última caixa foi colocada na caçamba da picape. Os dois fizeram mais uma inspeção rápida para assegurar que não havia nada de valor ali — claro que não tinha nada que valesse a pena guardar. Dalí, levariam as caixas para o depósito de lixo da cidade.

Teresa agradeceu a Keaton e Annie pela ajuda e foi para casa cuidar dos filhos.

Mellie ainda estava de cara amarrada.

— Suportei o máximo que podia por um dia.

Assim dizendo, ela bateu a porta.

Teresa já estava longe quando outra picape velha e enferrujada estacionou ao lado do carro de Keaton.

Annie viu que era Preston.

— Você está atrasado. Já terminamos — Keaton o repreendeu assim que o amigo saiu da caminhonete.

Preston deu um sorriso amarelo, tirou o boné, e afastou uma mecha de cabelo da testa.

— Eu trouxe aquilo que você pediu — disse ele, relanceando sem jeito para Annie e para a casa.

Antes de Keaton comentar, Preston olhou nostálgico para a casa.

— Como está Mellie?

— Não está muito feliz — informou Annie.

— Acho que não é uma boa hora para visitas, né?

— Se você preza pela sua vida, não. — Keaton o desencorajou. Preston sorriu.

— Bom, não seria a primeira vez. Chegar perto dessa mulher é como querer abraçar um porco-espinho.

Annie conteve o riso. Preston tinha razão. Mellie tinha a personalidade de um animal espinhento. Na realidade, com o passar dos meses, Annie descobrira que o jeito brusco dela era só fachada. Mellie odiou o fato de Teresa mexer nas coisas de seus avós e tinha mesmo que esbravejar. Por outro lado, Annie acreditava que ela também estava feliz de se livrar daquele lixo. Mellie tinha reclamado bastante por jogarem suas coisas fora, mas teria dado um jeito de prevalecer sua vontade se ali existisse de fato algo importante para ela.

— Preston, talvez Mellie precise de uma presença amiga. O dia foi difícil para ela — observou Annie.

— Eu não arriscaria se fosse você — Keaton rebateu.

Preston coçou a cabeça, olhando de um para o outro.

— Está certo que o dia foi difícil — acrescentou Keaton.

Annie concordou. Presenciar outras pessoas jogando fora coisas guardadas durante anos não devia ter sido fácil para Mellie.

— Ela está bem chateada e um pouco perdida. Nós desmantelamos o mundo dela e isso deve ter sido difícil. É bem capaz que ela queira desabafar com alguém que não considere um traidor.

Preston olhou na direção da porta da cozinha da casa.

— Não tenho tanta certeza.

Annie ouviu um latido fraco de dentro da picape de Preston.

— É o cachorrinho que você queria — disse Preston a Keaton, abrindo a porta do passageiro e tirando dali um filhotinho de uns dois meses.

Não dava para saber a raça do cachorro, parecia uma mistura de cocker spaniel e outra raça difícil de ser identificada.

— Que gracinha! — gritou Annie e tirou o filhote das mãos de Preston. — Ele é adorável. — Ela passou o nariz na carinha do filhote, que lhe lambeu o rosto. — Você vai ficar com ele?

— Não é para mim — explicou Keaton. — É para o Logan.

— O filho da Teresa?

Keaton esboçou um sorriso. Mais uma vez, Annie teve vontade de perguntar o que o estava aborrecendo, mas lembrou que ele não diria nada antes de estar preparado para tanto, e preferiu conter a curiosidade.

O filhote continuou lambendo a mão e o rosto dela. Cuidar de um filhote era o que Logan precisava para não pensar que o pai o tinha abandonado, mas havia um pequeno detalhe.

— Teresa sabe sobre isso?

Keaton respondeu que sim com um gesto.

Annie ainda estava preocupada. Criar um cachorro não era barato e Teresa tinha dificuldades financeiras.

— Ele já foi vacinado? Comida de cachorro também não é barata.

— Estou providenciando tudo — informou Preston. — Keaton vai pegar as contas do veterinário e a ração. O abrigo vai se encarregar de castrá-lo.

A consideração e generosidade de Keaton não devia mais surpreendê-la.

— Vamos comigo até a casa de Logan? — Keaton a convidou.

— Eu adoraria.

Ela continuava com o filhote no colo, enquanto Preston tirou algumas coisas da caçamba de sua picape e transferiu para a de Keaton.

Quando terminou, Keaton a ajudou a entrar no carro dele no lado do passageiro. Annie olhou para trás e viu Preston parado no mesmo lugar. Esperava que ele resolvesse dar uma segunda chance a Mellie.

Keaton entrou na picape e deu partida.

— Você estava certa — disse com as mãos na direção.

— Sério? Esse é um dos comentários que as mulheres mais gostam de ouvir. No que eu estava certa?

O filhote estava aconchegado no colo de Annie e logo dormiu com o queixo encostado no braço dela.

— Sobre Mellie e Teresa. Não acredito que Mellie deixou Teresa limpar a cozinha inteira.

— Eu sei.

Keaton pegou a mão de Annie e a acariciou com o polegar.

— Milagre.

— Tudo é possível, Keaton.

Ele soltou a mão dela e voltou a prestar a atenção na rua.

— Nem sempre.

De um minuto para o outro, ele ficou sério.

— O que você quer dizer com isso?

— Nada importante.

— Você está triste com alguma coisa.

Keaton não confirmou, nem negou.

— Alguém chateou você.

Keaton continuou quieto.

— Você não quer me contar quem foi?

— Não.

Annie esperou a frustração passar para voltar a falar.

— Tudo bem, eu aceito.

Keaton pegou o pingente, que tinha ganhado de aniversário, e envolveu-o com a mão. Annie desconfiava que ele sempre usava a corrente desde que ganhara.

Os dois ficaram quietos e pensativos. Keaton virou na rua onde Teresa morava. A velocidade da picape diminuiu. Annie imaginou que ele tinha tirado o pé do acelerador sem perceber.

— Meu pai está doente — disse ele tão baixo que Annie precisou se esforçar para ouvir.

— Sinto muito.

Ela estava prestes a perguntar se podia ajudar em alguma coisa quando ele voltou a falar:

— Ele me odeia.

Annie não podia sequer imaginar que algo assim fosse possível.

— Como pode?

Keaton deu de ombros.

— Foi assim a minha vida toda. Morei com ele. Saí quando pude.

— Você o vê sempre?

— Não.

Annie concordou que talvez fosse melhor assim.

— Algumas pessoas são tóxicas, Keaton. Seu pai não pode amar você se não ama a si próprio. Se for assim, é melhor evitá-lo mesmo.

— Eu tento. Ele está doente. Precisa de ajuda.

— Ele vai aceitar sua ajuda?

Keaton balançou a cabeça.

— Posso fazer alguma coisa?

Keaton parou no meio-fio e deixou a picape em ponto morto.

Um lugar à beira-mar 233

— Não sei... Não sei...

— Seu pai mora sozinho?

Keaton segurou a direção com tanta força que seus dedos esbranquiçaram.

— Sim.

— Ele consegue se cuidar sozinho?

Keaton deu de ombros.

— Duvido. — Ele ergueu a cabeça, segurou o pingente e respirou fundo. — Fui lá.

— No seu aniversário?

Keaton a encarou.

— Vi que ele estava fraco. Voltei. Ele piorou. Piorou muito.

— Quer que eu vá visitá-lo para verificar o estado dele?

— Não quero.... veneno dirigido a você.

Colocando a mão no braço dele, Annie fez o possível para tranquilizá-lo.

— Já trabalhei com pacientes difíceis antes, Keaton. Não se preocupe, dou conta do seu pai. Se ele precisar ser hospitalizado, tomarei as providências necessárias para que isso aconteça. Não quero que você se aborreça mais com isso.

— Ele não irá.

— Se ele estiver tão mal como você diz, talvez seja melhor colocá-lo numa casa de repouso. Lá seu pai terá toda a assistência que um idoso precisa e pessoal especializado que vai tornar a vida dele mais confortável.

— Você faria isso?

Ela acariciou o braço dele.

— Claro que faria, Keaton. A essa altura você já devia saber que estou disposta a fazer qualquer coisa para ajudar você.

— Obrigado.

Annie ficou com o coração derretido, feliz porque faria algo para Keaton. Ele nunca tinha pedido nada. Não era o jeito dele. Aceitar alguma coisa de alguém não fazia parte de sua natureza.

Ele não esperava receber gentileza ou generosidade de ninguém. Ter aquela consciência a deixava muito triste.

Depois de alguns minutos, Keaton encostou na frente da casa da Teresa.

Logan estava sentado num dos degraus da varanda, cabisbaixo.

— Olá, Logan — Annie gritou da janela da picape.

Os olhos do menino brilharam ao reconhecê-la.

— Olá, dra. Annie.

Ela já havia desistido de corrigi-lo.

— O que você está fazendo?

— Nada.

Logan deu de ombros.

Teresa abriu a porta de tela e saiu na varanda. A casa tinha passado por vários reparos, e Annie sabia que Keaton e Preston tinham sido os responsáveis.

— Eu trouxe uma coisa para você — anunciou Keaton, descendo do carro.

— Para mim? — Logan se levantou e correu até o portão, curioso.

Keaton deu a volta na picape e abriu a porta do passageiro, tirou o filhote do colo de Annie e segurou-o contra o peito.

— Não acredito, sério? — perguntou Logan.

— Sério.

— Mãe! Posso ficar com ele? Por favor.

Logan arregalou os olhos num apelo silencioso para a mãe.

Teresa hesitou, pensando no assunto.

— Você vai cuidar dele? Dar comida, treinar e levar para passear, para fazer as necessidades?

— Vou. Por favor, mãe. Você sabe que eu sempre quis um cachorro... desde pequeno.

Teresa sorriu para Keaton.

— Se você assumir as responsabilidades de criar um cãozinho, pode ficar com ele.

Logan correu na direção da mãe e a abraçou pelas pernas. Annie viu que tanto a mãe quanto o filho tinham lágrimas nos olhos. Logan saiu correndo no passeio até Keaton, que colocou o filhote nos braços dele.

Keaton olhou para Annie com um sorriso radiante. Naquele instante, ela percebeu que amenizar a dor de Logan por ter sido abandonado pelo pai ajudara Keaton a lidar com o desamor do seu. Keaton não falava muito de sua infância, mas Annie podia ler nas entrelinhas que ele não tivera muito carinho na vida. O que mais a encantava era que, apesar de tudo, ele havia se tornado um homem maravilhoso, gentil e carinhoso por sua força interior.

CAPÍTULO 27

O passatempo favorito de Annie ao sair da clínica era regar as plantas todos os dias. Quando olhou de relance para a casa de Mellie notou alguma coisa estranha, olhou de novo e ainda assim demorou para descobrir o que era.

As janelas!

Os vidros estavam brilhantes. Pela primeira vez desde que havia mudado para o chalé, era possível ver o interior da cozinha da casa de Mellie. As cortinas estavam lindas e tinham recuperado o branco original. Teresa havia feito mais que apenas limpar a cozinha. Aquela mulher operava milagres. Annie pensou em avisá-la para ir devagar com Mellie, com medo que a amiga entrasse em parafuso com muitas mudanças de uma vez só.

Annie olhou para as plantas e afastou a mangueira no mesmo instante. Distraída que estava, quase tinha afogado os pés de feijão-verde. Uma poça se formou ao redor dos pés dela. Ela balançou a cabeça e saiu de onde estava.

Uma caminhonete enferrujada, que Annie reconheceu na hora, parou na rua.

Preston.

Um lugar à beira-mar   237

Sem se importar se havia estacionado direito, ele saiu da picape segurando um buquê de margaridas. Em seguida, deu duas voltas ao redor do carro, absorto em pensamentos. Pulou para trás de susto quando Annie o chamou.

— O que foi?

— Você está bem?

— Por que não estaria? — perguntou ele meio resmungando.

Tirou o boné, enxugou a testa com a manga da camisa e olhou de lado para a casa de Mellie.

— Sei lá. Você parece nervoso.

Preston recuou e olhou para o céu.

— Não há pior tolo do que o tolo velho. Não é isso que dizem?

— Você não é velho.

— De vez em quando acho que sou.

Annie notou que ele tinha cortado o cabelo e vestia uma camisa limpa. Preston abriu a porta da picape e estava prestes a entrar quando Annie falou:

— Essas margaridas são para Mellie?

Ele ficou vermelho.

— É uma pena não entregar a ela.

Preston a encarou como se tivesse sido preso num universo paralelo.

— Preston? — Annie acenou na frente do rosto dele, enquanto ele parecia não estar vendo nada. — Está tudo bem?

— Não sei — admitiu Preston depois de um tempo. A expressão do rosto dele era um misto de dúvida e desânimo. — Conheço mais sobre cães e gatos do que sobre mulheres. Eu era louco por Mellie na escola. Todos os meninos eram. Ela era bonita demais para mim. Eu era tímido, magro e tão sociável quanto um bicho do mato.

Preston parou, esboçou um sorriso tímido e prosseguiu:

— Pense um pouco, sou o mesmo de antes, só que um pouco mais velho. Quando ela voltou para a cidade, tentei de novo e levei um fora. Um homem tem que ter orgulho.

— Vi que você continuou aqui depois que o Keaton e eu saímos para levar o filhote para Logan. Você entrou? Todo mundo merece uma segunda chance, Preston.

— É verdade. Nós conversamos bastante. Rimos também.

Preston continuou com o olhar fixo na casa de Mellie.

— Isso é um passo adiante na direção certa.

— É...

O fato de Mellie não ter expulsado Preston depois de um tempo, como fazia com todos, era bem significativo. Desde que começara a frequentar a casa de Mellie, Annie nunca ficava mais que dez ou quinze minutos, quando a outra deixava claro que era hora de ela ir embora. Sutileza nunca fora o forte de Mellie.

— Você acha que devo dar as flores para ela?

Preston lançou um olhar sério para Annie, como se aquele fosse um assunto de vida ou morte.

Annie se odiaria caso tivesse interpretado errado a situação. Preston ficaria arrasado se levasse outro fora. Respirando fundo, ela decidiu seguir a intuição.

— Quem não arrisca, não petisca.

Preston olhou para a casa de novo e seguiu com passos determinados até a porta da cozinha, balançando o buquê como se fosse um soldado em exercício.

Annie acreditava em Preston e estava convencida de que Mellie acabaria cedendo a tanta gentileza e persistência. Esperava que Mellie não gritasse com ele do mesmo jeito que havia feito com ela várias vezes.

Feliz com a decisão de Preston, Annie voltou a regar as plantas. Nunca imaginara como era trabalhoso manter um jardim. Os vegetais estavam se desenvolvendo bem, e logo haveria mais pepinos e pimentas malaguetas para serem consumidas. A colheita era dividida entre Keaton, Mellie e Candi. As abobrinhas também iam bem. Annie sabia que sua mãe se orgulharia de sua horta.

— Srta. Marlow.

Um lugar à beira-mar 239

Ela se virou e viu o rapaz da Bean There. Demorou um pouco para reconhecê-lo fora do trabalho. "Jimmy" estava cabisbaixo e curvado para a frente.

Pelo jeito, aquela era a semana de ela cuidar dos homens deprimidos e inseguros.

— Britt me disse que você sabe sobre o bebê.

— É verdade — Annie confessou, mas não estava quebrando os requisitos do sigilo médico.

— Quero me casar com ela. Britt vive negando, mas eu a amo tanto quanto ela me ama. Agora ela está falando em adoção.

— Jimmy, não posso me envolver nessa decisão. Você e Britt precisam conversar.

Annie deixou as ferramentas de jardinagem no chão e conduziu Jimmy para o chalé. Ofereceu uma cadeira à pequena mesa da cozinha. Ele se sentou com os cotovelos na mesa, apoiando a cabeça nas mãos como se estivesse pesada demais.

Ringo vagava pela cozinha. Annie o pegou no colo e o acariciou, enquanto Jimmy falava:

— Você precisa me ajudar a fazer Britt entender. Podemos nos casar, ter o bebê e eu vou para a faculdade depois. Ela é mais importante para mim do que a carreira de dentista.

Annie achou melhor não se intrometer e oferecer conselhos.

— Você está certo, Jimmy. Britt ama você. Ama a ponto de pensar sobre seu futuro como pensa no dela.

— Mas pode dar certo — insistiu ele, querendo convencê-la. — Posso trabalhar por período integral e adiar a faculdade por um ano ou dois até conseguirmos nos manter sozinhos.

— Isso é bonito na teoria, mas é mais difícil de acontecer do que imagina. Soube que você ganhou uma bolsa de estudos.

Jimmy abaixou mais a cabeça, quase batendo-a na mesa.

— Vou desistir disso também.

— Que eu saiba, não é isso que Britt quer, certo?

Ele deu de ombros.

— Não — confessou ele, relutante. — Britt disse que se eu desistir da bolsa, ela termina comigo.

Além das funções na clínica, Annie também se tornara conselheira amorosa.

— Britt me disse que você conhece pessoas que poderiam nos ajudar com a adoção, ou uma agência renomada que garanta que o bebê tenha um bom lar.

Annie continuava a acariciar Ringo, que estava feliz em seus braços.

— Falei sim. Adoção pode ser uma opção.

Convicto do contrário, Jimmy negou com a cabeça.

— Não quero dar nosso filho para estranhos.

— Qual a opinião de Britt?

— Ela me disse que está se informando sobre "adoção consentida". Ela acha que pode ser uma boa ideia para nós, mas não tenho tanta certeza assim. Britt falou que com esse tipo de adoção podemos fazer parte da vida do bebê.

— Você não se sentiria bem assim?

Jimmy a fitou sem muita certeza do que responder.

— Não quero que Britt se arrependa de ter dado nosso filho.

— É uma possibilidade. Mas acho que Britt está pensando no que é melhor para seu futuro, o dela e da criança.

Jimmy coçou os olhos com as mãos fechadas.

— Sei disso, eu me preocupo também. Não quero perdê-la.

Annie admirava Britt. Esta era uma decisão difícil para alguém tão nova.

— Seus pais sabem da gravidez?

— Britt e eu contamos para os nossos pais juntos. Eles ficaram chocados. Meu pai ficou mais chateado do que minha mãe. A mãe de Britt começou a chorar, e a minha também.

Jimmy respirou fundo e esfregou as duas mãos no rosto, tentando afastar a memória do confronto.

Annie ficou aborrecida por não poder fazer muito mais.

Um lugar à beira-mar 241

— Pena eu não poder ajudar mais, Jimmy, mas esse assunto tem que ser resolvido entre você, Britt e seus pais.

— Você não pode falar com a Britt? Ela gosta e confia em você. Sei que ela vai ouvir.

— Desculpe, Jimmy, não posso.

— Eu sabia, mas achei que não custava tentar.

Sem mais nada a dizer, Jimmy se levantou.

Annie o conduziu até a porta.

Depois de fazer um chá, ela ficou pensando no jovem casal. Os dois tinham sido corajosos em contar aos pais sobre a gravidez, e foi bom que tivessem enfrentado isso juntos. Desde o princípio, Annie sabia que Teresa ficaria triste porque Britt estava repetindo sua história. Mesmo sem se envolver na decisão de Britt, Jimmy e os pais, ela se colocaria à disposição para o que fosse preciso.

Depois de jantar uma salada, Annie decidiu visitar Teresa com a desculpa de ver como Logan estava se saindo com o cachorrinho.

Ao chegar, viu a picape de Keaton parada na frente da casa e abriu um sorriso. Fazia dias que não o via e estava com saudade. Ele havia terminado de pintar a casa de Teresa.

— Olá — ela o cumprimentou.

Ele estava colocando as ferramentas no carro. Logan corria pelo jardim com o filhotinho atrás. O riso dele ressoava pela tarde.

Keaton a viu e sorriu.

— Olá.

Teresa apareceu na varanda, e Annie disse a Keaton:

— Falo com você mais tarde.

O coração de Keaton se aqueceu com a possibilidade.

— Mais tarde.

— Vim fazer uma visita para saber como estão as coisas — disse Annie ao chegar perto de Teresa.

— Está tudo bem. — Teresa cruzou os braços. — Logan está louco pelo cachorrinho. Encontrei os dois dormindo juntos essa manhã. Tem sido assim toda noite, desde que o filhote chegou.

— Vi que as janelas de Mellie estão brilhando de tão limpas.

— Nunca tinha visto vidros mais sujos do que aqueles.

— Ela ainda está brava com você?

O assunto "Mellie" era neutro para as duas.

Teresa riu.

— Ah, ela faz escândalo toda vez que mexo em alguma coisa, mas acaba ficando sem argumentos. Creio que em alguns dias consiga entrar em outro cômodo da casa. Ela fica de guarda das coisas dela, com medo que eu jogue fora alguma coisa bem debaixo do nariz dela. Hoje de manhã ela parecia uma águia me observando e não me deixou chegar nem perto do quarto ou da sala.

Annie tentou se conter, mas acabou rindo.

— Só volto lá no final da semana. Assim ela terá tempo de se acostumar com as mudanças. Apesar das reclamações e da choradeira, vejo que ela está aproveitando o espaço livre na cozinha.

— Não desista de Mellie.

— Não vou. Sou tão teimosa quanto ela.

— Ótimo.

Annie queria saber sobre Britt e a gravidez, mas não se sentiu à vontade para perguntar. Talvez Teresa não soubesse que Annie conhecia a situação.

Voltou para casa uns vinte minutos depois e ficou feliz em ver que a picape de Preston ainda estava estacionada na frente da casa de Mellie. Grande progresso para a amiga. E para Preston.

A vida e a casa de Mellie estavam se transformando. Annie rezava para que ela aceitasse todas as mudanças boas em sua vida.

Keaton chegou cerca de dez minutos depois. Annie o encontrou à porta do chalé. Como estava no último degrau da varanda, ela conseguiu ficar na altura dos olhos dele.

— Você esteve bem ocupado nesse fim de semana.

Annie tinha passado na frente do banco e viu que o grafite na parede lateral estava quase pronto.

Keaton ficou sem jeito.

— Que pintura linda!

E era mesmo. Keaton era um artista talentoso. Annie soubera que ele nunca estudara arte, mas a pintura dele se destacava entre vários que ela conhecia.

— Ainda falta um pouco — comentou ele, corando com o elogio.

Os dois foram baixando o volume das vozes e o tom ficou mais suave. Aos poucos eles se inclinavam um na direção do outro. De olhos fechados, Annie sentiu a respiração dele acariciar seu rosto e deixou-se envolver pela proximidade de Keaton. Ele aproximou os lábios ao ouvido dela.

— Seu amigo ainda vem visitar Oceanside? — perguntou num sussurro.

Annie abriu os olhos no mesmo instante. Como poderia ter esquecido? Gabby traria Steph e Trevor a Oceanside no feriado de Finados. Eles iriam de avião até Seattle, encontrariam Gabby e depois passariam algumas semanas na praia.

CAPÍTULO 28

A cabeça de Annie estava a mil por hora. Aquela oportunidade não poderia ter vindo numa hora pior. Se seus pais estivessem vivos, ela teria com quem se aconselhar, mesmo sabendo o que o pai diria. Ele abriria um sorriso enorme e a incentivaria: "Vai fundo. Você nasceu para isso". Na ausência da família, ela ligou para a prima. Gabby a conhecia tão bem quanto ela mesma.

— Já sei por que você está me ligando... — Gabby atendeu de primeira.

— Não sabe — respondeu Annie, pensando em várias coisas ao mesmo tempo, lembrando da conversa com o dr. Bainbridge.

— Não é sobre nossa viagem para ver você?

— Não.

Annie recostou-se na cadeira, acariciando Ringo enquanto falava, dando e recebendo conforto. — É sobre o dr. Bainbridge.

— Está tudo bem?

— Nem tanto. Ele está ficando cada vez mais ansioso para se aposentar. A mulher quer que ele diminua as horas de trabalho para poderem viajar. Ele está preocupado por não saber por quanto tempo aguenta no ritmo em que está. Essa semana ele foi a Seattle e voltou com uma proposta para mim.

— Que tipo de proposta?

Gabby ficou tão desconfiada quanto Annie, quando conversara a primeira vez sobre o assunto com o dr. Bainbridge.

— Primeiro ele me disse que eu tinha me adaptado muito bem à comunidade, a qual aprendi a amar. Encontrei a paz aqui, Gabby. Foi bom ouvir um elogio, fez com que eu me sentisse bem. Tirando o pequeno contratempo com Carl Hoffert, ele disse que respeita meu trabalho e confia em mim.

— E deve mesmo. Você é uma excelente profissional. Lembro quando éramos crianças e você brincava de médico com as bonecas, cobrindo-as de curativos. Você não punha fraldas, mas enrolava as cabeças, fingindo tratar os machucados.

Annie fechou os olhos, pensando naquela época. Quando Gabby visitava para brincar, ela insistia para que a prima fosse sua paciente para poder tratá-la, enfaixando braços e pernas, prescrevendo remédios e colocando-a deitada sobre almofadas no corredor.

— Desculpe desviar do assunto. Diga o que o dr. Bainbridge queria.

— Fiquei assustada quando ele me chamou. Achei que seria demitida.

Percebendo a tensão, Ringo cravou as unhas na coxa de Annie, que com cuidado o desvencilhou do tecido.

— Depois ele disse o quanto era difícil encontrar médicos que queiram trabalhar em comunidades pequenas e, quando querem, quase sempre não dá certo. É preciso ter um tipo específico de personalidade. É bem complicado encontrar uma pessoa que se encaixe bem.

— Onde é que esta história vai parar? — Gabby perguntou, confusa.

— Em Seattle, o dr. Bainbridge contou ao chefe de Recursos Humanos da matriz como eu estava indo bem. Uma organização de saúde afiliada iniciou um programa intensivo para paramédicos como eu, que arcará com as despesas da minha faculdade de medicina, desde que eu me comprometa a trabalhar em comunidades pequenas como Oceanside.

— Annie, isso é maravilhoso! Não sei como você não está pulando de alegria. Você sempre quis ser médica.

— Sim, eu sei, mas...

— Não tem "mas". É uma oportunidade incrível. Por que você não está animada?

— Eu estou, só que... é complicado.

Annie estava adorando o entusiasmo de Gabby. Ela também estava feliz, morrendo de vontade de aceitar a oferta. O problema, bem grande por sinal, era que se aceitasse a proposta teria que sair de Oceanside... deixar Keaton, Mellie e Teresa.

Oceanside tinha se transformado em seu novo lar e essas pessoas, que aprendera a amar, eram importantes. O ideal seria voltar depois de formada para ser médica em Oceanside, mas o programa não dava essa garantia.

— Estou animada — Annie confirmou, mas estava preocupada também.

Insegura. Com medo.

— Não é o que está parecendo. Está certo que você terá que se ausentar daí por alguns anos, mas depois pode voltar, né?

Gabby estava fazendo o possível para Annie aceitar a oferta.

E nem precisaria se esforçar muito. Annie queria muito aceitar, mas a que custo? Não era uma decisão para se tomar com pressa. Havia muito a se considerar, além do óbvio.

— Não necessariamente. Não é certeza eu voltar para Oceanside. Posso ser designada até para fora do estado de Washington.

Gabby ficou quieta por um instante.

— Seu pai sempre quis ter uma filha médica, e o mais importante é que esse era seu sonho também, até Davis terminar o namoro.

Annie não precisava de nenhum lembrete.

— Eu sei.

Algumas possibilidades passaram pela cabeça de Annie, mas nenhuma muito boa. Keaton seria muito infeliz morando em Seattle. Seria horrível ter que deixá-lo e encontrá-lo só nos finais de semana. O combinado podia dar certo por um tempo, embora ela soubesse que teria que se comprometer física e emocionalmente com a faculdade de medicina. O namoro teria que ficar em segundo plano. Se quisesse cursar medicina, teria que mergulhar de cabeça.

— Você não pode perder essa chance, Annie. Se não aceitar, você vai se arrepender para o resto da vida.

Pura verdade. Annie sabia que nunca mais teria uma oportunidade como aquela. Seu grande amor era a medicina. Seu forte era lidar com pessoas e gostava de ajudar os necessitados. Verdade, sempre sonhara em ser médica clínica, mas a ansiedade excessiva a impedira de terminar a faculdade.

Desde o início do relacionamento, Annie sabia que Keaton tinha medo de que ela partisse. Ele devia ter se preparado emocionalmente para quando o dia chegasse, represando o amor que sentia por ela. As carícias entre eles não tinham passado dos beijos porque Keaton recuara. Ele havia construído uma espécie de barreira para se proteger dos próprios sentimentos. Até então, Annie se empenhara em provar o quanto ele estava errado, mas agora estava prestes a fazer o contrário. As coisas poderiam dar muito errado.

— Preciso tomar uma decisão muito difícil, Gabby.

— Que decisão? Você sabe que é isso que quer, Annie. Quer que eu diga a Trevor e Steph que não é uma boa hora para irmos até aí?

Annie balançou a cabeça. Não queria desapontar os amigos. Não depois de eles já terem combinado toda a viagem.

— Não faça isso. Vai ser a melhor coisa passar um final de semana com vocês antes de dar uma resposta ao dr. Bainbridge.

* * *

A clínica estava quase fechando quando Steph, Gabby e Trevor chegaram na sexta-feira à noite. Annie os esperava a qualquer momento do dia, sem saber a hora exata, e ficou feliz e animada em vê-los.

— Annie! — Steph abraçou Annie com tanta força que quase a deixou sem ar. — Quanto tempo! — Depois ergueu o celular e tirou uma selfie com Annie.

— Minha vez — disse Trevor, afastando Steph para poder abraçar Annie também. Segurando-a pela cintura, ele a ergueu e lhe deu um beijo estalado no rosto. — Que saudade, garota!

Annie riu e olhou para a prima por cima do ombro de Trevor. Um sorriso enorme estampava o rosto de Gabby. Quando Trevor a colocou no chão, ela estendeu a mão para Gabby, que a segurou e entrelaçou os dedos.

— Pena que você não pode sair por uns dias — disse Gabby, sem esconder a frustração. — Tem um festival de música neste final de semana em Seattle que podíamos ter ido todos juntos.

— Não dava, Gabby. Desculpe.

Não fazia nem dois meses que Annie trabalhava na clínica. Não seria legal pedir uma folga durante os quatro dias de um feriado no meio da estação turística. Aliás, o movimento tinha sido uma loucura todos os dias da semana. Houvera dias em que ela precisou trabalhar durante o horário de almoço para atender a todos.

— Bem, se Maomé não vai à montanha, a montanha vem a Annie — interveio Trevor, brincando. E esfregando as mãos, perguntou: — Como é a vida noturna por aqui?

Annie riu até perceber que ele não estava brincando.

— Trev, não estamos em Los Angeles. Temos alguns barzinhos, mas nada igual às boates de Seattle ou Beverly Hills.

— Então, teremos que nos contentar com o tal barzinho.

— Vamos, quero conhecer esse chalé do qual você fala tanto — pediu Steph, enlaçando o braço no de Annie ao saírem juntas da clínica.

Um lugar à beira-mar 249

Os amigos a levaram ao chalé. Annie estava ansiosa para exibir sua casa. Todos admiraram o jardim, embora não fosse algo que curtissem. No entanto, ficaram impressionados por ter sido obra dela.

Steph logo invadiu o único banheiro do chalé para se aprontar para sair, retocando o cabelo e a maquiagem. Trevor ficou olhando ao redor. Gabby acariciou Ringo, cobrindo-o de atenções.

— Não sabia que você gostava de gatos — comentou Trevor.

— Nem eu, até ganhar um de Keaton.

— Você sempre fala nesse Keaton — continuou Trevor. — Será que teremos a chance de conhecê-lo?

— Claro que sim. Ele disse que passaria para nos encontrar no barzinho mais tarde.

— Ótimo. Não vejo a hora de conhecer o cara que ganhou seu coração.

Annie estava se divertindo muito com os amigos, havia sentido muita falta deles. Ao mesmo tempo, amava a nova vida também.

Trevor se sentou e tirou Ringo de Gabby, colocando-o no colo e admirando-o.

— Gabby contou da história da faculdade de medicina. É uma decisão difícil, mas é uma grande oportunidade!

— É mesmo.

Annie se arrependeu de não ter pedido para a prima não repassar a novidade. Até então, só Gabby sabia. E agora Trevor e Steph também. Mas não Mellie, Candi, e muito menos Keaton.

— Por mim, você devia aceitar — disse Trevor.

Steph colocou a cabeça para fora do banheiro para opinar:

— Também acho. Você sempre quis ser médica. — Olhando para Trevor, acrescentou: — Não devíamos influenciar Annie. Ela precisa resolver sozinha.

— Você já deu sua opinião. Por que não posso dizer a minha?

— Tudo bem, ela já sabe o que achamos — concordou Steph —, e a decisão final é dela.

— É uma mudança de vida.

Annie suspirou para aliviar o peso da decisão a tomar. Restavam algumas dúvidas, havia muita coisa a considerar. Ela gostava de trabalhar em Oceanside e, caso recusasse a oportunidade, precisaria assumir que não sairia mais da cidade e ser feliz com o que tinha.

Ao mesmo tempo, era preciso pensar na possibilidade de se arrepender um dia de ter recusado uma oportunidade que talvez nunca mais surgisse em sua vida de novo.

— Encontrei paz e alento aqui — disse ela, pensando alto. — Gabby me sugeriu que encontrasse um lugar feliz e foi o que fiz. Não tenho certeza se voltar a Seattle é o melhor para mim no momento.

— E se Keaton fosse com você? — perguntou Gabby.

Annie não havia falado com Keaton sobre isso, mas sabia qual seria resposta dele.

— Duvido que ele queira.

Trevor franziu a testa, unindo as sobrancelhas.

— Se ele ama você...

— Ele gosta de mim.

Keaton nunca havia se declarado, embora Annie suspeitasse que ele a amava. Palavras eram desnecessárias quando ele demonstrava seu amor pelo tanto que fazia por ela. Nenhum homem se prestaria a limpar um jardim repleto de mato espinhoso por uma mulher, a menos que gostasse muito dela.

— Se for assim, ele vai querer o melhor para você — disse Gabby.

Annie concordava.

— O problema é que eu ainda não sei o que é melhor para mim. Por favor, não digam nada a ele — ela implorou, olhando para cada um dos amigos. — Eu ainda não contei.

— Ele não sabe de nada? — perguntou Steph de olhos arregalados, com a cabeça para fora do banheiro de novo.

Um lugar à beira-mar   251

— Não. Keaton ficaria arrasado e não quero magoá-lo por nada. Falarei com ele se decidir aceitar a oferta. Se eu continuar em Oceanside, ele nunca precisará saber.

Gabby e Trevor trocaram olhares, mas Annie se recusou a se influenciar pelas posições contrárias. Ela conhecia Keaton, eles, não. Claro que Gabby não deixou de opinar:

— A única coisa que eu digo é que seria maravilhoso se você voltasse a morar em Seattle. Morro de saudade de você.

Num gesto nobre para mudar o assunto, Trevor interferiu:

— Estão prontas para o jantar, meninas? Estou faminto.

— Nossa, ainda não! — gritou Annie. — Preciso tirar esse uniforme.

— Eu também quero me trocar — disse Gabby, levantando-se. — Tenho direito a ser a próxima a usar o banheiro. Vou até o carro pegar minha mala e volto num instante.

Annie sabia que os amigos tinham reservado hotel, mas, pelo visto, pretendiam se arrumar no pequeno chalé. Um pouco agitada com tanta coisa acontecendo, Annie preferiu se trocar no quarto. Seria bom espairecer uma noite, contanto que conseguisse deixar de lado a decisão de ir ou não para a faculdade de medicina e aproveitar a companhia dos amigos. O dr. Bainbridge tinha pressa e precisava de uma resposta até o final da semana seguinte.

Annie resolveu vestir uma calça jeans skinny, mas teve um trabalho louco para passá-la pelos quadris. Fazia tempo que não usava aquela calça. Não se lembrava de ser tão apertada. Estranho porque não tinha engordado, mas devia ter ganhado massa magra por causa das caminhadas diárias. Vestiu uma bata tipo indiana e penteou o cabelo num rabo de cavalo alto e frouxo. Ao sair do quarto, Gabby e os outros dois já esperavam por ela.

Trevor assobiou, elogiando.

— Não sei como tive a sorte de sair com três mulheres tão lindas.

CAPÍTULO 29

A noite teve um começo divertido. Havia poucas pessoas no barzinho, e a turma de Annie logo animou o ambiente. O volume da música aumentou e a primeira rodada de bebidas chegou à mesa, enquanto eles esperavam Keaton para pedir o jantar. Fazia meses que Annie não tomava nada alcoólico, e o efeito não demorou a aparecer.

— Acho melhor pedirmos uns mini-hambúrgueres — ela sugeriu e acenou para o garçom.

Logo depois que os sanduíches foram servidos, Keaton chegou. Ele tinha trocado a roupa de trabalho por uma calça jeans e uma camisa de mangas curtas. Steph ficou de queixo caído. Annie também. Keaton estava lindo, e Annie não conseguiu tirar os olhos dele.

As apresentações foram feitas.

— Como está o tempo aí em cima? — Trevor brincou.

Annie sabia que Keaton odiava aquele tipo de comentário sobre sua altura, mas ele sorriu e não deixou parecer que não tinha achado graça nenhuma. Annie gostou da iniciativa dele em ser simpático com seus amigos.

Keaton se sentou no banco perto de Annie e segurou-lhe a mão. Ela encostou a cabeça no ombro dele, feliz por tê-lo ao seu lado.

Um lugar à beira-mar 253

Trevor pediu mais uma rodada de bebidas. Um drinque Cosmopolitan para as garotas e um Manhattan para ele. Keaton pediu cerveja. Apesar de ter comido um hambúrguer, Annie sentiu a bebida subir rápido.

— Você sabe que queremos roubar Annie de você, né? — Steph brincou com Keaton, enquanto ele lia o cardápio. — Trevor e eu tínhamos planejado sequestrá-la e levá-la de volta para a Califórnia com a gente.

— Você tem vontade de ir, Annie? — Keaton a fulminou com o olhar.

— Não.

Ela passou a mão na coxa dele para garantir que a possibilidade era bem remota.

— Diz ela que gosta de morar aqui — comentou Trevor e suspirou, sem nem disfarçar seu descontentamento.

Depois do segundo drinque, Annie sentiu a cabeça girar.

— Preciso comer mais.

Keaton chamou o garçom e pediu uma seleção de entradas variadas. A banda tinha chegado e começou a tocar. Os casais começaram a deslizar na pista de dança.

— Estou zonza — Annie disse a Steph.

— É melhor você ir dançar. Vai se sentir melhor depois de se mexer.

— Isso, vamos dançar. — Trevor virou-se para Keaton. — Você se importa se eu dançar com sua namorada?

— A decisão é dela — Keaton respondeu, apontando para Annie.

— Vamos, Annie?

Sem esperar a resposta, Trevor a puxou para a pista de dança.

Fazia anos que ela não se sentia tão leve. Há muito tempo que não soltava o cabelo, ria ou bebia um pouco. Foi ótimo deixar de lado as preocupações, se soltar, se divertir e reencontrar os amigos. Annie sabia que dançava bem e queria que Keaton soubesse que ela era mais que um rosto bonito. Ela riu quando Trevor a conduziu até o meio da pista. Com os braços para o alto, ela balançou o corpo no ritmo da música, enquanto Trevor dançava a sua volta. Várias pessoas olharam para os dois e outras assobiaram "fiu-fiu".

Annie voltou para o banco suada e quente, mas já não se sentia mais tonta por causa da bebida.

Keaton sorriu quando ela se aconchegou bem perto dele.

— É muito bom se soltar. Eu estava muito tensa desde que o dr. Bainbridge veio falar sobre... — Ela mordeu o lábio e deixou a frase sem terminar.

Keaton era observador demais para deixar passar.

— Desde que ele veio falar o quê? — exigiu ele.

Silêncio na mesa.

— Você devia contar logo para ele — aconselhou Trevor. — Ele tem o direito de saber o que houve.

— O que seus amigos sabem e eu não? — indagou Keaton, olhando um a um ao redor da mesa. — Annie, o que está acontecendo?

Annie deixou-se curvar para a frente. A última coisa que queria era que Keaton descobrisse daquela forma.

— Nada sério, mas preciso tomar uma decisão importante.

— Que tipo de decisão?

— Sobre trabalho.

Keaton olhou para os demais, esperando respostas, mas todos permaneceram quietos e impassíveis.

Para alívio de Annie, a comida chegou, interrompendo o assunto.

— Vocês querem beber mais alguma coisa? — perguntou o garçom.

— Não! — protestou Annie.

Se não tivesse bebido, ela jamais teria cometido tamanho deslize. Já estava cansada de saber que, depois de alguns drinques, não podia confiar em si mesma e falava o que lhe vinha na cabeça.

— Não vou beber mais porque estou dirigindo. Mas esses dois precisam de mais um drinque — disse Gabby, apontando para Steph e Trevor.

Os três voltaram à pista de dança, deixando Annie e Keaton sozinhos.

Keaton continuou quieto. Annie percebeu que ele havia se distanciado.

— Você vai deixar Oceanside, né? — perguntou ele.

— Eu... eu ainda não decidi. — Annie resumiu a história. — É uma oportunidade incrível. Talvez nunca mais apareça outra igual.

Ela o observou com o coração em disparada, ansiosa pela reação dele.

Keaton deu de ombros.

— Se é assim, você deve ir.

Annie ficou perplexa.

— Você não quer conversar a respeito?

— Não necessariamente.

Keaton estava tenso e distante, parecia que até olhar para ela era muito doloroso.

— Você não quer que eu fique?

— A decisão não é minha.

— Mas... — Annie estava chocada demais para formular uma frase inteira.

— Está tudo bem, Annie — disse ele, suavizando o tom de voz. — Eu sempre soube que você iria embora uma hora ou outra. Tive esperanças de que você ficasse por um ano, mas já entendi que isso não vai acontecer. Estou feliz com o tempo em que passamos juntos.

As bebidas chegaram e enquanto Annie pedia um copo de água, Keaton saiu rápido da mesa. Ela pensou que ele fosse ao toalete, mas em vez disso, o viu sair porta afora. Uma tristeza imensa a dominou ao vê-lo partir. Não era o que havia planejado. O fato de Keaton ter reagido com pouco caso, como se a partida dela não tivesse importância, quebrou o coração de Annie. O comportamento surpreendente a magoou demais.

256   *Debbie Macomber*

Trevor, Steph e Gabby voltaram quando a música terminou.

— Aonde o Keaton foi? — perguntou Gabby.

— Foi embora — Annie respondeu.

— Embora? — Steph repetiu. — Inesperado, né? Ele ficou chateado por causa de.... você sabe?

Annie confirmou com um sinal de cabeça.

Trevor tomou um gole do drinque.

— Eu devia ter ficado de boca fechada. Desculpe, Annie.

— Não foi você. Eu é que falei sem pensar.

Gabby colocou a mão no ombro de Annie para apoiá-la.

— Ele vai entender. Foi um choque. Dê um tempo para ele.

— Descobrir que nós soubemos primeiro deve ter sido um chute no ego dele — Trevor acrescentou.

Annie achou que talvez tivesse sido isso mesmo.

— Vou conversar com ele mais tarde e explicar tudo.

— Sinto muito — disse Gabby, solidária.

— Eu também — Annie concordou baixinho.

Eles pagaram a conta e saíram logo em seguida. Gabby deixou Annie em casa e os três foram para o hotel.

Assim que entrou no chalé, Annie tentou ligar pra Keaton. Ela estava péssima e queria muito consertar o erro. Keaton devia ter desligado o celular, porque as ligações caíram direto na caixa-postal. Ele também não tinha lido a mensagem de texto. Depois de várias tentativas de ligar e duas mensagens de voz, ela decidiu que era melhor esperar que ele a procurasse quando achasse melhor. A última mensagem de voz que ela deixou foi bem extensa.

Os dois precisavam conversar. O assunto não estava encerrado. Tinha esperança de que Keaton desse uma chance de ela explicar.

Annie passou a noite virando de um lado para o outro na cama e acordou com uma tremenda dor de cabeça. Mesmo de ressaca e sentindo-se horrível pela situação mal resolvida com Keaton, ela precisava estar disponível para os amigos. Eles se encontraram para um brunch e todos queriam saber o que havia acontecido com Keaton. Annie não tinha nenhuma resposta para dar. Keaton não retornara as ligações. Por volta do meio-dia, Gabby, Trevor e Steph decidiram ir embora mais cedo. Com tanta coisa acontecendo ao mesmo tempo, Annie estava longe de ser uma boa anfitriã. Além disso, a chuva também não era muito convidativa, e Seattle tinha muito mais a oferecer com o tempo ruim.

Steph foi a primeira a se despedir, abraçando-a com força.

— Não se preocupe, vai dar tudo certo.

Annie não estava tão certa. Àquela altura, Keaton já devia ter ligado.

Trevor foi o próximo a abraçá-la.

— Não suma, ok?

— Pode deixar — prometeu ela.

Gabby também se despediu com um abraço.

— Ligo mais tarde.

Annie continuou parada no mesmo lugar, observando-os entrar no carro e partir.

Depois de perdê-los de vista, virou-se para voltar ao chalé. Quase morreu de susto, levando a mão ao coração, quando viu o que estava bem a sua frente.

O pingente. O presente que havia dado para Keaton no aniversário.

A corrente estava enrolada no corrimão dos degraus da varanda, o pingente reluzia em contraste com a madeira antiga.

Keaton havia devolvido o presente, colocando onde sabia que ela encontraria... no mesmo lugar onde havia deixado alguns mimos tantas vezes antes. Mimos que ela guardava como se fossem pequenos tesouros.

Triste, Annie apertou o pingente na palma da mão, como se quisesse proteger um sentimento. Por um bom tempo, ela ficou ali pensando no significado da atitude de Keaton, rezando para que não fosse uma despedida.

CAPÍTULO 30

Annie esperou Keaton o sábado inteiro, mas ele não apareceu. Com aquilo, ficou claro que ele não tinha intenção de fazer nenhum contato, apesar dos vários recados de voz e texto. *Tudo bem, então,* pensou ao decidir que o procuraria e o faria ouvir.

O mais provável é que ele estivesse em casa. Annie bateu forte na porta e nada. Lennon latiu de dentro da casa, portanto era bem capaz de ele estar lá, mas, teimoso, não quis recebê-la. Se bem que a picape não estava lá...

— Keaton! Sou eu!

Se ele estivesse lá dentro, devia saber quem era, mas não estava a fim de esclarecer nada, o que a frustrou mais ainda. Keaton precisava saber que ela não aceitaria o pingente de volta. O coração de Annie continuava dele, querendo ele ou não, e por isso ela pendurou a corrente na maçaneta da porta.

Como não tinha certeza de que Keaton estava em casa, Annie dirigiu pela cidade à procura da picape dele. Foi um esforço em vão. Como não havia mais o que fazer, ela voltou para o chalé, triste, pensando no próximo passo. A necessidade de se acertar com Keaton era desesperadora e a deixou irritada.

Um lugar à beira-mar   259

Já havia passado a hora do jantar, mas Annie não estava com fome. Preston estacionou na frente da casa de Mellie e ela saiu correndo para encontrá-lo, na expectativa de que ele soubesse alguma coisa.

— Olá, Preston!

Preston a viu e ergueu a mão para cumprimentá-la. Annie notou que ele sorria, o que significava que a relação com Mellie ia bem.

— Estou trazendo um pouco de ração para os animais que Mellie acolhe.

Ele deu a volta na picape, tirou um saco de doze quilos de ração para cães da caçamba e jogou-o nos ombros.

Pelo que Annie sabia, Mellie não estava cuidando de nenhum cachorro ferido. A ração devia ser uma desculpa de Preston para visitá-la. Na certa, ele não percebia como estava sendo óbvio. Sem problemas. Mellie não o receberia se não fosse a sua vontade e deixaria aquilo bem claro.

— Você falou com o Keaton hoje? — perguntou ela, ansiosa para descobrir o máximo que podia.

Preston negou com a cabeça.

— Não o vejo há uns dois dias. Isso não é incomum. Uma hora ele aparece.

Annie ficou preocupada. Keaton e ela se comunicavam pelo menos uma vez ao dia.

Sempre por mensagem de texto.

Ela voltou para casa e pegou o celular. Apesar de já ter tentado várias vezes mais cedo, achou que devia insistir mais uma vez. Sabendo que ele não atenderia o celular, enviou uma mensagem de texto.

Por favor, me ligue.

Colocando o celular no balcão da cozinha, Annie ficou olhando para o aparelho, esperando o toque da mensagem, ansiosa por uma resposta imediata.

Não foi o que aconteceu.

Keaton não poderia ignorá-la para sempre. Uma hora teriam que conversar.

Annie não dormiu direito no sábado e passou o domingo aflita até lembrar que Keaton havia mencionado que estaria terminando o grafite da parede do banco. Ele trabalhava até tarde da noite. Pouco depois das 10 horas, ela foi andando até a cidade, procurando não ser vista, até chegar no prédio do banco, onde Keaton devia estar.

Conforme havia dito, ele estava diante do grafite. Só que em vez de pintar, ele estava passando um rolo de cal sobre a pintura numa velocidade assustadora, apagando o que já havia feito, destruindo o projeto que levara horas e horas para chegar naquele ponto. A bela paisagem ia sumindo cada vez mais.

— Keaton! — Annie gritou, horrorizada. — O que você está fazendo?

Ele parou, mas a ignorou.

— Não faça isso, Keaton, por favor!

A reação dele foi fazer exatamente o contrário, pintando parte do grafite que ela tinha admirado e elogiado.

— Pare! Pare! — exigiu Annie com as mãos fechadas em punhos, furiosa.

Era como se Keaton a estivesse ofendendo ao destruir algo que ela havia achado tão bonito.

Ele continuou passando o rolo em movimentos frenéticos, com pressa de apagar tudo o mais rápido possível.

— Fico triste em ver você fazendo isso. Qual é o seu problema? Por que destruir todo o seu trabalho?

Keaton olhou para ela, carrancudo.

— Vai embora! Saia daqui!

— Ir embora? — ela repetiu, gesticulando com as mãos, engolindo a mágoa. — É isso mesmo? Se é isso que quer, é o que vou fazer.

Keaton deu de ombros, como se a presença dela não fizesse diferença nenhuma.

Annie saiu correndo dali determinada a se afastar o máximo que podia dele. Chegou ao chalé com o coração apertado, furiosa e frustrada.

Com aquela última demonstração, ficou evidente que Keaton queria cortá-la de sua vida. Annie entendeu que ele queria proteger o coração, mas ao mesmo tempo aquilo destruía o *dela*. Só restava rezar para que ele percebesse como estava sendo injusto com os dois.

Exausta, ela se sentou no degrau da varanda e enterrou o rosto nas mãos, lutando para controlar a emoção à flor da pele. Quando o celular tocou, ela se animou, imaginando que era Keaton se desculpando.

A esperança morreu quando viu o nome de Mellie no visor.

— O que houve? Você machucou a perna ou algo assim?

— Não é nada.

Annie não estava com paciência para explicar o que estava acontecendo entre ela e Keaton.

— Até parece. Você está aí sentada como se estivesse carregando o mundo nas costas. Venha para cá. Vou fazer um café para nós.

Annie ficou na dúvida se devia ir, mas decidiu que seria bom conversar com uma amiga. A porta da cozinha estava destrancada, quando ela baixou a maçaneta.

Mellie estava diante da máquina de café, tirando uma xícara quando Annie entrou.

— Sente-se — Mellie ordenou, apontando para a mesa. Quando a xícara encheu, ela levou para Annie e colocou mais pó para tirar outra. Depois se sentou à mesa. Sem perder tempo, ela tomou um gole e encarou Annie. — Fala.

— É o Keaton — Annie falou com a voz fraca.

— Achei que fosse isso mesmo. É melhor contar logo o que você fez.

Ela apoiou os cotovelos na mesa e se inclinou para a frente a fim de ouvir melhor.

O mais engraçado da situação era que Mellie tinha culpado Annie antes de saber o que tinha acontecido. Annie resumiu a conversa que tivera com o dr. Bainbridge.

— Conclusão: você vai cancelar o contrato de aluguel e se mudar de Oceanside. Isso é apenas uma constatação e não uma pergunta.

— Eu... eu ainda não sei. Não ia dizer nada antes de decidir, mas acabei soltando sem querer quando estava com meus amigos e Keaton. — Ela debruçou na mesa e afastou o cabelo do rosto. — Sempre quis ser médica. Era o sonho do meu pai.

— Seu pai. Entendi. Seus pais morreram e você acha que ser médica os deixaria felizes?

Annie engoliu em seco.

— Não perdi só os meus pais, Mellie — disse ela, lutando para manter a voz firme, apesar da dor. — Minha família inteira faleceu.

O silêncio se abateu sobre o ambiente.

— A família inteira? Nossa, como foi isso?

— Um deslizamento de terra.

— Espere um pouco... Eu me lembro disso. Passou em todos os noticiários. Aconteceu numa manhã pouco antes do dia de Ação de Graças do ano passado, não foi?

Annie consentiu, grata por não ter que dar maiores detalhes.

— Eu devia estar com eles no dia — continuou ela, esforçando--se para conter as lágrimas. — Minha mãe queria que eu estivesse lá para reunir a família inteira. — A voz falhou. — Perdi meus pais, meu irmão, minha cunhada e minha sobrinha Bella... um bebê... um bebezinho apenas.

Àquela altura, lágrimas escorriam pelo rosto dela.

— Caramba! Sinto muito, Annie.

— Eu sei... todo mundo sente, mas isso não ameniza o fato de toda minha família ter morrido. A razão principal pela qual vim para Oceanside é porque aqui passei momentos felizes com todos nas férias de verão.

— Então era por isso que você queria tanto alugar o chalé.

— Durante anos passávamos uma semana lá no verão.

— Muitas famílias alugavam o chalé. Sinto muito não me lembrar da sua, Annie.

Mellie estava muito sensibilizada.

— Não quero que sintam pena de mim. Mudar para cá foi um recomeço... uma maneira de encarar o futuro em vez de deixar que o passado me derrubasse. Eu precisava fazer *alguma coisa*. Fiquei muito deprimida, afundando no desespero dia após dia. Todo mundo sabia o que tinha acontecido e queria falar do assunto e eu... eu não podia continuar me definhando por causa da tragédia.

Mellie esticou o braço sobre a mesa e segurou a mão de Annie.

— Entendo...

— Obrigada.

— Você contou a Keaton sobre isso?

— Ele só sabe que perdi meus pais.

Mellie pegou a xícara e tomou mais um gole de café.

— Keaton é uma pessoa complicada.

Annie fingiu rir.

— Não diga.

Mellie sorriu.

— Verdade, acho que você sabe disso tanto ou melhor que eu. Ele se abriu com você mais do que comigo. Annie, ele está com medo de perder você, só isso.

— Tenho a impressão de que Keaton não se importa se eu for embora ou não.

— E você acredita nisso? Pense bem, Annie. Ele está morrendo por dentro. E agora, como você pretende consertar isso?

Annie apoiou a cabeça nas mãos. Como poderia fazer alguma coisa se ele se recusava a conversar?

— Não sei — murmurou ela, sentindo-se horrível. Doía muito ter magoado Keaton. — Ele se recusa a falar comigo, nem tive chance de falar mais sobre essa oportunidade. A única coisa que ele disse foi para eu aceitar e virou as costas.

Annie ficou quieta e pensativa.

— Dê uma chance a ele. Keaton é igual aos cachorros feridos que traz para mim. Ele está na defensiva, mas, quando entender a situação, irá aparecer.

A comparação de Keaton com um cachorro ferido fez Annie sorrir genuinamente pela primeira vez no dia.

— Só espero que você tenha razão.

— Não que eu seja uma perita em relacionamentos, mas cresci com Keaton. Que eu me lembre, Preston era o único amigo dele. Ele poderia ter feito outros, mas não se interessava.

— Talvez porque tivesse que conversar.

— Tem razão, é bem provável. Ele sempre teve vergonha de seu tamanho, apesar de que poderia ter tirado vantagem se quisesse. Mas não, ele sempre preferiu ficar de lado. O técnico de luta-livre o convenceu a entrar no time, e ele se saiu muito bem. Derrotou todos os adversários que enfrentou, mas não gostava da atenção que recebia. Ele poderia ter sido campeão do estado, mas não quis competir. O técnico nunca o perdoou. Nem a escola.

Annie imaginou como Keaton tivera uma adolescência difícil.

— Durante todos esses anos de convivência, nunca o vi tão feliz quanto agora ao seu lado, Annie. Posso até gostar de ler romances, mas não acredito no amor e besteiras do tipo. Gosto da fantasia disso tudo, e quem não gosta? Você e Keaton renovaram minhas esperanças de que o amor é possível.

— É o que quero também.

— Acho que é o que todo mundo procura — disse Mellie.

Annie não podia estar mais de acordo.

CAPÍTULO 31

Annie não se surpreendeu quando Keaton devolveu o pingente pela segunda vez. E não estava com vontade de brigar por aquilo. Se ele estava determinado a tirá-la de sua vida sem nem ouvir explicação, paciência. Keaton havia tomado a decisão por ela. Depois de pensar muito, rezar e avaliar as opções, ela decidiu aceitar a oportunidade de cursar medicina. Disse a Mellie que sairia do chalé no final do verão e se ofereceu para pagar o ano inteiro. Mellie recusou. Não tinha dúvida de que Mellie tinha dito a Keaton sobre a mudança em setembro.

O dr. Bainbridge ficou exultante quando Annie aceitou a oferta da organização. Ela também estava feliz, apesar de sentir falta de Keaton a cada minuto do dia. Quer ele quisesse ou não, ainda era dono do coração dela. Annie comprou uma corrente mais curta e começou a usar o pingente.

Britt McDuffee e o namorado, Jimmy Lane, se graduaram no segundo grau em meados de junho. Annie ficou honrada quando Britt a convidou pessoalmente para comparecer à formatura.

No grande dia de Britt, Annie se sentou ao lado de Teresa, que passou o tempo todo dando batidinhas embaixo dos olhos com um lenço de papel. Logan estava sentado do outro lado, impaciente, balançando os pés, louco para voltar para casa e ficar com o filhote. Elas conversaram antes da cerimônia e Teresa não falou nada sobre a gravidez da filha, Annie também não puxou o assunto. Só as pessoas mais próximas de Britt sabiam. Ela já estava grávida de seis meses, mas a barriga mal aparecia.

Annie não sabia o que eles haviam decidido sobre o futuro, nem o que fariam com a criança. Sua opinião sobre o assunto já estava formada, mas achou que não devia se intrometer. Apoiaria Britt e Jimmy de qualquer jeito.

Quando o diretor da escola premiou Britt com uma bolsa de estudos, escolhida pelo corpo docente, Teresa vibrou de alegria e apertou a mão de Annie.

— Nunca tive oportunidade de ir para a faculdade — sussurrou Teresa, inclinando-se na direção de Annie. — Eu queria muito que Britt tivesse essa oportunidade. Pensei em pegar mais casas para trabalhar, qualquer coisa que pudesse fazer para ajudá-la a estudar. Essa bolsa vai ser a salvação.

Depois da formatura, Teresa convidou Annie e alguns amigos de Britt para comemorar em sua casa. Com Carl longe, ela podia fazer o que bem entendesse. Ninguém nunca soube do paradeiro de Carl, talvez tivesse saído do estado.

A festa foi um sucesso. Teresa era uma excelente anfitriã e devia ter passado dias na cozinha para preparar tudo. Annie nunca tinha visto Britt tão feliz, e sabia que Teresa estava contente em proporcionar aquela alegria para a filha. Keaton havia sido convidado. Annie achou que a ausência dele era por sua culpa, e doeu saber a que ponto ele havia chegado para evitá-la.

Annie percebeu que Keaton também tinha deixado de visitar Mellie. E se o fazia, devia ter sido nos horários em que não estava em casa. Ela comentou a respeito com Mellie.

— Faz duas semanas que não vejo Keaton — reclamou Mellie.

— Ele pediu para o Preston trazer minhas compras e a correspon-

Um lugar à beira-mar   267

dência. O pai dele está numa casa de saúde. Boa desculpa para não aparecer, mas você e eu sabemos que não é por isso, né?

Mellie percebeu que a notícia sobre o pai de Keaton deixara Annie aborrecida, embora ela tivesse se esforçado para esconder.

— Não se preocupe. Keaton não vai ficar longe para sempre.

Mellie fez um carinho na mão de Annie para confortá-la.

Annie bem que gostaria de acreditar, mas duvidava muito.

— Ele é homem — explicou Mellie. — Eles demoram mais para entender as coisas. Keaton quer o melhor para você, mas quer se proteger, mesmo que tenha que agir feito bobo.

— Ele tem o verão inteiro para pensar melhor. Não entendo por que não podemos aproveitar o tempo que ainda temos para ficarmos juntos.

Mellie resmungou.

— Sou a última pessoa a quem você deve pedir conselhos sobre homens. Todos os relacionamentos que tive foram um fracasso. Keaton não quer ouvir meus conselhos. Acho que você tem que dar um tempo a ele.

O restante do verão foi tumultuado na clínica com a quantidade de casos por causa da temporada turística. Annie tratou de tudo, desde queimaduras de sol até um rapaz que se machucara bastante surfando. Ela o confortara até que ele fosse levado de helicóptero para um hospital em Seattle com uma séria lesão na coluna.

Depois do trabalho extenuante, ela chegava em casa exausta. Os arbustos de amora e mirtilo tinham respondido bem ao adubo e ao sol. A fartura de frutinhas foi tanta que deu para fazer vários potes de geleia, que dividiu com Mellie e o pessoal da clínica. Bastava olhar para aqueles arbustos para pensar em Keaton e em todo trabalho feito para limpar o terreno e encontrá-los no meio do mato.

Vez por outra, Annie passava para visitar o pai de Keaton na casa de saúde. Não era uma obrigação, mas uma maneira de agradecer a Keaton por tudo o que fizera por ela. Era apenas um gesto de carinho que a fazia se sentir bem, mesmo que Keaton nunca soubesse.

Aos poucos, Teresa conseguia limpar mais cômodos da casa de Mellie. Claro que ao som de muita reclamação e choramingo. Por sorte, Preston estava sempre por perto para dar uma força e confortá-la.

Uma tarde no final de julho, Annie ouviu Mellie gritar com Teresa, que abria a porta da cozinha.

— Essa sacola de lã era da minha avó — gritou Mellie, como se Teresa estivesse jogando fora um tesouro de valor inestimável.

Recusando-se a ouvir, Teresa passou pela porta, puxando uma sacola enorme cheia de novelos de lã até a varanda.

— Você está proibida de roubar as lãs da minha avó! Eu ia usá-las.

— Você faz tricô ou crochê?

Mellie recuou, envergonhada, mas batendo a ponta do pé no piso.

— Não, mas um dia posso fazer.

— Se não fez até agora, não vai fazer mais.

— Você não sabe — insistiu Mellie, parada à porta, balançando-a para a frente e para trás, tomando coragem para sair da segurança de sua casa com o propósito de recuperar a sacola ignorada por muito tempo.

— Se você tem tanta certeza, venha buscar — desafiou Teresa.

Mellie continuou no mesmo lugar, querendo sair, mas sem coragem.

— Foi o que pensei — disse Teresa e acrescentou num tom mais ameno. — Além do mais, as senhoras do centro da terceira idade estão precisando de lã para tricotar gorros, luvas e cachecóis para as crianças refugiadas de outros países. Algumas delas deve ter sido inclusive amigas da sua avó. Ela ficaria feliz em doar.

Mellie gesticulou com as mãos para cima.

— Tudo bem, pode levar a sacola.

Annie ficou orgulhosa da amiga. Não deve ter sido fácil.

— Agora só falta você querer se livrar do faqueiro de prata da família.

— Não se preocupe — Teresa garantiu. — O faqueiro está bem guardado numa gaveta do bufê na sala de jantar.

— Bem... graças a Deus — Mellie resmungou, sarcástica.

— Agradeço a Deus todos os dias.

Teresa sorriu quando Mellie desistiu de argumentar.

Annie estava exultante com o progresso de Mellie. Quando se mudara para o chalé, Mellie nem abria a porta da casa. O máximo que fazia era olhar para o jardim através da janela. Agora ela aparecia na porta várias vezes. Havia poucos dias, Annie a viu esperando Preston chegar atrás da porta de tela.

Depois da temporada, Annie ficou com as tardes mais livres e continuou a trabalhar no jardim, tirando ervas daninhas dos vasos, plantando e aparando os arbustos. Também havia passado a trabalhar como voluntária no banco de alimentos e na casa de saúde.

Mellie e Annie se encontravam bastante. Mellie estava agradecida — bem, era o máximo que conseguia expressar — pelo trabalho que Annie tivera com o jardim, comentando positivamente de vez em quando.

Preston confirmou que Mellie estava feliz com as mudanças. A casa estava quase igual à época dos avós dela. Às vezes, Annie conversava com Preston durante uma visita a Mellie. A intenção era sempre saber de Keaton, mas quando ele percebia, logo dava um jeito para evitar o assunto.

Preston tinha visitado Mellie durante todo o verão. Eram raros os dias em que ele não arrumava uma desculpa para vê-la. E ficava até tarde. Annie estava convencida que tanta devoção havia amenizado o temperamento difícil de Mellie.

Na primeira semana de agosto, Annie soube que Mellie estava cuidando de três cachorrinhos muito malnutridos. Na certa,

Keaton os tinha levado para lá. A mãe havia morrido e os filhotes precisavam ser alimentados com mamadeira. Quando não estava trabalhando, Annie a ajudava.

Na terceira noite dos filhotes na casa de Mellie, Annie estava sentada no chão com um deles no colo, dando mamadeira. Era uma criaturinha adorável e a tentação de adotá-lo era grande. Se não fosse voltar a Seattle em breve, era o que faria. Ela conversava com o filhote, enquanto ele sugava faminto a mamadeira minúscula. Os outros dois já haviam mamado e estavam dormindo. Annie ouviu a porta da cozinha abrir e presumiu que era Preston, até escutar uma voz familiar.

Keaton.

— Precisa de ajuda? — ele perguntou à Mellie com as poucas palavras de sempre.

— Não, obrigada, Annie está me ajudando.

Annie ouviu Mellie responder e ficou esperando Keaton perguntar alguma coisa sobre ela, qualquer coisa que demonstrasse de alguma forma que ainda se importava com ela.

Mas ele não perguntou.

— Desculpe não ter vindo antes.

Annie franziu o cenho, a voz era de preocupação.

— O que está acontecendo? — Mellie deve ter percebido a mesmo uma coisa.

— Nada demais.

— Keaton, somos amigos há muito tempo para você me responder assim — Mellie o provocou com cuidado. — Você deve estar assim por causa do seu pai. Não sei o que se passa com você. Você não é mais o mesmo desde que Annie...

— Já pedi para não falar o nome dela! Nunca mais!

Annie se encolheu e baixou a cabeça, suspirando. Ao olhar para cima, para sua surpresa, viu Keaton parado à porta. Prendeu a respiração. Keaton ficou chocado também e perdeu o prumo só em vê-la. Ele parecia bem, apesar de estar abatido. Annie teve a impressão de ter se esquecido do tamanho dele, ainda mais por estar sentada, olhando para cima. O cabelo de Keaton estava mais comprido do que da última vez em que tinham se visto. Os olhos estavam fundos, talvez de noites sem dormir.

— Keaton... — ela sussurrou com a voz bem fraca.

Em vez de cumprimentá-la, ele se virou e saiu. Segundos depois, Annie ouviu a porta abrir e fechar. Ele não queria nem cumprimentá-la por educação.

— Keaton está com a cabeça cheia — Mellie comentou, aproximando-se. — O sr. Seth tem pouco tempo de vida.

Annie já sabia da condição de Seth Keaton, pois era voluntária na casa de saúde. Keaton devia estar passando por uma fase difícil, mesmo que o relacionamento com o pai sempre tivesse sido conturbado. Aquilo explicava o cansaço do semblante dele.

A melhor coisa tinha sido internar Seth na casa de saúde. Annie decidiu passar por lá no dia seguinte, disposta a fazer o que estivesse a seu alcance para ajudá-lo pelo simples fato de se tratar do pai de Keaton. Keaton não precisava saber.

— Keaton parecia cansado.

— Verdade — concordou Mellie. — Ele ainda é louco por você.

— Não precisa mentir. Ouvi o que ele disse. Keaton não quer me ver nem pintada de ouro.

— Você acha que ele estaria dando coices assim se não ligasse para você? Ele não consegue tirar você da cabeça, e Deus sabe o quanto ele está se esforçando. Não desanime. Ele está furioso por ter baixado a guarda e se apaixonado, além de frustrado porque o amor dele não é suficiente para convencer você a ficar.

Annie deu razão a Mellie, apesar de não ter tido a chance de conversar com Keaton sobre as opções e ouvir a opinião dele. Em vez disso, ele se comportara como um urso ferido, banindo-a completamente de sua vida.

* * *

Na tarde do dia seguinte, Annie foi à casa de repouso, mantida pela comunidade, e procurou a voluntária de plantão. Linda McKoen já era sua conhecida, uma enfermeira aposentada de alma boa. Quando perguntou sobre o pai de Keaton, Linda meneou a cabeça e disse:

— Aquele homem é uma figura bem desagradável.

Keaton já havia contado sobre o pai e por isso Annie não se surpreendeu com o comentário.

Procurando ser o mais silenciosa possível, ela foi ao quarto de Seth e o encontrou dormindo. Mesmo de bruços, era possível perceber que ele tivera o mesmo tamanho do filho, só que estava bem mais magro, quase que só pele e ossos, destruído pelo câncer. Desde as visitas anteriores, ela não tinha notado semelhança entre pai e filho, a não ser a altura. Talvez Keaton tivesse puxado mais a mãe.

Annie ficou ali parada por um bom tempo, observando-o dormir. Sem querer correr o risco de acordá-lo, saiu do quarto. Mesmo porque não saberia o que dizer caso ele abrisse os olhos. Não seria a primeira vez que o veria acordado, mas nunca tinham conversado. Seth não a conhecia, e por certo Keaton não havia falado a seu respeito.

— Você quer que eu diga a ele sobre sua visita? — perguntou Linda, depois que Annie saiu do quarto.

— Não precisa.

— Você conhece o Keaton? Ele é um rapaz tão bacana.

Annie concordou.

— Ele é uma pessoa muito boa.

— É verdade. Ele vem sempre aqui para saber do pai, mas não entra no quarto, apenas pede notícias.

— Se Seth precisar de alguma coisa, me avise.

— Pode deixar.

Annie foi embora pouco depois. Ao chegar no chalé, Britt a aguardava, sentada nos degraus da varanda.

Um lugar à beira-mar 273

— Olá, Britt — ela cumprimentou, reparando que a barriga de gravidez já estava visível.

— Olá. — Britt se levantou. — Queria que você soubesse que Jimmy e eu conversamos bastante e decidimos seguir seu conselho e procurar a agência de adoção. Você poderia ir conosco na primeira reunião?

— Claro, com muito prazer.

— Obrigada, Annie — Britt agradeceu e abraçou Annie por impulso.

Não seria fácil deixar Oceanside, mas Annie estava feliz por ter conseguido ajudar os outros tanto quanto a haviam apoiado.

CAPÍTULO 32

Annie estava terminando de lavar a louça do jantar quando se assustou com uma porta batendo com força. Levantando-se na ponta dos pés, olhou pela janela e viu Preston saindo da casa de Mellie apressado demais.

Ai, ai, ai... problemas no paraíso.

Durante as últimas semanas, Annie tinha notado que Mellie estava mais tranquila. Ela já não se incomodava com a presença de Teresa e parecia estar gostando de tirar o lixo de todos os cantos de sua casa. Teresa não só tinha limpado a cozinha, como já tinha feito grandes progressos na sala de estar. Mellie já não fazia mais tanto estardalhaço quando caixas e caixas saíam de sua casa.

Ao espiar de novo pela janela, Annie viu Preston parado ao lado do carro, olhando para a casa de Mellie. A expressão do rosto dele era uma mistura de raiva, arrependimento e decepção. Ele continuou ali por longos minutos antes de abrir a porta do carro e partir.

Mellie também o observava da janela da cozinha. Embora não estivesse vendo direito, Annie achou que o rosto dela estava vermelho, talvez de raiva ou por estar chorando.

Um lugar à beira-mar 275

Annie pensou em ver como a amiga estava. Havia duas hipóteses que poderiam acontecer: talvez ela fosse a última pessoa que Mellie quisesse encontrar naquele momento e exigiria ficar sozinha, ou gostaria da presença da amiga para ter um ombro para chorar.

Duas horas se passaram e Preston não tinha voltado.

Pensando em amenizar a *fera*, Annie assou um brownie de manteiga de amendoim, cortou-o em pequenos quadrados e os dispôs num prato. Armada com o bolo, atravessou o jardim na direção da casa de Mellie.

Chegando lá, bateu e entrou na cozinha, onde era mais provável encontrar a amiga. Mellie levantou a cabeça com os olhos cheios de esperança, até ver Annie, e desanimou. Annie esperava uma reação pior, que não veio.

— Achei que você precisaria do meu brownie especial.

Mellie olhou para o prato com uma cara feia.

— Ah... — disse ela, ignorando o bolo, que Annie colocou em cima da mesa. — Você deve ter visto o Preston sair daqui batendo a porta, certo?

— Ouvi alguma coisa, sim. Vocês discutiram por pensarem diferente?

Mellie pegou um quadradinho do prato.

— Pode-se dizer que sim.

— Não vou nem perguntar o que foi.

— Nem adianta.

Annie já sabia que seria perda de tempo. Mellie não era do tipo de fazer confidências a ninguém e nem pedir conselhos.

— A tristeza adora companhia, e já que estamos bravas com nossos homens, achei que poderíamos afogar nossas mágoas com doces.

— Prefiro uma dose de uísque puro.

— Não é uma má ideia.

Annie achou graça, já não tão séria.

Mas Mellie não estava brincando, tanto que abriu um armário em cima da geladeira e tirou uma garrafa de uísque Fireball. Encheu dois copinhos e deu um a Annie.

— A que vamos brindar? — perguntou Mellie, procurando uma boa razão para levantar o copo.

— À fraternidade das mulheres.

— À fraternidade dos homens estúpidos.

Annie não aprovou a sugestão.

— Keaton não é estúpido. Ele é só teimoso.

— Preston também. — Mellie ergueu o copo uma segunda vez. — À fraternidade das mulheres dos homens teimosos.

As duas tocaram os copos pela beirada e tomaram um gole. Annie sentiu a bebida descer queimando, mas a sensação foi boa.

Mellie colocou o copo sobre a mesa e deixou o olhar perdido através da janela.

— Falei para Preston não criar grandes expectativas quando começou a vir aqui com mais frequência. Deixei bem claro que eu não estava interessada em namorar. Não escondi nada. Ele já sabia o que eu pensava sobre um envolvimento romântico entre nós.

Já era a segunda vez que Preston tinha sido rejeitado, pensou Annie.

— Ele disse que tinha entendido.

Annie não iria cravar a amiga de perguntas, já que Mellie não tinha pedido conselho algum. Se ela quisesse opiniões, teria falado logo. Annie deduziu que ela precisava de alguém que a ouvisse.

— Falei para ele que eu só podia oferecer amizade.

Mellie baixou a cabeça e Annie poderia jurar que havia visto lágrimas nos olhos dela. Talvez pela dor de ter brigado com Preston, ou pelo uísque puro.

Annie concluiu que Preston havia se declarado para Mellie, confessando seu amor de muito tempo.

— Não preciso de homem na minha vida.

— Eu não tenho nenhum — acrescentou Annie.

Diferente da amiga, ela gostaria de ter exposto a Keaton as opções que tinha e resolver como o relacionamento deles poderia dar certo. Mas ele não quisera saber de nada.

— A culpa é minha — disse Mellie, segurando o copo com as duas mãos. — Permiti que Preston se aproximasse. Diz ele que eu o encorajei, e é verdade. Nós nos sentávamos juntos e conversávamos muito, às vezes durante horas. Nunca achei que tivesse tanto assunto com alguém. Fiquei triste quando ele foi embora porque eu ainda tinha muita coisa para contar.

Com Keaton e Annie tinha sido diferente. Palavras não eram necessárias. Os dois poderiam passar horas um ao lado do outro sem trocar uma palavra sequer. O silêncio era uma das coisas que ela mais sentia falta, mas também do jeito que Keaton a olhava como se estivesse diante da coisa mais preciosa do mundo e da maneira de segurar a mão dela e de beijá-la com carinho.

Keaton nunca a questionara muito ou exigira demais. Annie precisava tanto de tudo aquilo quanto do ar que respirava, e só percebera quando ele não estava mais por perto. O silêncio assumira um significado bem diferente depois da separação, ecoando a solidão e a perda. Keaton tinha preenchido um espaço em seu coração que ela julgara vazio para sempre.

Mellie tomou mais um gole e disparou:

— Preston disse que me ama.

Annie colocou uma das mãos no ombro dela para confortá-la. Mellie se esquivou, lembrando que não gostava de ser tocada.

— Preston disse que já gostava de mim desde a época da escola. Ele me ama há anos. — Mellie se calou por um instante como se fizesse esforços para esquecer o que ouvira. — Na época, não trocamos mais que algumas palavras. Qualquer pessoa diria que ele poderia ter se declarado antes.

— É o que se pensaria — disse Annie, apesar de ter certeza de que Preston havia perdido anos ensaiando para ter coragem de revelar seus sentimentos a Mellie.

— Como é que você sabe?

— Ei, eu concordei com você.

O uísque já tinha subido. Aliás, tinha sido por causa do álcool que perdera Keaton. Tinha consciência disso, depois de tudo, embora a bebida ajudasse a aliviar a dor naquele momento.

— Ele me beijou... — Mellie murmurou.

— E não foi bom? — Annie franziu a testa.

— Não... Foi maravilhoso.

— Jura?

— Sim. Não era o que eu esperava sentir. Nossa amizade estava indo bem. Eu nem sabia que tínhamos tanta coisa em comum. Temos uma história juntos. Nós dois crescemos em Oceanside. A maioria das pessoas vai embora, nós não fomos. Bem, eu saí por um tempo, mas voltei. Preston gosta de animais como eu.

— Sei...

— Ele joga *World of Warcraft* e eu também. Não tenho um amigo como Preston desde que fugi com Cal. — Mellie passou a mão no rosto e murmurou: — Cal foi o maior erro da minha vida. Eu devia ter saído fora quando ele começou a jogar charme para cima de mim. Tenho muita raiva de ter sido tão burra e ingênua para ter dado ouvidos para aquele canalha. Tenho vontade de me castigar, quando penso no que tive que aturar por causa dele. — Mellie fechou os olhos e baixou o olhar. — Até que ponto uma mulher pode ser tão estúpida?

— Você não era adolescente quando fugiu com ele?

Annie queria que Mellie entendesse que na época ela era jovem e tola. Todo mundo comete erros independentemente da idade. O importante é aprender com a experiência e ficar mais esperto.

Mellie não quis responder. Foi então que Annie entendeu a raiz do problema. Mellie não se perdoara e não seguira em frente. Ao contrário, vivia com medo de repetir o erro. Ela só precisava entender que estava se castigando ao se recusar a sair de casa e rejeitar o amor de Preston. Era uma forma de se autopunir.

Um lugar à beira-mar 279

— Preston não é Cal, Mellie.

Annie percebeu que não devia ter dito nada.

— Você conhece o Cal? — Mellie a fuzilou com o olhar.

— Bem, não...

— Então, você não sabe de nada.

— Não sei mesmo — Annie concordou para acalmar a amiga.

— Ele era um cafajeste traidor. Tudo o que dizia não passava de mentira deslavada. Eu queria acreditar e por isso achava que ele representava a verdade absoluta. Meu avô logo percebeu quem ele era. Eu os apresentei, e logo em seguida meu avô me proibiu de encontrá-lo de novo. Eu devia ter escutado. Teria evitado anos de sofrimento.

— Lamento.

— Agradeço todo dia a Deus por não ter me casado.

— Vocês não se casaram?

— Outra mentira. Cal já era casado. Claro que esqueceu de me dizer quando fugimos juntos. Na realidade, ele tinha duas ou três esposas espalhadas por vários estados. Só descobri depois de um ano. Devia ter largado ele na época, mas fui uma tremenda idiota por não ter percebido que o interesse dele era a minha poupança. Ainda bem que só tive acesso ao dinheiro aos 30 anos de idade.

Mellie estava tão ansiosa para encher o copo de uísque que acabou derramando o líquido pelas laterais.

— Acho que Preston nunca se casou — comentou Annie ao se lembrar do que Keaton dito.

Mellie a ignorou.

— Você sabia que ele consegue completar as palavras cruzadas da edição de domingo do *New York Times*?

— Não.

Annie não entendeu direito o significado da façanha.

— Eu não consigo passar da edição de quarta-feira! O jogo vai ficando mais difícil a cada dia da semana, caso você não saiba.

— Não sabia.

— Ele é muito inteligente. Nunca dei muito valor às notas dele na escola. Que desperdício. Devia ter percebido os sinais.

Annie se serviu de um pedaço de brownie, sabendo que precisava comer alguma coisa para neutralizar o efeito do álcool.

— Esses são meus! — Mellie a reprimiu e deu um tapa na mão de Annie.

— Mas fui eu que fiz.

— Asse mais. Não quero dividir os meus. Preston gosta... — Ela parou de falar de repente, olhando para o prato de brownies, empurrando-o em seguida para Annie. — Sirva-se. Preston não vai voltar.

— Não é certeza. Você não me disse para dar um tempo a Keaton? Acho que devia ouvir o seu conselho.

— Eu o mandei embora.

Aquilo não era um bom sinal. Não tinha sido à toa que ele saíra de lá magoado e rejeitado.

— Falei que nunca mais queria vê-lo.

Annie teve vontade de gritar de frustração. Pobre Preston. Foram semanas de visitas à Mellie até ele criar coragem para revelar o que sentia. Ele devia ter ficado péssimo por ter sido chutado para fora com a exigência de nunca mais voltar. Annie ficou com o coração apertado pelo rapaz.

— Você o ama — ela falou baixinho, esperando a reação de Mellie à verdade.

— Não — disparou Mellie, resoluta.

— Ama, sim. Você só fala dele.

— Falo nada. Você é que fica perguntando.

— Não é verdade, Mellie. Foi você que puxou o assunto, não eu.

Mellie se enrijeceu disposta a continuar a discussão, mas mudou de ideia ao repensar na conversa. Arregalou os olhos ao se dar conta que Annie podia estar certa. De fato, ela havia falado em Preston sem parar.

— Você acha que amo Preston?

Um lugar à beira-mar 281

Annie confirmou, rindo.

— Eu só queria que fossemos amigos.

— Vocês são amigos. Aí é que está a beleza de tudo. O amor, baseado na amizade e experiências compartilhadas, é mais duradouro.

Annie pensou na ironia de dar conselhos quando sua própria experiência amorosa tinha sido um fracasso total.

— Nunca fui muito sociável, mas gosto da companhia de Preston.

— Vocês podem rir e chorar juntos, Mellie. E o melhor de tudo é que você pode ser autêntica. Preston ama você. Desculpe-me por ser direta, mas você não é uma mulher fácil.

Annie fechou os olhos, esperando levar bronca por ter sido tão honesta.

— Eu sei...

Já que Mellie tinha aceitado a verdade nua e crua, Annie decidiu dizer mais uma.

— Você disse que se arrependeu de ter fugido com Cal.

— Foi o erro mais estúpido da minha vida.

— E você quer se punir por isso.

Mellie estreitou o olhar.

— Eu disse isso? Não falei...

— Falou, sim. Mellie, minha querida amiga, é isso mesmo que você está fazendo. Você está se castigando se trancando nessa casa. Você se recusa a perdoar a si mesma por ter acreditado nas mentiras de Cal e por ter perdido todos esses anos sem objetivo na vida.

Mellie fechou a cara.

— Obrigada, dr. Phil. — Ela empurrou o prato de brownies para Annie. — Acho que já está na hora de você ir. Leve isto. Não preciso que tenha pena de mim e nem dos seus conselhos.

Annie se levantou e levou o copo até a pia.

— Existem pessoas que se preocupam com você. Preston ama você, e eu a considero uma de minhas melhores amigas. Você escolhe se quer aceitar esse amor e essa amizade, ou não.

CAPÍTULO 33

Keaton passou no abrigo de animais para visitar Preston. Fazia tempo que não o via, desde que Preston tinha assumido a tarefa de atender Mellie. Infelizmente, o relacionamento de Mellie e Preston tinha acabado de repente. Ele não sabia de detalhes e não queria se intrometer na vida pessoal do amigo. Preston tinha aceitado quando ele e Annie tinham terminado, nada mais justo que fizesse o mesmo. Na verdade, seria melhor se o relacionamento de Preston e Mellie tivesse dado certo, já que Preston a amava tanto.

Keaton esperou o expediente no abrigo terminar para entrar, assim os dois poderiam conversar sem muitas interrupções. Ele tinha descoberto que alguma coisa errada havia acontecido no relacionamento com Mellie quando Preston informou que não poderia mais entregar as compras e a correspondência dela.

Preston carregava um saco de ração pesado de baia em baia, enchendo as cumbucas dos cães. Os cachorros latiam alto e estavam agitados, esperando a vez de comer. O barulho era tanto que Preston não percebeu que não estava mais sozinho. Sem se anunciar, Keaton pegou outro saco de ração e começou a alimentar os cães do outro lado do canil.

Um lugar à beira-mar 283

Quando viu que tinha ajuda, parou para agradecer Keaton.

— Você está bem? — Keaton perguntou, quando estavam mais perto um do outro.

— E por que não estaria?

Confirmado, Preston estava com problemas. Não que Keaton fosse algum perito em descobrir. Já estava conformado com o fato de que Annie partiria em breve. Desde o começo devia ter percebido que o inevitável aconteceria. Depois de tudo, tinha a consciência do quanto havia sido um tolo em pensar que os dois poderiam ficar juntos. Se bem que achou que ela completaria pelo menos um ano na clínica. Nem o emprego, nem o aluguel do chalé a prenderam em Oceanside. Bastou uma oportunidade como desculpa para ela deixar a cidade. A esperança... Keaton brecou os pensamentos para não entrar num campo minado de negatividade. Tinha sido bobagem arriscar o coração. Apesar de consciente, apaixonara-se por uma mulher que muitos considerariam bem fora de seu alcance. Não seria fácil suportar a partida de Annie, talvez fosse a pior experiência de sua vida. Tinha sido uma decisão sábia aceitar o fato. Que Annie fosse feliz. Mas, para se proteger, ele não queria mais contato nenhum.

Preston estava resmungando demais. Se tivesse dito alguma coisa, Keaton não prestara a atenção. Ele havia prometido a si mesmo para deixar as coisas se resolverem sozinhas, porém Preston parecia arrasado e muito magoado. Keaton conhecia aquela dor muito bem. Mesmo sem saber se podia ajudar, decidiu tentar:

— Você e Mellie brigaram?

— O que você tem com isso?

Keaton deixou o saco de ração no chão e se apoiou na porta de uma das baias. Preston estava bem diferente do que costumava ser. Durante o verão inteiro, ele havia passado todo o tempo livre com Mellie e agia como um filhote feliz e despreocupado.

— Posso ajudar em alguma coisa?

Keaton abriu a porta da baia e um cachorro pulou em seus braços.

— Não, nada.

Os dois continuaram trabalhando em silêncio por mais um tempo.

— Você levou a correspondência de Mellie? — Preston perguntou, embora estivesse odiando não ter se segurado e falado o nome dela.

— Levei.

— Ela disse alguma coisa?

— Para mim, não. — Pensando melhor, aquilo não era comum. — Mellie nunca deixa de reclamar de alguma coisa.

Preston esboçou um sorriso, que logo desapareceu de seu rosto.

— Mellie estava abatida quando passei por lá.

Preston reagiu como se o fato não fosse surpresa e terminou de colocar ração para os cachorros. Keaton viu que os gatos e os outros animais já tinham sido alimentados. Na fileira em que estava havia várias baias vazias, por isso eles terminaram quase juntos. Preston guardou os sacos de ração, apagou as luzes e trancou as portas.

Keaton o acompanhou até a saída e parou de repente sem conseguir dar um passo adiante. Annie estava parada no meio do pátio de estacionamento. Keaton sentiu como se tivesse levado um soco no estômago e mal conseguiu respirar. Em geral, ele conseguia se controlar ao vê-la, mas daquela vez estava desprevenido. Os olhares de ambos se encontraram e ele sentiu uma força incontrolável empurrando-o até ela.

Annie tinha ficado tão chocada quanto ele, mas recuperou-se logo e o cumprimentou meneando a cabeça.

— Preston, você tem um minuto? — pediu ela, desviando o olhar de Keaton.

— Qual é o assunto? — Preston enfiou as duas mãos nos bolsos de trás da calça.

— Mellie.

Um lugar à beira-mar 285

— Algum problema? — A tensão dele era visível.

— Ela ama você.

Preston deu risada, negando com a cabeça.

— Ama tanto que me expulsou da casa dela. Quase fui empurrado porta afora.

— Você a assustou.

— Eu? Olhe para mim, Annie. Você acha que sou tão intimidador assim?

Annie não iria desistir fácil.

— Você disse que a amava.

Keaton virou-se para o amigo. Ele sabia que Preston era apaixonado por Mellie desde quando era um garoto franzino na escola que tinha ficado arrasado quando ela fugira com outro. Quando Mellie voltou, Keaton foi o primeiro a incentivá-lo a procurá-la. Preston foi rejeitado.

Fazia cinco anos.

Preston levou muito tempo para tomar coragem para se declarar a Mellie. O namoro até que tinha dado certo por um tempo.

— Bem, foi um erro.

— Não acho que tenha sido um erro. Ela está num estado lastimável...

— Ouça — Preston impediu que Annie terminasse a frase —, fiz o que pude e aprendi a lição. Nenhum homem gosta de expor o coração para ser pisoteado. Foi isso que Mellie fez.

— Entendo o que diz, mas...

Preston seguiu para a picape e abriu a porta.

— Homem nenhum gosta de saber que sua declaração de amor deixou a mulher num estado lastimável. Para mim, acabou.

— Preston, por favor, ouça.

— Não! — gritou ele, determinado. — Tentei e estou cansado de fazer papel de bobo.

Annie e Keaton ficaram impressionados. Desde que o conhecera, Keaton nunca o tinha ouvido levantar a voz.

— Chega. Fiquei atrás dessa mulher durante anos. Bem, agora não mais. *Acabou*, entendeu? Não quero mais nada com ela. Mellie deixou bem claro que não sente nada por mim. Tudo bem. Aceitei a decisão e agradeço a honestidade dela. Nunca achei que tivesse chance, mesmo.

— Uma mulher não pode mudar de ideia? — perguntou Annie e olhando para Keaton em seguida, acrescentou em voz baixa: — Ou um homem?

Preston permaneceu inabalável.

— Diga a ela que agora é tarde demais.

Keaton não imaginava que o amigo fosse tão teimoso.

— Será que você não pode pelo menos falar com ela? — suplicou Annie.

Preston estava decidido a não se abalar.

— Já ouvi tudo o que tinha que ouvir a respeito de Mellie.

— Está certo, entendo como você está se sentindo. Me diga, o que faria você dar uma nova chance a ela?

— Isso não vai acontecer.

— Ora, vamos, seja razoável — pediu Annie.

Keaton ficou admirado, não pensou que Preston teria forças para recusar um pedido de Annie. Ela não desistiria tão fácil.

Sem mais argumentos diante da teimosia de Preston, Annie olhou para Keaton pedindo ajuda. Ele negou com a cabeça, recusando-se a se envolver, achando que não devia defender Mellie. Ela era culpada por ter partido o coração de Preston.

Preston tirou o boné, batendo-o na coxa. Keaton sabia que aquela reação era típica de quando ele ficava frustrado ou inseguro.

— Mellie sabe que você está aqui? — ele perguntou a Annie.

Annie ficou vermelha, não querendo mentir. Mellie não fazia ideia da atitude que ela tomara.

— Foi o que pensei. — Preston soltou o ar dos pulmões ruidosamente.

Annie decidiu insistir com Keaton.

Um lugar à beira-mar   287

— Diga alguma coisa. Preciso de ajuda para resolver isso.

Keaton negou de novo.

Preston entrou no carro e já tinha engatado a marcha quando abriu o vidro.

Annie se aproximou da picape.

— Olha, vou dar uma última chance para Mellie, mas ela tem que me procurar.

— Procurar? Como assim?

— Foi isso que eu disse. Ela tem que sair de casa e vir até mim.

Annie se inclinou para a frente, achando que não tinha ouvido direito.

— Você sabe que ela não põe o pé fora de casa há cinco anos, né?

— Sei, sim. Mellie terá que provar que me ama tanto quanto você diz.

— Mas, Preston...

Nada do que Annie dissesse o faria mudar de ideia. Sendo assim, Preston ligou o carro e saiu, deixando Keaton e Annie sozinhos no estacionamento do abrigo de animais.

Annie surpreendeu Keaton virando-se para confrontá-lo.

— Você não ajudou em nada.

O tom de voz ríspido fez com que Keaton levantasse as duas mãos como se uma arma estivesse apontada em sua direção.

— Você viu o estado da Mellie, sabe o quanto ela está infeliz, e mesmo assim se recusou a ajudar. Que tipo de amigo você é?

— Um amigo que cuida da própria vida.

— Está certo. Que seja.

Assim dizendo, ela saiu batendo pé e indignada até onde havia parado o carro. Keaton sabia que não deveria impedi-la, mas com ela em sua frente seria difícil deixá-la partir.

— Eu soube que você foi até a casa de saúde visitar Seth.

Keaton preferia não chamar aquele homem de pai. Seth não merecia tamanha consideração.

Annie diminuiu o passo.

— É que... achei que ele já tivesse morrido.

Os médicos disseram a mesma coisa. Seth estava resistindo, mas sem muita noção de onde estava ou por quê.

— Ele não morre de ruindade.

— Ele não é um paciente muito querido.

Aquilo não era nenhuma novidade para Keaton.

— Não se sinta na obrigação de visitá-lo por mim.

— Tudo bem. Não vou. Você quer me dizer mais alguma coisa? — exigiu ela, brava e com as mãos na cintura.

— Nada sério. Você vai embora. Desejo tudo de bom. Até que você ficou bastante, mais do que eu esperava.

Os olhos de Annie brilhavam de raiva quando ela bateu o pé com tanta indignação que soou no ouvido dele como uma bomba.

— Acontece, Keaton, que me deram uma oportunidade que jamais terei outra igual.

— Eu soube. Parabéns. — O tom sarcástico ficou evidente. — Você deve estar feliz de sair desse fim de mundo que é Oceanside.

— Você sabe que isso não é verdade.

Keaton preferiu ignorar a dor no tom de voz dela.

Annie continuou andando, quando de repente virou-se e o encarou.

— Keaton, por favor, você precisa ajudar Mellie. Juro que esse é meu último pedido.

Keaton sentiu o peito doer e entendeu que era quase impossível recusar alguma coisa para Annie. E pensar que acreditava estar imune. Foi um baque descobrir que tinha passado semanas se obrigando a não pensar nela e não tinha adiantado nada. O esforço tinha sido grande para deixá-la partir sem mágoas. Era frustrante se dar conta que ela ainda exercia tamanho impacto emocional sobre ele. Keaton achava que era mais forte do que isso.

— Entendo por que Mellie está assim — continuou Annie. — Ela está se punindo por ter abandonado os avós que a mimavam tanto. Ela era a única neta e os trocou por um homem que não merecia seu amor, escolheu ficar com ele em vez da família...

— Ela contou tudo isso?

— Contou. O uísque a incentivou.

— Está explicado.

— Mellie ficou com Cal durante anos porque era orgulhosa demais para admitir que os avós tinham razão. Quando finalmente percebeu a farsa na qual vivia, já era tarde. É por isso que ela não quer jogar fora nada que pertenceu aos avós. Todas aquelas caixas estão cheias de coisas deles.

— Isso não explica por que ela não sai de casa.

— Explica, sim. Não sair é uma forma de autopunição. Ela própria não se perdoa, por isso fica enfurnada numa casa onde um dia foi amada.

— O que você quer que eu faça? — perguntou Keaton, decepcionado por ceder quando havia se proposto a ser forte.

— Fale com Preston, eu lido com Mellie. Vou explicar a ela o que Preston falou. Se ela mostrar vontade de sair de casa é porque o ama de verdade.

— Ela o ama mesmo? — Keaton duvidou.

Assim como o amigo, ele também dera uma chance para o amor e acabara se decepcionando. O pouco orgulho que restara estava sendo usado para não demonstrar a Annie que estava morrendo por dentro com a separação deles.

— ELA. AMA. PRESTON.

Os olhos de Annie reluziram à luz do sol do final da tarde. Keaton achou que ela falava com o coração, e não se referindo a Mellie e Preston, mas sim de seu amor por ele.

Keaton resistiu à tentação de estreitar a distância entre eles. Foi preciso empenhar o restinho de força que ainda possuía para não a abraçar. Fazia dois meses que os dois não conversavam tanto daquela maneira. A cada minuto ele se sentia mais fraco. Precisava sair dali o quanto antes.

— O que você quer que eu diga para o Preston?

— Sei lá. Arrume um jeito para levá-lo até a casa dela no final da tarde de segunda-feira, depois do meu expediente na clínica.

Keaton balançou a cabeça. Annie estava pedindo o impossível.

— Invente uma desculpa. Faça alguma coisa, dê um jeito.

— Você acredita de verdade que convence Mellie a sair?

— Vou fazer o possível. E se ela conseguir, Preston ficará convencido.

Annie estava sonhando, pensou Keaton, mas faria a parte dele porque ela havia pedido. Não havia a menor chance de Mellie sair de casa por Preston — por amor, ou por qualquer outra coisa.

CAPÍTULO 34

"Os homens são difíceis".

Para Annie, esse era o maior eufemismo que já tinha ouvido. Ela já havia desistido de entender Keaton. Ainda era difícil compreender a razão de ele ter terminado o namoro sem ao menos ter conversado sobre as opções dela. Ele a havia banido de sua vida por completo. No começo, ela tinha ficado chocada e magoada, mas com o tempo veio a indignação. Não imploraria para ser ouvida e seria tão orgulhosa quanto ele.

Até então, ele só tinha se mostrado receptivo para ajudá-la a levar Preston até a casa de Mellie na segunda-feira à tarde. Ela quase precisou se jogar de um precipício para fazê-lo concordar com a ideia.

Preston e Keaton deviam ter saído do mesmo molde. Não era à toa que eram amigos havia tanto tempo. Preston não estava disposto a se curvar para Mellie. Ele havia se aberto e aceitara a rejeição. Por conta disso, se recusava a dar a Mellie mais uma chance de demonstrar seu afeto. E ele tinha caprichado na exigência. Annie teria trabalho para convencer Mellie a deixar os medos de lado para provar a Preston que o amava também.

A primeira parte do plano, levar Preston até a casa de Mellie, já tinha dado certo. Bastava apenas convencer Mellie a encontrá-lo do lado de fora da casa. Talvez não fosse tão difícil assim, pois tinha conseguido vencer o orgulho e a teimosia de Preston. Ou, pelo menos, era o que imaginava.

Com uma desculpa em mente, Annie passou na casa de Mellie depois de chegar da clínica na segunda-feira ao fim do dia.

— Alguém em casa? — Annie foi entrando sem bater. — Trouxe um maço de manjericão e alguns pepinos.

Mellie estava sentada à mesa da cozinha, alheia em seu mundo particular, jogando videogame. Desviou o olhar do laptop quando Annie chegou.

— Quer que eu coloque na geladeira para você?

Mellie encolheu os ombros. Nas últimas semanas, ela estava cada vez mais distante, razão pela qual Annie tinha decidido procurar Preston.

Depois de guardar as verduras, Annie puxou a cadeira, sentou-se na frente de Mellie e colocou os cotovelos sobre a mesa.

— Adivinhe quem eu encontrei?

— Por que eu teria algum interesse em saber?

— Deveria se soubesse que se trata de Preston.

— Grande coisa.

Annie teve vontade de revirar os olhos.

— O nariz de alguém vai crescer.

Mellie se segurou para não rir, prendendo o mouse com força.

— Pode parar com esse bom humor e me contar o que Preston disse. Se bem que não pode ser nada muito bom.

— O que você quer saber?

Mellie abrandou a atitude, lutando para disfarçar os sentimentos. Annie conhecia bem aquele tipo de comportamento, pois também precisara esconder as emoções da tia e da prima depois da tragédia. Ela havia se tornado uma boa atriz, fingindo que estava tudo bem.

Um lugar à beira-mar 293

— Ele... está bem?

— Se a pergunta for sobre saudade, posso afirmar que ele está pior que você.

Mellie sentiu um nó na garganta.

— Verdade? Ele sente minha falta?

— Sim, mas também está magoado e bravo.

Mellie fechou o laptop, empurrando-o para o lado.

— Falei coisas horríveis para ele.

Annie tinha esperanças de reparar o estrago. Mellie reagia como uma cascavel quando colocada contra a parede. Não pensava duas vezes antes de atacar, soltar seu veneno e deixar uma ferida feia na outra pessoa. Quando ainda não eram amigas, Annie fora atacada umas duas vezes também.

— Você se arrependeu?

— Sim, mas acho que agora não adianta mais.

— Você disse isso a ele?

— Eu... tentei, mas ele bloqueou meu número. Quando saiu daqui ele disse que não voltaria mais. Pelo visto foi o que fez. Eu... não o vi mais nem soube dele... acho que nem vou mesmo. — Mellie fitou Annie com olhos cheios de dor. — Ele... ele falou de mim?

— Eu falei primeiro.

— O que ele disse?

Era raro Mellie reagir sem ser com raiva ou irritação, tanto que Annie pensou bem antes de responder:

— Bom, foram várias coisas...

Annie ainda não sabia ao certo como contar sobre a condição que Preston havia imposto. Talvez estivesse forçando a barra demais e temia que sua interferência pudesse piorar ainda mais a situação.

— Pode falar o que for, estou preparada para ouvir.

Mellie cruzou os braços, tensa.

Annie não sabia que Mellie era tão transparente.

— Vou dizer o que eu disse primeiro. Expliquei que você reagiu daquele jeito por medo e que o ama também.

— Imagino como ele tenha reagido. Não deve ter acreditado numa só palavra, né? Bem, a culpa foi dele. Quem mandou se abrir daquele jeito? Eu gostava de como estávamos indo, mas ele estragou tudo. — Mellie ficou em silêncio, revivendo a cena. — Ele demorou bastante para se declarar. Começou falando do quanto me admirava na época da escola, como ficou muito triste quando fugi com Cal, mas que nunca me esqueceu e ficou feliz quando voltei. Tão contente que me convidou para jantar e eu recusei. Na verdade, eu não estava muito bem naquela época... Acho que não estou muito melhor hoje em dia. Depois disse como gostava da minha companhia e contou como era grande o amor que sentia por mim.

— Acho que Preston devia ter esperado você absorver tudo primeiro.

Mellie não esperava que Annie concordasse com ela.

— Eu... não pensei que sentiria tanta falta dele assim. Nunca precisei de alguém como preciso de Preston. Pena que não posso fazer nada para reverter a situação.

Pronto, aquela era a abertura que Annie estava esperando. Mellie tinha falado o que que ela queria ouvir.

— E se eu disser que você pode se redimir com Preston? Existe uma maneira de voltar atrás e ficar melhor do que era antes.

Mellie levantou a cabeça com os olhos cheios de esperança.

— Ele quer voltar comigo?

— Quer.

— Então, por que ele não está aqui?

Annie respirou fundo e falou de uma vez:

— Preston disse que se você o ama, terá que ir até ele.

Mellie ficou pálida.

— Ele não pode ter falado sério.

— Segundo ele, essa é a única maneira de você provar que o ama de verdade.

Um lugar à beira-mar 295

— Claro que ele não pediria algo mais fácil, né? — Mellie esfregou as mãos nas coxas várias vezes. — Ele sabe, melhor do que ninguém, que não posso sair dessa casa.

— Mas você *pode*, Mellie — Annie continuou falando com todo cuidado.

— Para você é fácil falar.

— Mas é fácil mesmo. A questão é: você está mesmo disposta a demonstrar seu amor por Preston?

— Você sabe que sim, mas não posso sair de casa. Não quero mais ouvir você insistir no contrário.

— Certo, vou refazer a frase. Você *não vai* sair de casa.

— Tem razão, *não vou.*

— Nem pelo Preston?

Mellie pressionou as palmas das mãos nos olhos.

— Eu quero, mas acho que não consigo. Por ninguém. Tentei uma vez, fui até a porta, abri, olhei para fora e quase desmaiei. Comecei a suar e achei que teria um ataque cardíaco. Fiquei muito nervosa.

— Esses são sintomas clássicos de um ataque de pânico.

— Desconfiei que fossem mesmo. — Mellie exalou o ar dos pulmões, curvando os ombros para a frente. — Cinco anos é muito tempo.

— É verdade. Olhe, foi difícil fazer Preston ouvir a razão. Ele não queria ceder, Mellie, e continuou afirmando que é isso que você precisa fazer para provar seu amor. Ele não vai mudar de ideia. Keaton estava junto quando conversamos.

— Keaton? Ele foi com você falar com Preston?

— Não, ele já estava no abrigo quando cheguei.

— Ele falou com você?

Annie gesticulou confirmando. Keaton havia passado meses evitando-a, sem querer nem conversar. O golpe emocional de encontrá-lo foi tanto que ela chegou a cambalear.

— Pedi ajuda a ele.

— E ele concordou?

— Sim, e vai trazer Preston aqui hoje.

— Aqui? — Mellie se encheu de esperança. — Hoje?

— Isso mesmo, daqui a pouco.

Até aquele momento, Annie não sabia como Keaton convenceria Preston, mas ele havia assegurado que daria um jeito.

— O que vai acontecer?

A expectativa fez com que Mellie arregalasse os olhos e se sentasse na beirada da cadeira.

Annie rezou para que Mellie entendesse a seriedade de sua decisão.

— Das duas, uma: ou você passa por aquela porta e vai até ele...

— Ou Preston vai embora para nunca mais voltar.

— É mais ou menos isso.

Mellie olhou para o relógio.

— Que horas ele vem?

Mellie tinha acabado de perguntar quando as duas ouviram a porta de um carro bater e depois a outra. O som ecoou pela cozinha.

— Acho que eles chegaram — anunciou Annie.

Mellie deu a volta na mesa e agarrou o braço de Annie com força suficiente para deixar um hematoma. Annie cerrou os dentes para suportar a dor.

— Não estou pronta! Você devia ter me avisado antes para que eu pudesse me preparar. Não dá, Annie, não posso fazer isso.

Annie respirou fundo, pensando em como acalmar a amiga.

— Então, não há futuro para vocês dois juntos.

— Isso é muito injusto. Já disse que não posso fazer uma coisa dessas. Posso morrer se sair de casa.

— Você é jovem demais para ter um ataque cardíaco. Não preparei você antes para enfrentar esse medo para não ter chances de você pensar muito.

— Quer dizer que você fez tudo de caso pensado?

— Tive o fim de semana inteiro para resolver como convenceria você. Quanto mais você pensar, maior será a ansiedade.

— Não posso. Por nada... ninguém... nem por Preston.

— Qual a pior coisa que pode acontecer? Posso garantir que você não vai morrer.

— Eu... e se eu desmaiar? Vai ser humilhante.

Mellie cobriu o rosto com medo.

— Pode ser constrangedor mesmo. Mas ainda é melhor do que nunca mais ver Preston. Você pode desmaiar ou ter um bom homem que ame você.

Mellie pressionou os lábios.

— Se eu não sair, ele vai acabar mudando de ideia e voltamos ao que era antes.

Ela olhou para Annie, esperando confirmação.

— Pode ser... — Annie concordou, sabendo que depois do que Preston dissera na sexta-feira, seria pouco provável que ele voltasse atrás. — E se ele não voltar? Você quer arriscar?

Mellie estava muito pálida, a ponto de desmaiar, de fato, e ainda nem se afastara da mesa. Annie duvidou que ela chegasse até a porta, muito menos sair para encontrar Preston.

A porta se abriu e Keaton entrou. Annie sabia que ele viria com Preston, mas não estava preparada para o impacto de vê-lo de novo. Os dois ficaram se olhando como se o tempo tivesse parado por alguns instantes. Ele foi o primeiro a desviar o olhar.

— Preston está esperando lá fora — anunciou Keaton.

— Eu só disse a Mellie que ele viria agora há pouco — informou Annie.

Keaton franziu o cenho em desaprovação.

— Acho que ela não tem muito tempo. Foi difícil arrastá-lo até aqui.

Mellie levantou a cabeça, mais pálida do que nunca.

— Preston está aqui?

— Lá fora. Esperando.

O olhar que Keaton lançou a Annie dizia que ele tinha usado todo o seu poder de persuasão para que o encontro acontecesse.

Annie levantou-se e passou o braço pelos ombros de Mellie.

— Peça para ele ter um pouco de paciência.

— Isso não vai dar certo — murmurou Keaton. — Ele já não queria vir, duvido que vá ficar por muito tempo.

Mellie voltou a se sentar.

— Peça a ele para me dar uma chance. Não é fácil para mim.

— Ele quer uma prova. Você o ama, Mellie?

— Amo.

— Então terá que provar que está sendo sincera.

— Certo, vamos fazer o seguinte. Um de vocês fica perto de mim para o caso de eu desmaiar.

Keaton e Annie entreolharam.

— Eu fico — Keaton ofereceu. — Annie é capaz de você cair junto.

Annie ficou feliz com a pequena demonstração de preocupação.

Mellie se levantou e na mesma hora seus joelhos se dobraram. Ela gritou, caiu na cadeira e enterrou o rosto nas mãos.

— Não posso! Não consigo!

CAPÍTULO 35

— Desculpe... — Mellie sussurrou em lágrimas, arrasada. — Sinto muito...

— Vou dizer a Preston — disse Keaton, saindo da cozinha.

— Como fui eu que provoquei isso, acho que devo falar com ele. Annie o seguiu, segurando a porta antes de fechar.

Ansioso, Preston andava de um lado para o outro em frente aos degraus da varanda. Parou quando viu Keaton e Annie saindo juntos da casa.

— E aí? Ela vem ou não?

Annie e Keaton se entreolharam. Pela postura de Preston, Annie entendeu que de fato era melhor que ela desse a notícia. Apoiada no corrimão da escada, ela o encarou, procurando as palavras certas para dizer:

— Ela ama você, Preston, e daria tudo para retirar as coisas horríveis que falou. Ela não queria ter dito nada daquilo.

A expressão esperançosa do rosto dele se transformou.

— Responda a minha pergunta. Ela vem ou não?

Annie engoliu em seco e desceu a escada.

— Não.

— Foi o que pensei.

Ele se virou e seguiu até o carro, mas Keaton o impediu.

— Espere um pouco. Annie vai explicar o que houve.

— Desde quando você é o defensor de Annie? — exigiu Preston. — Nos últimos tempos, você quase arrancava minha cabeça fora sempre que eu mencionava o nome dela. Por que, de uma hora para a outra, você quer que eu ouça o que ela tem a dizer? Esquece!

— Por favor, Preston — suplicou Annie, esticando o braço na direção dele. — Mellie estava determinada a sair, mas as pernas fraquejaram. Ela ficou paralisada de medo. Ela queria muito fazer o que você pediu, mas não conseguiu.

— É uma pena. Vou embora. Keaton, você vem comigo ou não?

— Eu só disse a Mellie o que pretendíamos fazer agora há pouco — gritou Annie numa tentativa desesperada de impedi-lo de partir. — Ela não teve tempo de tomar coragem.

Preston parou no meio do caminho.

— Por que tanta teimosia, Preston? Por que não se contenta com Mellie dizer que ama você? — indagou Annie, esperando que ele explicasse por que seu ego e orgulho exigiam uma prova concreta. — O que acontece com você? O amor não é suficiente? O que você quer? Sangue?

Ela estava gritando com Preston e com a intenção de que Keaton vestisse a carapuça.

Preston ignorou o desabafo de Annie.

— Vou deixar você aqui, Keaton.

Então, uma voz fraca soou da porta da casa:

— Espere... Por favor...

Os três viraram para trás ao ouvirem o pedido de Mellie. Ela estava segurando com as duas mãos no batente da porta, branca igual a um fantasma, balançando como se estivesse prestes a desmaiar, mas lutando para se manter em pé.

Preston ficou imóvel, sem acreditar nos próprios olhos. Annie também estava completamente paralisada. Mellie tinha conseguido se levantar e tinha andado até a porta aberta. Agora precisava dar um passo para sair até a varanda.

— Você disse que eu tinha que provar que te amo — disse ela a Preston com a voz trêmula.

— Já é um começo — respondeu Preston, ainda disposto a não ceder.

— Até onde preciso ir? — Mellie ainda segurava no batente da porta.

Preston parou com um sorriso largo para encorajá-la.

— Depende do quanto eu for importante para você, Mellie.

— Tão importante que estou me arriscando a ter um ataque cardíaco — retrucou Mellie com a voz mais firme e a cor voltando aos poucos ao rosto.

— Você ainda não saiu de casa.

Como se ela não tivesse percebido.

— Eu sei. Até a varanda está bom?

Preston inclinou a cabeça, considerando a pergunta de suma importância.

— O trato era que você viesse até mim.

— Descer as escadas?

Para ela era o mesmo que ir nadando pelo Pacífico até o Havaí.

— São só seis degraus, Mellie. Se você me ama, isso não é nada.

— Se você me amasse, Preston, não me pediria algo assim.

— Quem disse que te amo?

— Você mesmo.

— E me fez muito bem desabafar.

— Vocês dois vão ficar aí brigando? — perguntou Annie, impaciente, embora consciente da dificuldade e da necessidade de Mellie ir até o final.

Nunca imaginou que Preston pudesse ser tão exigente e irracional. Aquela era uma atitude esperada de Mellie, e não de alguém dócil como Preston.

Mellie deu um passinho para a fora de casa, ainda se segurando no batente da porta para não cair.

— Um pequeno passo para a humanidade... — Preston abriu um sorriso maroto.

— Não me venha com sarcasmos, Preston Young.

Ela deu um passo, outro, até precisar soltar do batente.

Annie arregalou os olhos, perplexa. Depois da conversa que tivera com Mellie, achou que tinha perdido tempo tentando convencê-la a sair de casa. Ao olhar para Preston, notou que ele não estava mais tão tenso, mas rindo de felicidade.

— Os degraus! — gritou Mellie. — Você vai mesmo exigir que eu desça?

— Preston... — chamou Keaton, achando que o amigo estava indo longe demais.

— Você vem me encontrar, Mellie?

O olhar de Preston estava focado nos pés dela, esperando que se movessem.

— Se isso provar que eu te amo.

Os passos de Mellie eram curtos, mas avançavam.

— E você me ama, ou não?

Mellie segurou na pilastra da varanda.

— Saiba que você é a única pessoa por quem eu sairia de casa.

Os passos de Mellie não estavam muito firmes. Annie levou a mão à boca, temendo que ela perdesse o equilíbrio ao descer a escada. As chances de cair eram grandes.

Agarrada à pilastra, Mellie baixou o pé até o degrau.

— Chega! — gritou Preston, subindo a escada e levantando-a pela cintura. — Você já foi longe.

Ele a girou antes de colocá-la no chão. Em seguida, segurou-lhe o rosto e a beijou.

As lágrimas de Annie turvaram a visão que tinha do casal. Olhou para Keaton, que estava tão estarrecido quanto ela.

— Nós conseguimos, Keaton! — Tomada pela emoção, ela o enlaçou pela cintura e colou o rosto no peito largo. — Achei que ela não conseguiria.

— O amor move as pessoas a fazerem coisas estranhas.

Keaton estava tão feliz quanto Annie e retribuiu o abraço, passando a mão pelas costas dela. Os dois ficaram abraçados, saboreando o momento.

Quando se separaram, Annie se virou para olhar Mellie e Preston. A alegria no rosto deles era tão visível quanto as nuvens no céu azul. Ela ainda enxugava as lágrimas do rosto, quando Keaton a abraçou por trás. Annie se encostou nele, grata pelo apoio e por ele ter concordado em ajudá-la. Conforme o prometido, nunca mais pediria nada a Keaton. Aquela podia ser a última vez que o veria, a não ser que se cruzassem por acaso, por isso aproveitaria o momento em ele havia baixado a guarda.

Preston e Mellie continuaram se beijando, fartando-se um do outro.

Annie sentiu Keaton beijar o alto de sua cabeça como tinha o costume de fazer. Ela se virou e os olhares dos dois se prenderam durante o que pareceu uma eternidade. O coração dela batia tão alto e forte que chegava a ecoar em seus ouvidos.

Ela evitou falar com receio de quebrar o encanto, pois era a última coisa que desejava. Era a primeira vez que os dois ficavam bem próximos depois daquela noite, três meses antes.

Annie percebeu hesitação e remorso através dos olhos dele. Parecia que só então ele havia se dado conta que a havia abraçado, permitindo uma aproximação maior como se nada tivesse acontecido. Keaton baixou os braços e se afastou como se ela o tivesse queimado com o toque. Annie se protegeu cruzando os braços. Keaton desviou o olhar, sem querer encará-la.

De repente, Lennon latiu da picape, devia estar dormindo. Keaton o soltou e Lennon correu direto para Annie. Ela se abaixou e o acariciou nas orelhas. Fazia tempo que não o via. Lennon começou a lamber o rosto dela sem parar.

— Lennon! — Keaton o chamou com a voz firme.

O cachorro olhou para o dono.

— Junto! — Lennon parou. — Junto! — Keaton repetiu mais alto.

Sem muita vontade, Lennon foi ao encontro de Keaton com passos lentos e cabisbaixo.

Ao se levantar, Annie reparou que Mellie e Preston tinham entrado na casa.

Preston tinha dirigido até a casa de Mellie, ou seja, Keaton teria que esperar o amigo ou voltar a pé com Lennon. Annie sabia que ele não aceitaria carona e faria qualquer coisa para evitar a companhia.

— Você se lembra das nossas caminhadas na praia? — perguntou ela.

Ele negou com a cabeça.

— Quase não falávamos.

— E?

— Eu... gostava daqueles passeios.

Keaton deu de ombros sem querer admitir que gostava também.

— Você se sentaria comigo um pouco?

— Aqui?

— Na varanda de Mellie.

Pelo mau estado, o sofá-balanço não era usado havia anos. Aquela seria uma boa oportunidade para usá-lo. Pensando melhor, talvez não fosse uma boa ideia. O balanço poderia não aguentar o peso de Keaton.

— No degrau — sugeriu ela.

Keaton hesitou, embora quisesse aceitar o convite.

— Não precisamos conversar.

Daquela forma, Keaton poderia esperar Preston e ela faria companhia. Annie achou que era um pedido razoável e ficou aguardando a decisão dele, esperançosa.

Cada segundo que ele levava para resolver, para Annie parecia uma hora. Quando a ansiedade se tornou insuportável, ela subiu a escada da varanda de Mellie e se sentou no último degrau.

Um lugar à beira-mar 305

Lennon aceitou o convite primeiro e se sentou ao lado dela. Ela deslizou a mão pelo animal, acariciando-o com todo carinho para que ele soubesse a falta que faziam os passeios na praia. Seria tão bom se tivesse um graveto por perto, para brincar com Lennon... Pelo olhar, parecia que ele estava pensando a mesma coisa.

Lennon tinha decidido por Keaton. Depois de mais alguns minutos sofridos, Keaton se sentou no degrau, abrindo a maior distância possível.

Annie sorriu e olhou de lado para Keaton e se espantou ao vê-lo sorrir também.

Lennon se ajeitou melhor e apoiou o queixo na coxa de Annie.

O tempo foi passando e Annie já não se lembrava mais de ter se sentido tão feliz e ficar tão à vontade. Mantendo a promessa, ela não falou, não fez uma pergunta sequer e não deu detalhes da decisão que havia tomado. Era bem melhor absorver a paz de estar ao lado de Keaton mesmo que fosse por pouco tempo.

Dez minutos se passaram e Keaton se levantou com um ar de pesar. Os olhares se prenderam. Annie se comoveu com a tristeza que identificou nos olhos dele.

— Ah, Annie... Onde vou encontrar forças para suportar sua partida?

CAPÍTULO 36

O celular tocou perto da meia-noite. Era Teresa.

— Britt entrou em trabalho de parto. Ela me pediu para ligar.

Annie piscou para afastar o sono. O hospital em Aberdeen ficava a quarenta minutos de Oceanside e Britt já havia dado entrada. No começo do verão, Annie tinha ido com Britt e Jimmy à agência de adoção e apresentado o casal à assistente social de lá. A instituição confiou em Annie por ela ser imparcial. Além disso, as famílias de ambos tinham opiniões definidas sobre o que os filhos deviam fazer. Annie sabia que tinha sido uma decisão difícil e por isso procurou oferecer amor e compreensão. Também ficara feliz com a escolha da família adotante.

— Estarei aí em uma hora.

— Obrigada!

Teresa era uma pessoa calma, mas sua voz transmitia o quanto estava aflita.

— Vai dar certo.

— Eu sei... eu sei. Mas é difícil ver minha filha com tanta dor.

— Britt é forte e saudável. Jimmy está com ela?

Um lugar à beira-mar 307

— Sim. Ele não está muito bem. Britt queria que você viesse para ajudá-lo a passar por isso.

Annie já sabia que seria assim. Jimmy e Britt tinham pedido ao casal adotante que estivessem presentes no nascimento da criança. Os dois queriam que seu pais e Annie fossem testemunhas quando entregassem a menina para o casal que a criaria. Ciente da importância da ocasião, Annie tirou alguns dias de folga da clínica.

Ela sabia que a história de Teresa tinha sido semelhante à da filha. A mulher havia dado à luz com a mesma idade de Britt, mas não tivera nem apoio, nem incentivo do parceiro. Por sorte, a família dela tinha se prontificado a ajudar, pois Teresa queria ficar com a filha.

Annie se vestiu rápido e acariciou Ringo. Como não tinha estimativa do tempo que ficaria fora, encheu as cumbucas de água e ração antes de sair. Quando chegou ao hospital, Britt já estava na segunda fase do parto. Ela tinha optado pelo parto normal. Annie havia informado aos dois o que poderia acontecer e insistiu muito para que frequentassem o curso para gestantes, mas eles não se inscreveram por causa de tempo, distância e falta de dinheiro.

— Como você está? — perguntou Annie, afastando o cabelo da testa de Britt com um sorriso.

— É muito mais dolorido do que eu imaginava.

— Eu sei que é.

Annie não tinha experiência própria, mas tinha trabalhado numa maternidade, durante sua fase de treinamento, e concluiu que não era à toa que o processo era chamado de trabalho de parto. Trabalho árduo.

Jimmy estava um caco, andando pela sala de espera, exausto como se fosse o responsável a dar à luz, e não Britt.

— Será que ninguém pode dar alguma coisa para ela suportar a dor?

— Claro que sim — assegurou Annie. — Ela só precisa pedir.

— Ela continua se recusando a tomar qualquer anestésico.

— Acho que não fará bem ao bebê — insistiu Britt.

— Estou mais preocupado com você. — Jimmy se deixou cair na poltrona ao lado da cama. — Por favor, Britt, faça por mim. Não aguento ver você sofrendo dessa forma.

— Prometo que peço daqui a pouco.

Ela fechou os olhos com a chegada de mais uma contração. Murmurou de dor ao curvar as costas. Conforme a contração se intensificava, ela virava a cabeça de um lado para o outro, mordendo o lábio inferior para suportar a dor excruciante.

— Lembre-se do que falei sobre os exercícios de respiração — disse Annie baixinho.

A contração passou e Britt relaxou. Abriu os olhos e pegou a mão de Jimmy.

— Era mais fácil fazer os exercícios quando não estava em trabalho de parto.

Verdade, pensou Annie.

— Onde está minha mãe?

— Ela está na sala de espera — informou Annie.

Teresa tinha saído do quarto logo que Annie chegou. Pela porta aberta, Annie a viu se sentando ao lado da família que adotaria a menininha.

Os olhares de Britt e Annie se cruzaram.

— Você pode chamar Becca para mim?

— Claro, Britt.

Annie não tivera influência nenhuma na escolha de uma família de Oceanside. E, no final, eles escolheram Becca, a mesma moça que Annie tinha conhecido no seu primeiro dia de trabalho na clínica. Assim que Britt e Jimmy leram o formulário de adoção, entenderam que a filha seria criada por uma família que a amaria e continuariam morando na mesma cidade que chamavam de lar.

— Annie, aproveite e leve o Jimmy para conversar com Lucas.

Àquela altura, Jimmy estava quase em pânico, andando de um lado para o outro ou levantando e se sentando na poltrona.

Um lugar à beira-mar   309

— Não vou deixar você — insistiu Jimmy, desafiando-a com convicção.

— Ah, vai sim. Eu te amo, Jimmy, mas agora você está me distraindo mais do que ajudando. Preciso me concentrar e não vou conseguir se você continuar pulando feito sapo pelo quarto.

Jimmy abriu a boca para reclamar e mudou de ideia.

— Vou pedir para Becca entrar — ele disse à Annie. — Não deixe Britt. Ela precisa de você.

— Claro. — Annie segurou a mão de Britt depois de uma contração pior que a anterior. — Não vai demorar muito — sussurrou para encorajá-la.

— Becca quer chamar o bebê de Grace. Não é perfeito? — contou Britt, depois de relaxar.

— Lindo nome. Becca será uma boa mãe.

— Eu também acho — Britt concordou com a voz embargada pela emoção. — Jimmy e eu gostamos de saber que Grace crescerá em Oceanside. Eles querem que nós participemos da vida dela, tipo tio e tia extra.

Ela apertou a mão de novo quando sentiu outra contração, que vinham em espaços menores de tempo e mais fortes.

Pouco depois, Britt estava pronta para dar à luz. Teresa segurou uma das mãos dela, Becca a outra, e Annie ficou sussurrando palavras de encorajamento, enquanto o médico se preparava para receber a bebê. Jimmy e Lucas foram chamados para o quarto e se sentaram perto da cama. Os dois estavam tão pálidos que Annie pensou que desmaiariam se levantassem.

Britt empurrou com toda força e gritou quando o bebê escorregou para fora de seu corpo. Logo o quarto ecoava o choro do recém-nascido. A visão de Annie ficou enevoada com as lágrimas. Becca também chorava. O bebê ficou rosado logo e continuou chorando alto, mostrando a força dos pulmões pequenos e saudáveis.

A enfermeira limpou e embrulhou o bebê num cobertor e deu a pequena Grace a Britt. A jovem a segurou, observando-a um pouco, beijou-a na testa e olhou para Becca. Em seguida, com olhos cheios de lágrimas, entregou Grace a Becca.

— Parabéns, Becca — ela sussurrou. — Você ganhou uma filha. Sei que ela será muito amada e você, uma boa mãe.

— Obrigada — Becca agradeceu com lágrimas de felicidade. — Obrigada, Britt. Obrigada, Jimmy.

Annie olhou para trás e viu que lágrimas de emoção cobriam o rosto Lucas. De mãos dadas, Jimmy e Britt sorriam com olhos brilhando de alegria.

— Tomamos a decisão certa — sussurrou ele.

Britt concordou, e Jimmy se abaixou e a beijou. Teresa permaneceu ao lado da filha visivelmente emocionada.

Uma hora mais tarde, Annie chegou em Oceanside. Mal tinha entrado no chalé quando recebeu um telefonema da casa de saúde.

— Você pediu para ser avisada quando Seth Keaton estivesse próximo da morte.

— Sim — ela respondeu, reconhecendo a voz de Linda, a voluntária da casa de saúde.

— É uma questão de horas.

Annie processou a notícia.

— Obrigada por avisar.

A primeira coisa que Annie pensou foi se Keaton havia sido avisado. Como haviam ligado para ela, na certa tinham feito o mesmo para Keaton. Mesmo sabendo que o pai o odiava e nem queria vê-lo, Keaton ainda se preocupava com ele. Annie sabia que Keaton tinha consciência de que sua presença chateava Seth e mesmo assim não deixava de visitá-lo com frequência, mas optava por saber notícias pelos voluntários em vez de ir até o quarto verificar por si mesmo.

A ironia dos últimos acontecimentos não passou despercebida para Annie. Vida e morte no mesmo dia.

Um lugar à beira-mar 311

Apesar de ter acabado de chegar da clínica, Annie não titubeou em pegar o carro de novo e ir até a casa de saúde. Não era a primeira vez que passava por lá para saber notícias. Seth era um homem rebelde, difícil, desagradável e sempre agressivo. O nível de dor era tão alto que ele precisava de doses grandes de morfina. Segundo Linda, ele nunca tinha agradecido pelo cuidado que recebia. Annie procurava fazer o possível para deixá-lo confortável quando estava no quarto e se sentava ao lado da cama. Seth sabia da presença dela, mas nunca lhe dirigira a palavra.

Annie tinha dúvidas se devia estar lá naquele momento. Era bem provável que Keaton ficasse de longe. Deixar Seth Keaton morrer sozinho não parecia certo, apesar do tipo de pai que havia sido.

Mesmo sem saber direito como lidar com a situação, Annie entrou no quarto. Ainda bem que era o turno de Linda. Aquilo a ajudou a decidir que se sentaria ao lado da cama até que Seth falecesse. Keaton não precisaria saber do fato.

Seth dormia quando ela chegou e se sentou perto dele. Alguns minutos depois, ele abriu os olhos. Annie soubera por Linda que Seth oscilava entre lucidez e inconsciência. Ele a encarou sem saber quem estava ali. Não era de se estranhar para alguém que está à beira da morte. Ele piscou, respirou com dificuldade e disse com a voz rouca:

— Estou morrendo.

— Verdade. Não vai demorar muito.

— Assim espero.

Parecia que ele estava encarando a morte com calma e sem medo.

Pelo menos não estava pedindo para ficar sozinho.

— Você quer dizer alguma coisa para alguém? — Pensando melhor, ela acrescentou: — Algum arrependimento?

Annie tinha esperanças de que as últimas palavras fossem uma declaração de amor ao filho.

— Só me arrependo de uma coisa — murmurou ele. — De tudo o que passei na vida, me arrependo de ter tido um filho.

O choque foi tamanho que Annie pulou da cadeira e fitou o homem em seu leito de morte, perplexa com a confissão tão cruel.

— Como pode dizer uma coisa dessas? Você não faz ideia do tipo de pessoa que Keaton é. Ele é um homem bom, generoso, talentoso e...

— Ele tirou Maggie de mim.

A voz de Seth ganhou força com tanta convicção.

— Como assim?

Aquilo não fazia sentido algum.

Seth fechou os olhos e, por um momento, Annie receou que ele tivesse perdido a consciência. Depois de se esforçar, ele reabriu os olhos e virou a cabeça para ver melhor a quem dirigia as palavras.

— Maggie o amava mais que a mim e morreu por isso.

— Não entendo.

— Câncer — sussurrou ele, perdendo as forças. — Ela estava grávida quando soubemos da doença. O médico disse que o tratamento mataria o bebê... Maggie se recusou... Ela queria o bebê. Ele a matou... Ela queria o bebê... amou mais a ele do que a mim.

Os olhos de Annie se encheram de lágrimas de tristeza.

— Será que você não entende, seu velho? Ela deu um presente para você.

— Presente? Belo presente. Ele é uma aberração.

Annie mal acreditava naquelas acusações e se colocou no lugar de Maggie. Ela própria teria tomado a mesma decisão.

— Antes de mais nada, Keaton não é uma aberração. Sua mulher, Maggie, amava você *e* o bebê. Ela deu a própria vida para dar um filho para você. Foi uma decisão de amor por *você*. Ela sabia que seria sua única chance de ter um filho e quis arriscar lutar contra o câncer depois que o bebê nascesse.

— Maggie não devia ter morrido.

Um lugar à beira-mar 313

— Sério? Você acredita que ela *queria* morrer? Tenho certeza de que tudo que ela queria era viver, e por isso apostou que venceria a doença.

Talvez Seth já estivesse delirando, pois ficou quieto por alguns minutos.

— Keaton tem meu corpo, mas se parece muito com ela. Toda vez que olho para meu filho, vejo o rosto dela. Ela era uma artista e só tinha qualidades boas. Nem acreditei quando ela se apaixonou por mim. Ainda não entendi por que ela aceitou se casar comigo.

— Sua Maggie deu a você a melhor parte de si mesma — insistiu Annie, imaginando-se na pele de Maggie. — Você disse que Maggie era artista, saiba que Keaton também é. De onde você acha que vem esse talento? Da mãe dele. Aposto que você não sabe que os lindos grafites espalhados pela cidade são dele.

A informação ficou no ar durante alguns minutos tensos.

— Keaton pintou tudo aquilo?

— Além disso, ele resgata e cuida de animais e... de pessoas feridas. — Ela se colocou na última categoria. — Você não conhece o próprio filho e não percebe o homem bom e decente que ele é. Apesar do seu ódio, desprezo e maus tratos, ele é gentil e amoroso. Não existe filho melhor que Keaton.

— Keaton é artista?

Annie ficou chocada por Seth não saber nada do filho, mas era de se esperar.

— Sim, ele é um artista e muito mais. Acho que não existe absurdo maior do que o seu arrependimento por ter dado vida a ele.

Seth estreitou os olhos para encará-la, sem acreditar no que ouvia.

Annie ainda não tinha terminado.

— Você não imagina quantas vidas Keaton influenciou e como foi bom para essa comunidade. Concordo que algumas pessoas o acham estranho por não falar muito. Mesmo assim, ele é muito querido e admirado. — A voz de Annie ficou mais forte. — Sua

Maggie deu a você a melhor parte dela mesma: Keaton, e você desprezou o presente. Se existe alguém digno de pena, esse alguém é você.

Quando ela terminou de falar, Seth já estava se distanciando. Annie percebeu que a morte se aproximava.

— Maggie? — Seth ergueu a mão procurando alcançar a esposa falecida, a mulher que ele havia amado e perdido. — Ah, Maggie... — Ele olhou para Annie, confundindo-a com ela. — Minha Maggie.

Àquela altura ele estava ultrapassando o limite tênue entre a vida e a morte.

— Sinto muito... Desculpe...

Aquelas foram as últimas palavras de Seth Keaton.

Annie aguardou um pouco, verificou o pulso e constatou que ele tinha partido mesmo.

Linda entrou no quarto.

— Ele faleceu?

— Sim.

Linda aguardou um pouco antes de dizer:

— Vou avisar o filho dele.

Annie ficou grata por não ter que assumir a tarefa de comunicar a Keaton que o pai tinha morrido. Em algum momento futuro, se ele quisesse saber, ela explicaria que tinha ficado ao lado de Seth e quais tinham sido as últimas palavras do homem.

Ainda assim, prometeu a si mesma que nunca revelaria a Keaton o único arrependimento de Seth na vida. Conhecendo um pouco melhor a vida da mãe de Keaton, ainda era difícil entender como Seth não tinha reconhecido o presente que a mulher amada tinha lhe deixado.

CAPÍTULO 37

Seth Keaton nunca quis uma cerimônia de sepultamento. O pedido foi atendido e ele foi enterrado ao lado da mulher, Margareth Elizabeth Keaton. Alguns dias depois, Annie visitou o cemitério para deixar flores. Em pé, diante da terra revolvida, lembrou-se da conversa que tivera com Seth, e ao se abaixar, deixou as flores sobre o túmulo de Margareth. Ela merecia o buquê mais que o marido.

Na tarde seguinte, Keaton apareceu inesperadamente para acompanhar Annie na caminhada na praia. O dia estava nublado, ventando, com nuvens pretas e ameaçadoras. Lennon correu na direção dela com a língua pendendo para o lado da boca. Ela se abaixou, apoiando-se num joelho para acariciar as orelhas do cachorro. Ela sentia quase tanta falta dele quanto da presença de Keaton. Quando levantou a cabeça, deparou-se com a presença de Keaton agigantando-se ao seu lado. Os dois não se viam desde o dia em que Mellie saíra de casa para se declarar para Preston. Ela pensou que Keaton a procuraria, mas a espera foi em vão.

Depois de dar atenção a Lennon, Annie se sentou num tronco e ficou observando a maré baixar. Seu coração se encheu de alegria quando Keaton se sentou ao seu lado, e Lennon deitou-se entre eles.

As gaivotas voavam em círculos, os grasnados misturavam-se com o barulho das ondas, repercutindo uma melodia única.

Como de costume, Keaton demorou para falar.

— Soube que você estava com meu pai quando ele faleceu.

— É verdade.

Annie havia aprendido com Keaton e seu jeito silencioso que explicações nem sempre eram necessárias. Assim, confirmou o que ele queria saber, sem mais delongas.

— Agradeço.

Ela deu de ombros para a gratidão. Era melhor não se estender muito sobre os eventos daquele dia, pois não ajudariam nada. Keaton tinha plena consciência que o pai nunca o amara, nem valorizara. Sempre fora assim. Para Annie, era impressionante que Keaton, depois de ter que lidar com a total falta de afeto durante a vida inteira, tivesse se tornado o homem carinhoso que era. A admiração que sentia por ele crescia junto com o amor. Na última vez que tinham conversado, Keaton dissera que não saberia como suportar a partida dela. Annie também duvidava que aguentaria se separar dele.

— Sei que você voltará para Seattle em breve.

A dor era grande até para mencionar o fato.

— Fico mais duas semanas na clínica.

Keaton baixou a cabeça e mexeu com o pé sobre a areia, procurando palavras para se expressar.

— Você será uma boa médica.

— Obrigada.

Logo um montinho de areia se formou perto do pé dele.

— Seria muito egoísmo da minha parte não querer que você vá.

— A verdade é que fico apavorada só de pensar em deixar Oceanside.

— Reagi mal à notícia, Annie. Desculpe.

Annie se inclinou para bater com o ombro na lateral do corpo dele.

— Seu apoio significa muito para mim.

— Você não só tem meu apoio, como meu coração também.

Um lugar à beira-mar   317

Lágrimas escorreram pelos olhos de Annie, que engoliu em seco antes de agradecer.

— Isso significa muito mais do que você imagina.

— Estou indo para casa do meu pai.

— Você vai morar lá?

— Não, vou limpar e vender.

— Quer ajuda?

A vontade de Annie era passar o máximo de tempo possível ao lado dele antes de partir.

— Você faria isso?

— Claro que sim. Vai ser ótimo, Keaton. — Mais uma vez ela bateu nele com o ombro. — Você não pensou duas vezes antes de me ajudar com suas ferramentas e força. Agora é a minha vez. Vou levar uma vassoura e uma esponja.

Eles combinaram um horário para Keaton buscá-la no chalé.

Keaton chegou na tarde de sábado pouco antes das 17 horas. Annie tinha ido à casa de Mellie mais cedo e a encontrou ocupada com os preparativos de um jantar para Preston. A vizinha continuava enfurnada em casa, mas Annie suspeitava que Preston estava tentando convencê-la a ir além da varanda e voltar para o mundo real. Por mais que o amasse, Mellie ainda levaria um bom tempo para conseguir.

No caminho para a casa de Seth, Keaton estava quieto, mas era um silêncio diferente que o de costume. Depois de conviver com ele durante aqueles meses, Annie o conhecia muito bem, mais do que imaginara, tanto que tinha certeza de que ele tinha alguma coisa em mente, mas não sabia como verbalizar. Ele não sabia expressar suas emoções, sem contar que limpar a casa do pai seria bem traumático.

Não foi surpresa nenhuma encontrar a casa numa bagunça total. Seth tinha passado meses doente e as tarefas da casa não eram executadas havia muito tempo. Havia bolotas de poeira por toda parte. As janelas estavam imundas, o piso estava sujo de lama seca e pegajoso.

— Onde quer que eu comece? — perguntou ela, quando Keaton entrou na sala com algumas caixas.

Ele parou no meio da sala, confuso.

— Acho que pela cozinha.

— Está certo.

Ela levou as caixas maiores com produtos de limpeza para lá.

A pia estava lotada de potes, panelas, uma frigideira, e mais outros utensílios. A limpeza teria que começar com a lavagem de quase tudo que seria empacotado depois. Não tinha nada de muito valor ou que compensasse guardar. Depois de limpar os armários, ela passou pano no piso.

Keaton havia entrado no quarto que pertencera ao pai e lá ficara desde que tinham chegado. Ao terminar a cozinha, Annie o encontrou sentado na ponta da cama com a cabeça apoiada nas mãos. Ela achou melhor não dizer nada e se sentou ao lado dele.

— Eu não o amava — disse Keaton. — Não achei que sentiria saudade.

Annie compreendia Keaton melhor depois da última conversa com Seth.

— Ele foi um homem bravo, amargo e que não sabia amar.

— Nunca me amou.

Annie se lembrou com muita mágoa das últimas palavras de Seth antes de falecer.

Keaton pegou a mão dela, entrelaçou os dedos nos dele e beijou-os.

— Eu ouvi.

— O quê? — Annie focou o olhar nas mãos unidas.

— Você. Meu pai. Pouco antes de ele morrer.

Annie tentou esconder o espanto.

— Você estava lá... na casa de saúde?

Ele assentiu com a cabeça.

— Recebi uma ligação avisando da morte dele. Eu estava determinado a deixá-lo morrer sozinho, mas não consegui. Fui até lá e vi você ao lado da cama dele.

Annie mordiscou o lábio de baixo, triste por Keaton ter ouvido o pai dizendo qual era seu único arrependimento na vida. Ela ficou com o coração apertado por ele ter ouvido aquelas palavras tão cruéis.

— Acho que ele não quis dizer nada daquilo.

— Imagine, ele sabia muito bem. Ele me culpou pela morte da minha mãe desde o dia que nasci. Nunca me amou. Nunca me quis. Ainda mais porque meu nascimento custou a vida da minha mãe.

Nada do que Annie dissesse o confortaria, nada amenizaria o golpe violento causado pelas últimas palavras de Seth.

— Lamento muito que você tenha ouvido.

— Eu não. Ouvir me ajudou a entender meu pai, compreender por que ele nunca conseguiu me amar.

Annie achou impossível que tivesse ouvido direito.

— Quer dizer que você não sabia que sua mãe morreu depois de se recusar a tratar o câncer porque estava grávida?

Ela achou que mesmo que Seth não tivesse dito nada, alguém da família de Maggie tivesse.

— Nunca se falou no nome dela. Se eu não tivesse encontrado algumas fotos dela quando era mais novo, não saberia nada sobre minha mãe. Depois que ela morreu, achei que meu pai tivesse apagado a imagem dela. Agora sei que foi o contrário.

Annie achou que jamais entenderia um homem como o pai de Keaton.

— Antes de encontrar você... eu não dava valor aos sentimentos do meu pai.

— Não entendi o que isso significa.

Keaton não estava muito à vontade.

— Nunca estive apaixonado antes, Annie. Nunca soube o que era entregar o coração a alguém. A única saída que encontrei ao imaginar que perderia você foi me afastar. Fiquei arrasado com a hipótese de você ir embora de Oceanside. Como meu pai teve que aceitar o fato que minha mãe tinha partido e nunca mais voltaria, achei que teria que fazer o mesmo.

— Mas Keaton...

— Espere, deixe-me terminar. Eu não amava meu pai. Nunca entendi o que eu poderia ter feito para ele me odiar tanto. Hoje sei o que houve.

Annie percebeu a tensão no rosto de Keaton e o quanto era difícil para ele desabafar um sentimento tão intenso.

— Acredito que meu pai nunca amou ninguém além da minha mãe, e eu a tirei dele.

— Ela não faleceu por sua causa, Keaton. Foi o câncer. Não você. Sua mãe queria tanto um filho que arriscou a própria vida para ter você.

— Agora eu entendo. Eu não tinha noção que ela era tudo para ele. Com a morte dela, meu pai perdeu o único amor que teve na vida.

Keaton lançou um olhar intenso para Annie.

— Nunca recebi muito amor de ninguém. Durante grande parte da minha juventude, me senti um estranho no ninho. Meu tamanho e a vida em casa contribuíram bastante para isso. Quando vi você na praia depois de tantos anos, senti como se tivesse levado um soco no estômago. Lennon viu você primeiro. Ele já sabia. Naquele momento, percebi que você era o meu destino. Mais tarde, tive que suportar a dor de ter que deixar você partir.

Annie continuava com o olhar fixo no rosto dele sem conseguir dizer nada.

— Acho que você não entenderia, mas naquele dia na praia achei que estava delirando. A menina que admirei durante anos tinha voltado como uma linda mulher. Achei que você não era real e que eu estava imaginando coisas. Depois me dei conta que você estava ali, bem diante dos meus olhos, e soube que estava procurando uma casa para alugar. E como se não bastasse, o chalé de Mellie era o alvo de interesse.

Annie sorriu e recostou a cabeça no ombro dele.

— Foi demais para mim saber que você estava tão perto, morando aqui em Oceanside. Fiquei sem saber o que pensar. Juro por Deus, Annie, morri de medo.

Um lugar à beira-mar 321

— Por que...

Ela não completou o pensamento.

Keaton sabia como ela terminaria a frase e a interrompeu:

— Como eu podia saber que isso era amor? Achei que fosse um tipo de obsessão. Eu só pensava em você e todo dia procurava um jeito de ficar por perto. Eu me convenci de que esse sentimento iria esmaecer com o tempo, mas não foi assim e eu não soube identificar o que acontecia comigo. Não demorei muito para descobrir que você era a dona do meu coração.

— E você é dono do meu.

Keaton suspirou.

— Pois é... quando pensei que poderíamos construir um futuro juntos, você decidiu voltar para a faculdade de medicina. Você planejava me deixar e eu fui o último a saber. A notícia me pegou desprevenido. Para piorar, enquanto eu já compartilhava meus sentimentos e as dores da minha juventude, soube por Mellie que você tinha perdido a família inteira. Você escondeu uma coisa tão importante, enquanto eu dividia os segredos mais profundos do meu coração.

— Ah, Keaton, eu devia ter contado, explicado melhor. Eu teria agido diferente se pudesse voltar no tempo.

— Eu precisava me proteger. — Ele beijou a cabeça dela antes de continuar: — Eu estava muito apaixonado e consciente que você tinha o poder de me destruir. Achei que a única chance de sobreviver fosse me afastar de vez. Conforme o tempo foi passando, fiquei com muito medo que, sem você, eu acabaria como meu pai. Amargo, perdido e de mal com o mundo.

— Você nunca será como seu pai.

Annie não conseguia nem imaginar aquela possibilidade.

Keaton apertou tanto a mão dela que chegou a doer. Talvez ele não tivesse se dado conta que estava usando tanta força.

— Eu te amo tanto, Annie, que parece que meu coração vai explodir.

— Eu também te amo muito... tanto que não sei se consigo deixar você. As únicas pessoas que restaram da minha família são

Gabby e minha tia. Você, Mellie, Teresa e Preston são a minha nova família. Meu lar é aqui ao seu lado. Não consigo nem imaginar sair de Oceanside... Eu... Não tenho certeza se consigo.

— Você é minha família também. Me dói muito dizer que você deve voltar a Seattle para fazer o curso de medicina. Você foi destinada a ser médica.

— Não sei se consigo fazer a faculdade sem você por perto, Keaton.

— Mas estou com você — garantiu ele, passando o braço pelos ombros dela e puxando-a para mais perto. — Não vou a lugar algum. Se você quiser, vou a Seattle todo final de semana.

— Não dá. Não consigo deixar você.

— Não, Annie. Você vai para a faculdade de medicina. Não brigue comigo por causa disso. Já é difícil deixar você ir. Farei tudo o que puder para ajudar. Qualquer coisa.

— Tudo mesmo?

Ela o fitou de coração aberto.

— Claro, Annie. O que você precisa?

Ela não hesitou em responder:

— Você.

— Mas sou seu de corpo e alma. Sempre fui seu.

Keaton tocou o pingente que ela usava, deixando-o escorregar por entre os dedos, e continuou:

— Como meu coração está sempre com você, acho que este pingente deve ficar onde está.

Annie envolveu a mão dele com a dela.

— Será que você não quer me devolver isto? — perguntou ele, sorrindo.

— Eu te amo, Keaton. Seu coração está seguro comigo. Sempre esteve. Precisei perder meus entes queridos para me dar conta da fragilidade da vida. Não sou mais a mesma pessoa. A morte da minha família deixou um ensinamento importante. A resposta é o amor. Você é importante, Keaton. Estou construindo uma nova

Um lugar à beira-mar 323

vida baseada em dar e receber amor. Você é o grande responsável por essa transformação e por ter me ensinado qual o verdadeiro significado do amor. Você disse que sou o seu destino, entenda que você é o meu também. Vim para Oceanside porque fui feliz aqui quando era mais nova. Descobri que não é o lugar que me faz feliz, e sim *você*, onde *você* estiver. Posso voltar a estudar medicina e partir, mas só se você quiser me acompanhar. Você consegue sair de Oceanside? Faria isso por mim?

Os corações dos dois batiam em uníssono quando Keaton segurou o rosto de Annie e cobriu-lhe os lábios num beijo abrasador que quase os deixou sem ar.

— Vou a qualquer lugar, contanto que fiquemos juntos, Annie. Isso é o mais importante de tudo.

— Tem certeza?

Ela mal acreditava que Keaton tivesse concordado.

— Certeza absoluta.

Annie havia percorrido uma estrada difícil para chegar onde estava. Não tinha sido por livre-arbítrio, mas a levara a encontrar o amor e amigos, que se tornaram sua nova família. Seu lar passara a ser ao lado deles.

Ela tirou a corrente e o pingente do pescoço e deu a Keaton.

— Acho que é hora de devolver isso a quem pertence.

Keaton abaixou a cabeça para que ela pudesse colocar a corrente nele. Em seguida, ele a levantou do chão e a abraçou contra seu corpo musculoso. A força se opunha à delicadeza com que a mantinha nos braços, era como se ele estivesse segurando uma orquídea delicada. De olhos fechados, eles sentiram que naquele momento seus corações batiam com a intensidade de qualquer instrumento de percussão.

Annie inclinou a cabeça para trás e olhou para o céu. Naquele instante precioso, sentiu a presença dos pais, espiando e sorrindo através das nuvens.

CAPÍTULO 38

— Você vem ou não? — Preston chamou da picape, impaciente.

Keaton estava ocupado demais com os preparativos para se mudar com Annie para Seattle. Havia muita coisa de última hora que exigiam sua atenção.

— Um minuto... Talvez seja melhor nos encontrarmos na casa de Mellie — disse ele ao amigo que não estava disposto a esperar nem uma fração de segundo de tão ansioso que estava para sair logo.

Nas últimas semanas, Keaton tinha visto Preston trabalhando numa surpresa para a amada: um novo sofá-balanço. Preston vinha encorajando Mellie a ultrapassar as barreiras do medo, representadas pelas paredes da casa, mas sem muito sucesso. A surpresa era uma maneira de incentivá-la a dar o próximo passo.

O amor havia transformado a vida de Keaton. Era bom saber que o mesmo acontecia com Preston e Mellie. O forte sentimento o fez lembrar de Annie, que não saía de seus pensamentos nunca. Por instinto, segurou o pingente que ela havia devolvido. A atitude silenciosa selou uma promessa, renovando um compromisso. O medo nunca mais o impediria de amar Annie. Os dois preci-

Um lugar à beira-mar 325

saram passar pela possibilidade da separação para solidificar o relacionamento. No processo, Keaton entendeu que nunca a tinha perdido de fato.

Annie sabia da surpresa de Mellie e precisou manter segredo, tarefa difícil já que agora elas se encontravam bastante. Preston andava para lá e para cá, nervoso e agitado, não apenas por causa do presente.

Keaton ajudou Preston a descarregar o sofá-balanço da picape e levar até a varanda. Eles tiraram o antigo, que o avô de Mellie tinha instalado havia quarenta anos, antes de ela nascer.

O trabalho mal havia começado quando a porta da cozinha se abriu e Mellie gritou lá de dentro:

— Que barulheira é essa aí?

— Logo você vai saber — disse Keaton.

— Preston? — Mellie chamou de trás da porta de tela, sem sair e descobrir sozinha. — O que você está aprontando?

— Shh.

— Shh? — indagou ela num tom sarcástico. — Preston, sério que você está me mandando ficar quieta?

— Sim, mas só por mais alguns minutos até eu terminar isso aqui.

— Isso o quê?

— Você verá daqui a pouco. Paciência, amor.

Mellie não ficou convencida.

— Preston Young, você está cansado de saber que não sou uma mulher paciente.

— Sei, sim.

Annie chegou pouco depois, ocupada que estava em resolver os últimos assuntos na clínica e se despedir de todos. Keaton achou que foi em boa hora. Ela estacionou, subiu os degraus correndo, parou para beijá-lo e entrou para distrair Mellie.

— O que eles estão fazendo?

Mellie quis saber assim que Annie fechou a porta de tela.

— Você vai ver. Por que não preparamos uma jarra de chá gelado?

Mesmo com a ajuda de Keaton, a instalação do sofá-balanço levou meia hora. Teria sido bem mais fácil se Preston tivesse comprado um balanço pré-fabricado, mas ele insistiu em construir um. Na cabeça dele, o avô de Mellie tinha feito o original com as próprias mãos, e um novo teria de ser igual.

Logo que terminaram, Keaton notou que Preston estava pálido.

— Você está bem?

— Não — admitiu Preston. — Eu preferia enfrentar um cão raivoso.

— Ela te ama. Não há com o que se preocupar.

Keaton o confortou com um tapinha nas costas.

— Com Mellie não se pode ter certeza de nada.

Keaton concordou em silêncio.

— Pronto?

— Dentro do possível.

Preston engoliu em seco.

Os dois se aproximaram da porta de tela e segundos depois Mellie surgiu do outro lado.

— Vocês vão me fazer sair na varanda, né?

Em vez de responder com palavras, Preston abriu a porta e estendeu a mão. Mellie hesitou e quase recusou.

— Por favor — pediu ele.

Mellie soltou um som de impaciência.

— Não consigo recusar nada quando você me olha com essa cara.

Keaton só estava ali para ajudar o amigo a instalar o balanço e pensou que Preston não queria uma plateia.

— Annie e eu vamos deixar vocês dois...

— Não! Ainda não! — protestou Preston, suplicando com o olhar para que Keaton ficasse ali.

Um lugar à beira-mar 327

Keaton concordou, mas não muito à vontade. Annie franziu o cenho procurando entender, e ele sorriu, assegurando que estava tudo bem.

Mellie respirou fundo, segurou a mão de Preston com força e deu um passo para fora da cozinha.

— Para onde você está me levando? — perguntou ela, enquanto era conduzida até o sofá-balanço.

Keaton ficou admirado por Mellie não ter percebido a novidade até entender que ela estava concentrada demais em mover os pés, um passo de cada vez.

— Temos trabalhado nisso há algum tempo — disse Preston.

Keaton sabia que ele não se referia apenas ao balanço.

— Trabalhando no quê? — perguntou Mellie na frente do sofá--balanço sem perceber o que tinha mudado.

— Nesse sofá-balanço.

Só então Mellie arregalou os olhos e percebeu que o balanço não era o mesmo que o avô tinha construído havia anos.

— Foi você quem fez?

— Peguei o desenho, estudei um pouco e fiz um protótipo. Queria que ficasse perfeito para você. Tem alguns defeitinhos, mas nada que se perceba sem prestar muita atenção.

— Ah, Preston... — Mellie suspirou. — Você fez isso para mim?

Preston inflou o peito, orgulhoso, e enfiou as mãos nos bolsos de trás da calça.

Mellie se sentou no balanço de madeira e deslizou a mão pela madeira reluzente. Preston havia trabalhado horas a fio naquele projeto, na esperança de que seu esforço revelasse a Mellie o amor profundo que sentia.

Annie surgiu na varanda trazendo uma bandeja com quatro copos de chá gelado.

Com o olhar fixo em Preston, Mellie bateu na madeira com a palma da mão.

— Você não vai se sentar comigo?

— Eu...

Preston se apoiou no parapeito, pálido como se fosse desmaiar.

— Preston! — Assustada, Mellie se levantou. — O que houve?

— Estou bem. Sente-se.

Annie colocou a bandeja sobre a mesa e Keaton a abraçou por trás.

Preston se apoiou num joelho, ainda branco feito papel.

— Bom, você sabe que te amo. Nunca escondi meus sentimentos. Nunca achei que você sequer gostasse de mim.

— Não sei se você se lembra, mas provei o contrário. Eu não estaria sentada aqui se não amasse você.

— E esse amor é forte para durar a vida toda?

— Isso é um pedido de casamento, Preston?

— Eu não estaria ajoelhado aqui procurando cupins, né?

Keaton não se conteve e soltou uma risadinha. Annie o reprimiu com uma cotovelada para que nada estragasse o momento.

Preston respirou fundo antes de continuar:

— Não sou um cara romântico, Mellie. Você leu todos aqueles livros românticos em que os homens sabem dizer frases bonitas. Andei lendo alguns poemas de amor, mas achei que se recitasse uma bobagem daquelas você não me levaria a sério.

— Não é bobagem. O que me importa é saber se você está falando sério em se casar.

— Óbvio que sim. Você não está vendo meu estado deplorável? A verdade é que estou quase perdendo os sentidos, então, deixe-me terminar. Estou ensaiando o que dizer faz muito tempo.

Para variar, Mellie ficou calada, com olhos brilhantes e lábios trêmulos, aguardando-o terminar.

— Sei que não sou muito bonito de se olhar. Nunca serei rico, mas posso oferecer o que não se compra com dinheiro. Você é a dona do meu amor e devoção.

Uma lágrima solitária correu pelo rosto de Mellie.

Um lugar à beira-mar 329

— Estou disposto a me comprometer como seu marido. Eu te amo desde a nossa adolescência, jamais amaria outra pessoa. Se não quiser se casar comigo, vou sofrer, mas aceito.

— Será que você faria o favor de ficar quieto? — sussurrou Mellie.

Preston se surpreendeu e olhou para Keaton por cima do ombro, esperando que o amigo o ajudasse a entender o que Mellie queria.

— Largue de enrolar e vá direto ao ponto — disparou Mellie.

— Ponto? — Preston repetiu, temendo perder a linha de raciocínio.

— Pergunte de uma vez! Antes que você se atrapalhe mais do que já está.

— Tudo bem. — Ele engoliu em seco. — Mellie Johnson, você quer se casar comigo?

— Não.

A resposta foi curta e grosa.

Preston baixou a cabeça e caiu.

— Pare com isso! Claro que quero me casar com você. Eu seria uma tonta se recusasse alguém que me ama há mais tempo do que eu mesma. A verdade é que me considero sortuda por alguém como você me amar. Você trouxe um anel de noivado?

Preston enfiou a mão no bolso e quase tirou o forro para fora junto com a caixinha. Depois colocou o anel no dedo de Mellie e segurou-lhe o rosto para beijá-la.

Keaton sorriu, feliz pelos dois.

Como Preston não precisava mais de assistência, ele gesticulou para Annie, pedindo para irem embora. Lennon os aguardava no carro, dormindo com as duas janelas abertas. Ao ouvir barulho, ele levantou a cabeça, viu que Annie e Keaton se aproximavam e pulou para o banco de trás, voltando a dormir.

— Até que Mellie se saiu bem melhor do que o esperado — comentou Keaton, enquanto atravessavam o jardim.

— Foi bonitinho. Ele a ama muito para querer passar o resto da vida ao lado dela.

— Verdade. — Talvez Keaton fosse o único que sabia como tinha sido difícil para Preston pedir Mellie em casamento. — Lembro da época em que ele ficava mudo só na menção do nome de Mellie.

— Mellie é o destino dele.

— Você também é o meu — disse Keaton, abrindo a porta da picape.

O comentário foi despretensioso, e foi uma surpresa Annie ter ficado paralisada no lugar.

— O que foi?

— Você vai se casar comigo? — exigiu ela.

Keaton passou a mão no rosto e a encarou.

— É isso que você quer?

— Keaton! O que você acha?!

— Ah... — Keaton se sentiu fora de sua zona de conforto. Olhou para Annie e baixou as mãos, receando desapontá-la. — Não sou bom em lidar com perguntas diretas.

— Você me ama?

Ele confirmou com a cabeça.

— Ticado.

Ela fez um sinal de visto como se estivesse diante de uma lousa.

— Você quer passar o resto da vida comigo?

Ele respondeu da mesma forma.

— Ticado.

Ela repetiu o gesto.

— Quer ter filhos em algum momento?

— Filhos? Você quer dizer: bebês?

A pergunta não era tão fácil quanto as demais. Ele não tinha nem sombra de dúvida de seus sentimentos.

— Nunca estive perto de um bebê. Não sei bem o que fazer.

— Você quer filhos ou não?

— Você quer?

— Sim, vários.

— Vários... — ele repetiu meio zonzo, pensando em bebês chorando, fraldas, fraldas sujas, mamadeiras, arrotos... criaturinhas minúsculas dependendo dele para sobreviver. — Defina *vários.*

— No mínimo, três.

— Três... — ele repetiu devagar, as imagens ainda invadindo sua mente. — Que tal um, talvez dois, dependendo de como será com o primeiro?

Annie achou estranho, mas pensaria na sugestão.

— Podemos decidir mais tarde?

— Acho que sim. — Keaton abriu a porta e sua ficha caiu. — Quando você quer fazer isso?

— Isso o quê?

Engraçado Annie não saber, já que tinha sido ela a puxar o assunto.

— Casar-se.

— Vou começar a faculdade de medicina em uma semana. Não posso pensar nisso agora.

— Então por que perguntou? Preston pediu Mellie em casamento e você não quer ficar de fora, é isso?

Annie titubeou e acabou sorrindo.

— Acho que sim. Minha vontade de me casar com você é maior do que a de me formar em medicina... Aliás, é a maior de todas. E quando for a hora, tenho certeza de que teremos os filhos mais incríveis do universo.

Keaton notou o uso da palavra filhos no plural.

— Que tal amanhã? — Ele não queria esperar nem um minuto a mais que o necessário. — Podemos nos casar agora... Não sei se precisa esperar alguma coisa, mas nos casamos assim que terminar o prazo. O pastor da Seaside Church, que fica ao lado do parque, pode celebrar a cerimônia. A não ser, claro, que você queria uma festa grande e chique. Nunca gostei de ser o centro das atenções, mas faço por você.

Annie ficou de boca aberta literalmente, encarando-o sem piscar.

— O que foi?

— Ainda não me acostumei com você falando sem parar.

Falando muito? Annie estava mesmo preocupada com palavras numa hora daquelas? Keaton concluiu que jamais compreenderia as mulheres, mas também não precisava entender todas elas para amar Annie.

— E aí, vamos nos casar, ou não?

Ele quis saber.

— Casados.

— Ticado.

Keaton sorriu e repetiu o gesto dela no ar.

Depois deu a volta no carro, levantou-a do chão e a beijou com paixão para que ela não duvidasse do quanto era amada.

EPÍLOGO

Três anos depois
Dia de Ação de Graças

Annie colocou os últimos detalhes na mesa de jantar de Mellie e Preston para a comemoração do dia de Ação de Graças. A casa tinha sido inteira desobstruída. O serviço de porcelana tinha sido tirado do buffet, escondido atrás de montanhas de caixas cheias de tralha acumulada.

No centro da mesa havia um arranjo de flores cor de laranja e amarelas. A cena era perfeita.

Keaton veio por trás de Annie e colocou as mãos nos ombros dela.

— Você está bem?

O feriado de Ação de Graças era o pior para Annie, pois trazia à tona lembranças do desastre terrível.

— Estou bem.

Annie continuava a estudar e não demoraria muito para que fizesse parte de uma equipe médica, com sorte em Oceanside, onde a história de amor com Keaton havia começado. Keaton a surpreendeu ajustando-se bem à vida em Seattle. Ele trabalhava com um empreiteiro como pintor e estudava arte. Os grafites dele ficaram conhecidos e chamaram a atenção de um artista famoso, que se tornou seu mentor. Keaton era de fato muito talentoso.

— Como estão as coisas na cozinha?

— Tudo sob o controle de Teresa e Mellie.

Annie havia se oferecido para ajudar, mas fora expulsa e indicada para arrumar a mesa. Não foi ruim, porque as duas estavam em plena discussão sobre a melhor forma de engrossar o molho do peru e ela preferiu ficar longe.

Annie fechou os olhos quando Keaton roçou os lábios no seu pescoço, curtindo a pequena demonstração de amor e carinho. Keaton tinha se mostrado um amante atencioso.

— O jantar está pronto — anunciou Preston, trazendo a travessa com peru fatiado.

Teresa vinha logo atrás trazendo a tigela de purê de batata.

Todos se sentaram à mesa e fizeram preces de gratidão. Britt e Jimmy tinham vindo da faculdade para o feriado e se sentaram um ao lado do outro. Eles haviam visitado Grace pela manhã e estavam cheios de novidades de como ela estava grande e tudo mais. Os dois formavam uma família linda que amavam e se orgulhavam da filha mais que tudo.

Teresa e Logan sentaram-se frente a frente. Teresa tinha conseguido se divorciar de Carl. O mandado de segurança contra ele ainda estava vigente. Depois que saíra da cidade, ninguém nunca mais ouvira falar dele. Logan tinha passado pelo estirão do crescimento no começo do ano escolar. Teresa era muito esforçada. Além de continuar a trabalhar como arrumadeira, ela havia começado a estudar para se tornar uma assistente administrativa. Annie desconfiava que Mellie a ajudava financeiramente, mas não perguntou.

Mellie e Preston estavam sentados lado a lado, rodeados pelos amigos, mas só tinham olhos um para o outro. Os dois continuavam muito apaixonados. A barriga de seis meses de gravidez de Mellie estava evidente.

Um lugar à beira-mar

Annie observou a diferença que o amor tinha feito na vida de cada um deles. Mellie já não era mais tão intratável, e Preston se orgulhava disso. Annie olhou para o marido, ansiosa para terminar logo os estudos para que pudessem começar uma família. Faltava pouco.

Keaton soltou a mão de Annie depois das orações. Ao olhar ao redor, Annie lembrou dos pais, Mike, Kelly e da bebê, Bella, a família que havia perdido num acidente horrível. A morte deles a ajudara a ter estrutura para definir a própria vida. Havia levado ela para Oceanside e lhe dado a oportunidade de se tornar a médica que sempre quisera ser. Aquele fatídico dia de Ação de Graças tinha sido responsável pela reviravolta na vida dela. Só depois de anos ela começava a entender que sua relação com a família não tinha sido rompida — não no plano espiritual, pois eles ainda continuavam presentes em sua vida. Annie acreditava que eles a tinham direcionado a Oceanside e a Keaton, Mellie, Preston e os outros.

Eles haviam se tornado a nova família dela. Embora não tivessem laços sanguíneos, eram próximos como se estivessem ao seu lado a vida toda.

Uma nova vida. A vida que ela tinha construído sozinha para si.

Keaton passou o purê de batatas. Annie colocou um pouco no prato e passou a tigela para Teresa.

Mellie estava com a mão na barriga.

— Nossa princesinha está chutando? — perguntou Preston.

Mellie sorriu, confirmando, e estendeu a mão para o marido, que a pegou e beijou-lhe os dedos.

Ao olhar para todos, Annie sentiu o coração transbordar de alegria.

Um recomeço.

Um futuro.

Uma família.

Este livro foi impresso pela Assahi, em 2019,
para a HarperCollins Brasil. O papel do miolo é
pólen soft 70g/m², e o da capa é cartão 250g/m².